S. FISCHER

Ilija Trojanow

DOPPELTE SPUR

Roman

S. FISCHER

MIX
Papier aus verantwortungsvollen Quellen
FSC
www.fsc.org   FSC® C083411

Originalausgabe
Erschienen bei S. FISCHER
2. Auflage Juli 2020

Copyright © 2020 S. Fischer Verlag GmbH,
Hedderichstr. 114, D-60596 Frankfurt am Main

Umschlaggestaltung:
Hauptmann & Kompanie Werbeagentur, Zürich
Satz: Dörlemann Satz, Lemförde
Druck und Bindung: CPI books GmbH, Leck
Printed in Germany
ISBN 978-3-10-390005-7

Allen ehrlichen Whistleblowern

Alles in diesem Roman ist wahr
oder wahrscheinlich

»Ich habe für den Geheimdienst gearbeitet.«
»Alle anständigen Menschen haben ihre Karriere im
Geheimdienst begonnen. Auch ich.«

Gespräch zwischen Wladimir Putin und Henry Kissinger.
Aus: »First Person«, der Autobiographie von Wladimir Putin

»Wieder einmal ist schwarze Desinformation in ihren giftigen
Farben im globalen Medienraum aufgeblüht.«

Maria Sacharowa, Sprecherin des russischen Außenministeriums

»Wer einem das Absurde schmackhaft machen kann, kann
einem das Unrecht schmackhaft machen.«

Voltaire

PROLOG

Ich werde ihn Boris nennen. Das ist nicht besonders einfallsreich, aber es geht um den Schutz eines Lebens, nicht um Originalität. Obwohl wir uns erst vor drei Wochen kennengelernt haben, verbringen wir jede wache Minute zusammen, Tag und halbe Nacht. In einem mit Schaumstoff ausgepolsterten Zimmer, das uns vor Überwachung schützt. Durch wen, wissen wir nicht. Es gibt Verdächtige genug. Dies ist ein sicherer Hafen, unser einziger. Was wir zu besprechen haben, tun wir innerhalb dieser vier Wände. Draußen bestellen wir Pizza und putzen uns die Zähne. Danach lesen wir weiter.

Dokumente. Wie ich dieses Wort hasse. Früher hätte man »Papiere« gesagt, »vertrauliche Papiere«, das klingt soigniert und trifft nicht mehr zu: Wir haben kein einziges Dokument ausgedruckt, wir lesen an mehreren Laptops. Dokument klingt wie ein archaischer Fluch, wie das Rattern der Tintenstrahldrucker von einst. Bedächtig, bedrohlich. Schwer zu sagen, was für Dokumente wir lesen (durchkämmen?). Amtliche Schriftstücke? Ja, sie enthalten Schrift, sie stammen meist von Ämtern (mehr Amt geht nicht). Und doch wirken sie unwirklich in ihrem Schattendasein als Dateien in Reih und Glied, ohne sichtbare Ordnung. Gemeinhin sind Dokumente »Urkunden, die zur Belehrung bzw. Erhellung dienen«. Gewiss, sie lehren uns eines Schlimmeren, und ja, sie erhellen unsere Gesichter (in diesem Raum des künstlichen Lichts), darüber hinaus droht zwischen allen Zeilen Verdunklungsgefahr. Dokumente dienen als Beweise, heißt es. Das mag stimmen, nur haben wir noch nicht herausgefunden, was sie beweisen. Zweifelsfrei beweisen.

Wer ununterbrochen liest, überliest ab einem gewissen Zeitpunkt das Wesentliche. Allein das Unbewusste nimmt noch wahr (ein unzuverlässiger Zeuge). Deswegen müssen wir relevante Textstellen markieren, highlighten, wie Boris sich ausdrückt. Er spricht *highlight* aus wie *high life*, er ist blass und hat so viel Zeit vor Computern verbracht wie ich auf staubigen Straßen, er hat ein anderes Verhältnis zu Dokumenten, ein fast erotisches. Wir lesen auf Englisch, wir lesen auf Russisch, wir unterhalten uns meist auf Englisch, es sei denn, Boris ruft etwas in seiner Muttersprache aus, dann erwidere ich auf Russisch. Mein Akzent amüsiert ihn. Wir ergänzen uns gut. Er kennt sich in Finanzen aus, präziser gesagt bei Korruption und Unterschlagung, bei Geldwäsche und Steueroasen, er ist ein Spezialist für die kreativen Seiten der Gier. Ich hingegen habe mich auf die zersetzende Wirkung von Macht fokussiert. Politik ist für mich strukturelle Gewalt, die es zu entlarven gilt. Boris sichtet bevorzugt Unterlagen, ich würde Gespräche vorziehen. Gemeinsam kreisen wir in unserer Raumkapsel seit Wochen um Fragen, die weltweit ein Erdbeben verursachen könnten: Wer kontrolliert wen? Wer manipuliert wen? Wer wird obsiegen in diesem meist unsichtbaren Krieg?

Wir machen Fortschritte.

Wir kommen. Nicht. Voran.

Von jedem erklommenen Hügel aus blicken wir auf höhere Gipfel, schroff und steil, und kein Pfad hinauf.

Als wir mit dieser Arbeit (Schinderei?) begannen, einigten wir uns darauf, den amerikanischen Präsidenten »Schiefer Turm« zu nennen und den russischen Präsidenten »Mikhail Iwanowitsch«. Diese Beinamen helfen uns, Distanz zu wahren, uns gegen die übergriffige mediale Präsenz der beiden zu wappnen. Egal, wie sie in diesem Bericht heißen, gemeint sind die zwei Männer, die uns täglich in den Nachrichten anstarren, mit den Augen toter Fische. Die sich vordergründig so wenig ähneln (wie sehr der erste Eindruck täuschen kann). Die dabei sind, die Welt zu verändern, zuungunsten der Menschheit. Was wir belegen wollen, nagelfest. Egal, wie lange es dauern mag.

Schiefer Turm und Mikhail Iwanowitsch haben Boris und mich – unabsichtlich, aber nicht zufällig – zusammengeführt. Vor drei Wochen. Aus heiserem (kein Tippfehler) Himmel.

An einem Flughafen …

HONGKONG

Am 12. Oktober 2018 erhielt ich um 20.16 Uhr eine anonyme E-Mail. Die Signatur bestand aus einem Konsonanten, gefolgt von einem Ausrufezeichen, der Absender verbarg sich hinter einer langen Zahlenreihe. Die Nachricht lautete (auf Englisch):

»Die Wissenschaft sammelt schneller Wissen, als die Gesellschaft Weisheit. Wenn Sie etwas dagegen unternehmen wollen, antworten Sie, indem Sie *Isa* in die Betreffzeile schreiben.«

Ich befand mich am Frankfurter Flughafen, in einem Restaurant (»authentisch italienisch«) mit Ausblick auf Flieger hinter nasser Scheibe. Unschlüssig, wie ich diese Mail einschätzen sollte, widmete ich mich wieder der Zeitung. Der Tag war auf der Buchmesse verflogen, in Gesprächen von der Dauer einer Zigarette. Jeder hatte sich nach meinem nächsten Projekt erkundigt, nach einem neuen Scoop. Ich hatte ausweichend geantwortet.

Zehn Minuten später ging eine zweite Nachricht ein:

»Moral sollte Sie nicht davon abhalten, das Richtige zu tun. Wenn Sie zu diesem Zweck verlässliche Informationen erhalten wollen, antworten Sie, indem Sie *Asi* in die Betreffzeile schreiben.«

Der Absender bestand wiederum aus einer langen Zahlenreihe, seine Identität versteckte sich hinter einem einzigen Großbuchstaben, dieses Mal einem Vokal, gefolgt von einem Fragezeichen. Der Text war auf Russisch verfasst.

Im Sitzen denkt es sich schlecht, erst recht beim Essen. Ich zahlte so schnell wie möglich und ging zwischen Gate Z15 und Z25 möglichen Erklärungen für die beiden E-Mails nach. Ein Scherz? Eine ausgebuffte Verkaufsstrategie? Ein Betrugsversuch? Eine raffinierte Marketingaktion? Eine Falle? Oder aber, tatsächlich, die Kontaktaufnahme eines Whistleblowers? Es wäre nicht das erste Mal. Aber gleich deren zwei? Innerhalb weniger Minuten? Stammten beide Nachrichten von ein und demselben Whistleblower? (Die Formulierungen ähnelten sich doch sehr.) Wieso dann das Spiel mit den Sprachen? Wollte mich die unbekannte Person prüfen, auf eine mir unverständliche Weise? Mein Flug wurde aufgerufen. Auch nach mehrfacher Lektüre konnte ich den Nachrichten nichts außer weitere Fragen entlocken. Als die Aufforderung erfolgte, die Handys in den Flugmodus zu versetzen (oder auszuschalten, aber wer tut das noch?), tippte ich *Isa* und *Asi* in die jeweilige Betreffzeile und drückte auf »Senden«.

Eine unverbindliche Reaktion, dachte ich, was kann mir da schon Schlimmes passieren?

Wie sehr ich mich täuschen sollte.

* * *

Die WLAN-Verbindung auf Flügen funktioniert so wie mein alter Staubsauger: sporadisch. Erst nach der Landung am Chek Lap Kok in Hongkong konnte ich meine Mails abrufen. Übernächtigt – Langstreckenflüge in der Economy sind Entbehrungsübungen für Schlakse und ehemalige Volleyballspieler – blickte ich erst wieder in mein Postfach, als ich im Airport Express saß. Die Fahrt nach Central dauert 24 Minuten, kaum Zeit, den Inhalt zweier weiterer Mails – die eine angeblich von einem Mitarbeiter des *Federal Bureau of Investigation*, die andere vermeintlich von einem Agenten der *Sluschba wneschnei raswedki* – zu studieren. Beide enthielten als Anhang jeweils ein einziges Dokument. Das eine war als »secret« gekennzeichnet, das andere als »секретен«. Inmitten schweigender Passagiere, die sich selbst genügten, überflog ich den Inhalt. Bürokratische Sprache, pedantischer Inhalt. Aus dem Zusammenhang gerissen ergaben die Dokumente wenig Sinn; sie waren alles andere als sensationell. Die einzige Erkenntnis: Sie erschienen mir authentisch.

Zu Fuß, bepackt mit meinem leichten Carry-On-Rucksack, machte ich mich auf den Weg Richtung Wan Chai, quälte mich durch dichten Verkehr, setzte mich auf eine Bank zwischen zwei Fahrspuren, so als wartete ich auf die nächste (zweistöckige) Tram. Um mich herum Stau, in mir Unruhe. Die englischsprachige E-Mail versprach Belege über Machenschaften, die ich in meinen Artikeln schon wiederholt zur Sprache gebracht hatte, Machenschaften, die sich in einem Satz zusammenfassen lassen: Die Mafia ist nicht Teil des Staates, der Staat ist Teil der Mafia. Die russische E-Mail versprach mir Informationen über Verflechtungen zwischen der amerikanischen Regierung und ausländischen Interessen. Die Nachricht endete mit dem Satz: »Bislang haben Sie spekuliert; wir wollen Ihnen helfen, Klarheit zu finden.« Ein gewichtiges »wir«, ein gewaltiger Anspruch. Ein Geheimdienstler, der Klarheit verspricht, das war so absurd, meine Neugier war angestachelt. Wenn ich mit einem simplen »Я хочу« antwortete, würden mir die Dokumente auf sicherem Wege zugestellt werden.

Wie hätte ich darauf nicht eingehen sollen?

In meiner billigen Absteige (das Check Inn, eine bessere Jugendherberge, im internationalen Vergleich geradezu luxuriös) duschte ich ausgiebig, kalt. Schwitzte trotzdem weiter. Die englischsprachige E-Mail forderte mich auf, am Abend desselben Samstags um 18.30 Uhr das Pacific Place aufzusuchen und dort »nach Lust und Laune zu flanieren«. Eine irritierende Formulierung. Das Pacific Place sei ein Einkaufszentrum, erfuhr ich an der Rezeption, hochmodern, ultraschick, megateuer, unweit entfernt. Ich schlenderte durch die geschwungenen Etagen eines Glastempels, kaufte mir in der Food Hall ein Sesam-Eis in der Tüte, betrachtete Auslagen (und Gesichter, die mir über die Schulter blickten), gab vor, das Menüangebot eines Restaurants zu studieren, vor dessen Eingang eine junge Frau auf einem Stuhl saß wie auf einem Hochsitz. Ich stieg zum wiederholten Mal auf die Rolltreppe.

Hinter mir eine Frauenstimme: »Nicht umdrehen. Fahren Sie einen Stock weiter.« Das tat ich. Die Stimme, ruhig, ein Alt: »In Ihrer Jackentasche ist eine Speicherkarte. Kaufen Sie sich einen Laptop, verbinden Sie ihn auf keinen Fall mit dem Internet. Lesen Sie die Unterlagen. Sollten Sie zu einem weiteren Treffen bereit sein, trinken Sie morgen früh in Ihrem Hotel um acht Uhr einen Orangensaft.«

Ich drehte nach links ab, umrundete eine behelfsmäßige Wand, stieg auf die abwärts führende Rolltreppe, blickte mich um. Hinter mir eine chinesische Mutter und ihre wunderschöne Tochter, beide elegant gekleidet. Die Tochter strahlte einen wohldosierten Hauch Verruchtheit aus. Beide ignorierten meine unhöflichen Blicke.

Erst auf der New-World-First-Fähre, die über die Bucht nach Kowloon tuckert, griff ich in meine Jackentasche. Nichts! Ich eilte in die Toilette, um meine Taschen auszustülpen. Eine microSD-Karte fiel zu Boden, so klein, sie hätte unter meiner Zunge Platz gefunden. Auf dem Außendeck, die entschwindenden Finanztürme im beschlagenen Blick, fiel mir ein, wieso ich nach Hongkong gekommen war: um eine Reportage über Chinas Überwachungsmethoden zu recherchieren. Erst neulich waren Lampenmasten mit intelligentem, multifunktionalem Innenleben zur Kontrolle des öffentlichen Raums aufgestellt worden (ein Mitarbeiter von Amnesty International hatte mich darauf hingewiesen). Obwohl schon seit längerem mit dem Thema vertraut, war mein endgültiger Entschluss erst gefallen, als ich gelesen hatte, dass in chinesischen Staatsschulen ein lehrreiches Spiel eingeführt worden war:

»Wer findet den Spion«.

∗ ∗ ∗

In einem Laden, kaum größer als ein Kabuff, kaufte ich einen vorinstallierten Huawei-Laptop sowie einen Adapter für die Karte, ohne Aufhebens, so wie man einen Kugelschreiber oder eine Schachtel Kondome erwirbt. Wo soll man in einer fremden Stadt geheime Dokumente lesen? Mir war nicht nach meiner Pension zumute (die Stimme auf der Rolltreppe hatte sich nicht nach meiner Hoteladresse erkundigt, fiel mir jetzt erst auf). Ein Museum erschien mir zu exponiert, ein Park zu unbequem. Ich streifte von Ampel zu Ampel, in meiner Hosentasche eine glühende Memory Card, in meinem Rucksack ein unschuldiger Laptop. In einer Nebengasse betrat ich kurzentschlossen ein Dim-Sum-Lokal, nahm am hintersten Tisch in der rechten Ecke Platz. Die Inneneinrichtung war unauffällig: wacklige Tische, eng nebeneinander, die Speisenden bildeten Reihen von Wand zu Wand, Ellenbogen an Ellenbogen. Es war still, für Hongkonger Verhältnisse geradezu unheimlich still. Ich schaltete den Computer ein und wandte mich dem Menü zu, Bleistift in der Hand: Kreuzchen, Kreuzchen und nochmals Kreuzchen. Ich gab meine Bestellung auf und schob den Stick in die USB-Schnittstelle. Umgehend wurde aufgetischt: mit Schnittlauch und Garnelen gefüllte Dim Sum, gebratene Reisröllchen, salzig-süße Schweinefleisch-Bällchen. Alle Dokumente waren als »top secret/noforn« eingestuft, nicht nur »streng geheim«, sondern auch vor den Augen von »foreign nationals« zu schützen. Vor Subjekten wie mir. Ich begann zu lesen, neben mir ein leises Schlürfen, beruhigend wie das Wischen eines Mopps über dreckigen Boden.

Trotz meiner langjährigen Tätigkeit als Journalist widerstrebt es mir, Texte zu lesen, die nicht für meine Augen bestimmt sind. Nicht aus moralischen Gründen. Angesichts der Datenrafferei der Großkonzerne und der Geheimniskrämerei des Staatsapparates fühle ich mich im Recht und trotzdem wie ein Eindringling. Ich empfinde keine Scham, wohl aber Widerwillen. Gruft reimt sich auf fehlende Luft. Wer sich in diese bürokratischen Labyrinthe hineinwagt, spürt, wie der Tod nach ihm greift.

Das Schlürfen am Nachbartisch war versiegt, ich vernahm eine entferntere Stimme, die sich in einen eigenen Witz hineinlachte.

Es dauerte Minuten, die Liste der Dateien herunterzuscrollen, inklusive gelegentlichen Stichproben. Einige der Dokumente waren alt, nachträglich eingescannt. Andere, neueren Datums, digital erstellt. Kein einziges war kommentiert. Ich bat um einen Jasmintee. Abhörprotokolle. Steuererklärungen. Interne Einschätzungen. Berichte von Informanten. Recherchen von Analysten. Anhörungen hinter verschlossenen Türen. Sogar Medienberichte. Ich öffnete Datei um Datei, nippte am Tee, überflog den Inhalt, bestellte einen Reispudding bei der drängenden Bedienung. Je mehr Dokumente ich aufrief, desto flüchtiger wurde meine Durchsicht. Informationen wie Heu und ich Buridans Esel inmitten einer lähmenden Qual der Wahl. Willkürlich öffnete ich eine weitere Datei, hielt inne, hüpfte von Stichwort zu Stichwort, kehrte zum Anfang des Textes zurück, las das Ganze aufmerksam durch, von Datum und Aktennummer bis zur Unterschrift, mit der in unserer merkwürdigen Zivilisation jede Aussage beglaubigt wird.

(Ich habe lange mit mir gerungen, ob ich die Dokumente abdrucken sollte, samt aller bürokratischen Floskeln und Formalitäten. Ich habe mich dagegen entschieden. Irgendwann werden sie im Internet einzusehen sein, dann können jene, die meiner Darstellung misstrauen, sich einen eigenen Reim darauf machen. Niemand wird Zeit dafür haben.)

Hier eine erste Quintessenz …

Fünf Personen, darunter drei Führungskräfte des Taj Mahal Casinos in Atlantic City (CEO Steve Hyde, 43; President Mark Etess, 38; Executive VP Jonathan Benanav, 33) kamen am 10. Oktober 1989 ums Leben, als ihr Hubschrauber um 13.40 Uhr inmitten eines Pinienwalds in der Nähe von Forked River, N. J., abstürzte. Unmittelbar zuvor war zuerst der Hauptrotor abgebrochen, dann der Heckrotor. Um 13.32 hatte der Pilot zum letzten Mal Funkkontakt mit dem Kontrollturm auf der McGuire Air Force Base gehabt. Die fünf Männer hatten ihren geplanten Flug verpasst und kurzfristig eine andere Maschine gechartert, eine italienische Agusta anstatt der gebuchten Sikorsky.

Die Manager hatten an einer Pressekonferenz im Plaza Hotel in New York City teilgenommen, um den WM-Kampf im Weltergewicht zwischen Hector Camacho und Vinny Pazienza am 3. Februar 1990 in Atlantic City anzukündigen. Einen Clash der Großmäuler. El Macho Camacho, ausgestattet mit allen Finten und Haken, war auf dem Sprung zur Legende. Wenn er auftauchte, stahl sich der gute Geschmack aus dem Raum. Er erschien schmuckbehangen in einem langen, offenen Hemd mit silbernen Pailletten, auf seinen Schultern ein Zobelkragen, der aussah, als wäre das Tier gekämmt und geföhnt worden, bevor es abgebalgt wurde. Er redete ohne Punkt und mit Uppercut – »wenn Schweigen Gold ist, wieso sind die Taubstummen nicht alle reich?« –, er kaute seinem Gegner die Contenance ab, während Mr. Hyde und Mr. Etess entspannt dem Wortsparren freien Lauf ließen, sie waren extravagante Auftritte gewohnt, sie hatten schon die Kämpfe von Mike Tyson gegen Tyrell Biggs (»If I don't kill him, it don't count«), Larry »The Eastern Assassin« Holmes, Michael »Fear was knocking at my door« Spinks und Carl »The Truth« Williams angekündigt.

Nach dem Unfall war eine Untersuchung des FBI eingeleitet worden, weil ein Informant berichtet hatte, dass Steve Hyde, ein strenggläubiger Mormone, mit seinem Arbeitgeber heftig im Clinch gelegen und wiederholt auf strengere Vorkehrungen zur Einhaltung des Bank Secrecy Acts (BSA) gepocht habe. Vergeblich. Des Weiteren war ein anonymer Hinweis eingegangen, die Fotokopie einer Postkarte (als Scan vorhanden), auf der einen Seite das Foto eines Hubschraubers, auf der Rückseite in Schreibmaschinenschrift:

»Sikorsky. Russische Produktion. Stürzt nicht ab!«

Wegen Mordverdacht wurden Ermittlungen gegen unbekannt eingeleitet. Die technischen Details des Berichts waren für mich schwer verständlich. Das Ergebnis: Eine Sabotage könne zwar nicht zweifelsfrei ausgeschlossen werden, sei aber unwahrscheinlich. Alles deute auf einen Ermüdungsriss im Metall des Rotors hin.

Der Eigentümer des Taj Mahal Casinos hatte behauptet, er sei selbst beinahe mitgeflogen (»die Chancen standen fifty-fifty«). Der abschließende Bericht widersprach dieser Darstellung. Es war zu keiner Zeit beabsichtigt gewesen, dass er in dem abgestürzten Hubschrauber mitfliegen sollte, vielmehr habe er öffentlichkeitswirksamen Profit aus dem Unfall herausschlagen wollen. Laut Aussage eines Mitarbeiters wurde er »wenige Stunden nach der Tragödie per Telefon interviewt, worauf er die Leitung kurz auf stumm geschaltet hat, um den Anwesenden zuzuflüstern: ›Ihr werdet mich hassen, aber ich kann mir diese Chance nicht entgehen lassen‹, bevor er sich wieder an den Journalisten in der Leitung gewandt hat, mit den Worten: ›Wissen Sie, was, eigentlich sollte ich auch in dem verdammten Heli drin sein.‹«

Der Absender der Postkarte konnte nicht identifiziert, der Inhalt nicht zufriedenstellend erklärt werden.

In den folgenden Jahren habe sich das Taj Mahal zum Lieblingsort des russischen Mobs an der Ostküste entwickelt, aufgesucht von mafiösen Heerscharen in Ferraris und Rolls-Royces, High Rollern, die Comps für bis zu 100 000 Dollar pro Person erhielten, Suiten und *fine dining*, Champagner, Zigarren und Unterhaltung jeglicher Art. Auch Hubschrauberflüge (die Firma: Executive Helicopter; der Inhaber: Joseph Weichselbaum). Meist in einem Sikorsky. Sie kamen »in den Genuss aller Privilegien«, während sie 100-Dollar-Scheine auf Zahl oder Farbe setzten, nicht immer aus Spielsucht, gelegentlich aus reiner Geldwäsche.

Das Finanzministerium beschuldigte das Taj Mahal Casino, in den 18 Monaten nach seiner Eröffnung 106 mal gegen die Vorschriften zur Bekämpfung der Geldwäsche verstoßen zu haben, u.a. indem es Tagesgewinne in Höhe von mehr als 10 000 Dollar nicht vorschriftsmäßig der Behörde gemeldet habe. Noch 2015 verhängte das Financial Crimes Enforcement Network (FinCEN) eine Strafe von 10 Mio. Dollar gegen das Casino wegen Verstößen gegen den Bank Secrecy Act.

Einige der Namen waren den Akten nicht zu entnehmen, sie waren geschwärzt (offenbar können selbst Leaks zensiert sein). Die schwarzen Balken wirkten auf mich wie eine Augenbinde.

Ich atmete tief durch. Das Neonlicht im Lokal erschien mir greller. Die Zusammenhänge ergäben nicht mehr als eine Fußnote der Kriminalitätsgeschichte, wäre der Arbeitgeber der fünf verunglückten Männer kein anderer gewesen als Schiefer Turm, inzwischen Präsident der Vereinigten Staaten von Amerika, einstiger Eigentümer des Taj Mahal Casinos, wo sich Boxer und Hubschrauber, die russische Mafia und das Glücksspiel ein Stelldichein gaben. In Atlantic City, wo auch ich, erst wenige Jahre her, inmitten klingelnder Verheißungen gesessen hatte, zwei Spielplätze entfernt von einer Frau, deren einarmiger Bandit sich mit einem schrillen Aufleuchten in einen Philanthropen verwandelte: *Jackpot*. Sie sprang auf, vollführte eine Pirouette, ein Cancan ertönte, andere Spieler strömten herbei, die Frau schrie, als spränge sie Bungee, ein Fotograf dokumentierte den ekstatischen Augenblick, zwei Mitarbeiter des

Casinos zahlten 28 000 Dollar aus. High Fives wurden hoch gehandelt. Allmählich verflog die Euphorie, die mit ihren exzessiven Glückwünschen Neid ausbrütenden Schaulustigen liefen auseinander, die Frau setzte sich an denselben Automaten und spielte weiter, neben ihr eine Freundin, die ebenso stumm und hektisch auf die Tasten drückte.

Nichts ist flüchtiger als gewonnenes Glück.

Die junge Kellnerin bedeutete mir, ich möge zahlen und verschwinden. Die sprichwörtliche asiatische Höflichkeit ist in Hongkong längst drainiert worden.

Die Nacht hindurch las ich in meinem Hotelzimmer Dokument um Dokument. Mein erster Verdacht bestätigte sich. Diese Unterlagen waren eine Fundgrube unverbundener Einzelheiten, eine Anhäufung disparater Details. Ich würde die verstreuten Punkte miteinander verbinden müssen, denn ohne plausible Erzählung hinterlassen Enthüllungen nackte Unverständlichkeit.

Mir schwante Sisyphus.

Gegen fünf Uhr am Morgen schlief ich unruhig ein, der Jetlag, die Stunden am Bildschirm, die innere Erregung gemischt zu einem Cocktail angespannter Erschöpfung.

Um acht Uhr trank ich demonstrativ an der Fensterfront des Hotelrestaurants ein großes Glas Orangensaft.

* * *

»Nennen Sie mich einfach DeepFBI.«

Das ungeschminkte Gesicht der kleinen drahtigen Frau entspannte sich zu einem Lächeln angesichts meiner Frage nach ihrem Namen (ich musste sie doch irgendwie ansprechen?).

Bar 109, Sonntagnachmittag. Wir teilten die enge Kaschemme mit Expats, alkoholisierten Männern und angetrunkenen Frauen. DeepFBI hatte diesen Treffort zu dieser Uhrzeit offensichtlich mit Bedacht ausgewählt.

»Überwiegend Kindermädchen, Hausangestellte. Aus den Philippinen, aus Indonesien. Sonntag ist ihr freier Tag. Den Rest der Woche sind sie im Dauerdienst. Am Sonntag schlagen sie über die Stränge.«

»Und die Männer?«

»Sexuelle Parasiten.«

Die Bar roch nach abgestandenem Bier und frischer Kotze. Mit einer Flasche Stella Artois in der Hand standen wir eng nebeneinander, die laute Musik pulsierte durch die allgegenwärtige Schäbigkeit. So mühsam wir uns verstanden, würde niemand unser Gespräch belauschen können.

»Wie sind Sie auf mich gekommen? Ausgerechnet auf mich?«

»Sie sind unabhängig.«

»Woher wollen Sie das wissen.«

»Wir haben so unsere Quellen.« Ein Lächeln huschte über ihre Augen.

»Klar. Sie wissen, dass mir die Einreise in die USA verweigert wurde.«

»Ein kleiner Fehler.«

»Technischer oder taktischer Art?«

»Ich gehe davon aus …«

Das Tremolo einer Synthesizer-Trompete. Einige der Frauen sprangen auf die Theke, tanzten ausgelassen. Jemand gab eine Runde Tequila aus. DeepFBI nahm einen Schluck aus der Flasche. Sie war weder burschikos, noch wirkte sie durchtrieben. Im Gegenteil. Sie strahlte etwas Fürsorgliches aus. Mein ertapptes Vorurteil. Ich leerte das Stamperl Tequila in einem Zug.

»Hier sollte man besser nicht nüchtern reinkommen,« sagte ich, als die Musik abschwoll.

»Auf keinen Fall nüchtern bleiben.«

»Unabhängig, sagten Sie. Was noch?«

»Sie mögen uns nicht.«

»Wer ist ›uns‹?«

»Die Geheimdienste. Im Westen wie im Osten, Sie sind konsequent in Ihrer Abneigung.«

»Ablehnung.«

»Ihre alte KGB-Akte ist recht ergiebig …«

»Tauschen Sie sich etwa untereinander aus?«

»Nicht doch. Sie selbst haben darüber geschrieben. Gelegentlich lesen wir auch, was frei verfügbar ist.«

Das hätte als gewitzter Smalltalk durchgehen können.

»Wieso benötigen Sie meine Hilfe?«

»Was für einen Nutzen haben Informationen, wenn man sie nicht verwenden kann? So viel wir auch wissen, wir können über dieses Wissen nicht frei verfügen. Es ist streng geheim und muss streng geheim bleiben, zum Schutz unserer Informanten und unserer Methoden. Das ist unsere Stärke – wir wissen so viel mehr als das, was wir nach außen geben, was nach außen dringt –, und zugleich unsere Schwäche: Wir müssen so einiges für uns behalten. Das bedauern wir gegenwärtig.«

»Wir?«

»Die unter uns, die bereit sind, die Notbremse zu ziehen.«

»Notbremse? Ist das nicht etwas melodramatisch?«

Sie wirkte konsterniert.

»Sie selbst malen in ihren Artikeln den Teufel an die Wand.«

»Ich möchte hören, wie Sie die Lage einschätzen.«

»Schlimmer noch.«

»Schlimmer als Notstand?«

»Kurz vor der Katastrophe.«

»Welcher?«

»Lassen Sie das Kopfgeplänkel. Glauben Sie, ich hätte mich zu diesem Schritt entschieden, wenn die Lage nicht brenzlig wäre?«

Der rotgesichtige Engländer neben mir mit der lauten Stimme eines Mannes, der auf einer Public School durch Erniedrigung zu einem höheren Wesen erzogen wurde, legte seine Pratze auf den Unterschenkel einer Philippinerin. Seiner

Kleidung nach zu schließen, war er direkt von einem Rugby-Spiel an die Theke geeilt, sie hingegen schien sich für einen Opernbesuch herausgeputzt zu haben.

»Nachdem ich mir die Nacht um die Augen geschlagen habe, ist mir die Herausforderung halbwegs klar. Ich werde aus diesem Konvolut eine plausible Erzählung formen müssen. Ich weiß allerdings nicht, wie sie aussehen wird. Es ist nicht abzusehen, für welche Darstellung der Ereignisse ich mich entscheiden werde.«

»Das Risiko muss ich eingehen. Mir bleibt nichts anderes übrig. Sie sind frei in Ihren Entscheidungen. Nur auf eines bestehe ich: Kein Kontakt vorab mit irgendwelchen Medien. Sie sichten das Material, Sie allein. Die Situation ist vertrackt. Die verschiedenen Gruppierungen bei uns belauern sich. Seilschaften haben sich in Feindschaften verwandelt. Der Schlag muss unvermittelt kommen. Nichts darf vorab durchsickern.«

»Wenn wir mit einer renommierten Zeitung zusammenarbeiten, könnten wir das Material über Wochen und Monate hinweg publizieren, das hätte größeren Einfluss auf die Öffentlichkeit.«

»Die Stärke eines Leaks ist seine Kompaktheit. Ein wuchtiger Schlag, in dem alles drinsteckt. Der Öffentlichkeit bleibt die Luft weg. Wer Enthüllungen dosiert, trägt dazu bei, dass sich die Leute an den Schmutz gewöhnen.«

»Sie halten nicht viel von der öffentlichen Debatte?«

»Vergessen Sie's. Die kreist um Fragen der Legalität, als wären wir alle Juristen. Wer hat wann das Gesetz gebrochen? Wenn wir eine starre Linie zwischen Kriminalität und Rechtmäßigkeit ziehen, übersehen wir das Wesentliche.«

»Was ist mit der Justiz?«

»Gerichtsurteile sind Rezepte, die nach dem Kochen verfasst werden.«

»Glauben Sie ernsthaft, dass nur jemand wie ich das Wesentliche erzählen kann?«

»Werden Sie nicht kokett. Wir haben in der Vergangenheit schlichtweg die Bedeutung der Öffentlichkeit falsch eingeschätzt.«

»Soll heißen, es ist für Sie einfacher, einen Schuldspruch in der öffentlichen Meinung zu erreichen als eine Verurteilung vor Gericht.«

»Was ich sagen will: Ein Vorgehen muss nicht illegal sein, um die nationale Sicherheit zu bedrohen.«

»Ihre nationale Sicherheit interessiert mich einen Dreck.«

»Sie können unmöglich der Ansicht sein, dass es besser wäre, wenn die Macht nicht in staatlichen Institutionen, sondern bei der Mafia, der Oligarchie und den Finanziers liegt. Demokratie oder Kleptokratie, das ist die Wahl, vor der wir stehen.«

DeepFBI klang auf einmal wie Jean-Paul Marat, die Agentin als Revolutionärin, aufrecht neben der Theke, ihre Worte nicht aufgesogen vom aufrührerischen Volk, sondern zerfetzt von einer Stereoanlage. Mir war zum Lachen zumute, zugleich war ich zutiefst traurig. Mal wieder wurde mir vor Augen geführt, in was für lächerlichen Zeiten wir leben.

»Graduelle Differenzen«, hielt ich dagegen. »In den Worten von Augustinus: Jede Bande ist ein kleiner Staat und jeder Staat ist eine große Bande.«

»Der Heilige? Das hat er wirklich geschrieben?«

»Überprüfen Sie es. Was Sie sagen, überzeugt mich nicht. Sie könnten jederzeit eingreifen.«

»Ist nicht so einfach. Wem kann ich vertrauen? Die oberen Chargen stehen unter enormem politischen Druck, die ducken sich weg. Die besten Kollegen verlassen das FBI. Wir sind gelähmt. Ein Denkfehler ist mir in Ihren Texten aufgefallen. Sie glauben, der Staat sei allmächtig.«

»Ist er das nicht?«

Sie lachte, ein einnehmendes Lachen. »Ich muss los.«

»Eine Frage noch: Was ist mit der russischen Mail? Stammt die auch von Ihnen?«

»Russische Mail? Aus Russland? Auf Russisch?«

»Vermutlich beides.«

»Wovon reden Sie?«

»Sie haben sich nicht abgesprochen?«

»Mit wem?«

»Jemandem im SWR.«

»Nein.«

Sie lehnte sich vor, wie jemand, der auf einmal Gegenwind verspürt, ihr Blick auf jener abschüssigen Bahn von Verwunderung zu Befürchtung. Sie wollte mich ausfragen, entschied sich aber dagegen. Nachdem sie hundert Hongkong-Dollar auf die Tresen gelegt hatte, teilte sie mir mit, wie ich mit ihr in Kontakt treten könne: gar nicht. Sie werde bei mir »anklopfen«. Wieder diese höfliche Wortwahl. Das ganze Gespräch über hatte sie ihre Worte behutsam gewählt, als hinge alles von meiner Entscheidung ab, als hätte ich die freie Wahl.

»Sie sprechen übrigens tatsächlich exzellent Englisch. Niemand, der Ihre Akte nicht kennt, würde den Akzent zuordnen können. Gute Nacht!«

Es war 16.24 Uhr. Sonntagnachmittag. Mein letzter freier Sonntag für eine halbe Ewigkeit.

WIEN

Es klingelte an der Haustür. »Paket für Sie. Sehr groß. Bitte nach unten kommen.« Ein DHLer. Einer, der klingelt. Manche seiner Kollegen werfen gleich den Lieferschein in den Briefkasten, weil der langsame Lift in den vierten Stock sie in ihrem Akkordzwang zu sehr aufhalten würde, worauf ich das Paket in einem Laden für afrikanische Mode abholen muss, wo zwei Schülerinnen über Hausaufgaben sitzen, umgeben von deckenkratzenden Paketen. In Schlappen stieg ich hinunter. Neben den Briefkästen lag ein brauner Quader von der Größe einer Waschmaschine. Nur mein Name auf dem Packpapier. Kein Aufkleber, kein Strichcode. Um einiges leichter, als seine Größe vermuten ließ. Das Paket passte gerade so in den Fahrstuhl. Es enthielt Unmengen an schwarzem SizzlePak sowie ein in goldenes Geschenkpapier eingewickeltes Päckchen. Einige der Papierfasern verhakten sich in meinem Pullover. Ein ovales Objekt unter einer Noppenfolie, mit Tesa zusammengeschnürt, eine Matrjoschka, eine Puppe aus ineinandergesteckten Puppen, üblicherweise Bäuerinnen mit gütig gerundetem Gesicht. Oder die sieben Führer des Landes seit der Revolution. Das Exemplar, das ich mir vor Jahren auf dem Ismailowski-Markt in Moskau hatte aufschwatzen lassen, begann mit Wladimir Iljitsch Lenin und schrumpfte zu Mikhail Iwanowitsch.

Die Matrjoschka im SizzlePak war weder Babuschka noch Breschnew. Die erste Puppe trug die Züge von Puschkin, dem entschlüpfte ein Gogol und diesem ein Gontscharow (lauter Schriftsteller, wie charmant). Es folgte ein Bulgakow, in dem ein Charms lauerte, der wiederum eine Figur mit zwei Gesichtern in sich barg, ein Januskopf, beide Seiten bartlos, mir unbekannt. Ich drehte die Puppe um. Auf der Unterseite stand: Ilf/Petrow, sowjetische Satiriker. Eigentlich hätte ich sie erkennen müssen, hatte ich doch erst vor kurzem ihr Tagebuch einer USA-Reise während der Weltwirtschaftskrise rezensiert und mit dem Bericht von John Steinbeck über seine Russlandreise einige Jahre später verglichen – humoristische Humanisten ohne Scheuklappen unterwegs im Land des vermeintlichen Feindes. Die letzte Figur war klein, der Abgebildete auf Anhieb nicht zu erkennen. Erst eine Inspektion mit der Lupe ermöglichte die Identifizierung, und auch nur, weil ich diesen Autor persönlich gekannt habe: Sinowjew. Alexander Sinowjew. Alexander Alexandrowitsch Sinowjew. Spätestens jetzt war die Illusion eines harmlosen Zufalls zerstört. Die Auswahl war bis zu diesem Moment eigenwillig genug gewesen. Aber mit dem so gut wie vergessenen Sinowjew zu enden, einem brillanten Logiker, der in wahnwitzigen Wortfällen (Fallstricke, Falltüren, Fallobst) die marxistisch-leninistische Ideologie in den miefigen Korridoren der sowjetischen Bürokratie als Wollmaus (nein, als Staubratte) entlarvt hatte – das war eine kaum verschlüsselte Nachricht an mich! Wer auch immer die russische Literatur so verschachtelt hatte, wusste über meine Vorlieben genau Bescheid. Woher? Waren diese Informationen öffentlich? Ich überlegte. Zur Neuübersetzung von Iwan Gontscharows *Oblomow* hatte ich ein Nachwort beigetragen, eine Auswahl der Minigeschichten von Daniil Charms an einem schlecht besuchten Abend in der Alten Schmiede in Wien vorgestellt, *Der Meister und Margarita* einmal (zu Weihnachten) als eines meiner Lieblingsbücher empfohlen.

Jemand hatte diese Flüchtigkeiten penibel zusammengetragen.

Wer?

Ich kippte das Paket um. Nur Füllmaterial, kein Umschlag, keine Nachricht. Ich untersuchte die Puppen, tastete die Aushöhlungen ab. Nichts bei Puschkin, Fehlanzeige bei Gogol und Gontscharow, Leere im Bauch von Bulgakow und Charms, kein Glück bei Ilf/Petrow. Es blieb nur noch der kleine Sinowjew (bei unserem ersten Treffen in Johanneskirchen bei München hatte er sich für sein schlechtes Deutsch entschuldigt, »wir sitzen vor dem Fernseher, so lernt man keine Sprache«). Er ließ sich nicht aufschrauben. Ich schüttelte ihn. Etwas klapperte in seinem Inneren. Ich würde ihn zerbrechen müssen. Ich zögerte – merkwürdig, wie eigenwillig unsere Pietäten ausfallen –, doch mir fiel sogleich ein, dass sich dieser hellsichtige Mann, der den *Horror Bolschewiki* wie kaum ein anderer beschrieben hat, nach seiner späten Heimkehr in einen russischen Patrioten und Apologeten Stalins verwandelt hatte. Die Schlussrunde kann das ganze Lebensrennen versauen. Ich sägte ihn auf. Vorsichtig. In der Puppe ein klitzekleiner USB-Stick.

Genauer gesagt: ein Secure USB (Zugriffsbeschränkung und Datenverschlüsselung nach AES 256). Ein Passwort wurde verlangt. Ich tippte meinen Namen ein. Falsch. Mir blieben fünf Versuche. Der Name Sinowjews. Неправильно. Drei weitere wohlüberlegte Vermutungen. Nein. Nein! Nein!! Die letzte Chance. Ich überlegte lange, bevor ich tippte:

Katastroika.

AES 256, öffne dich!

Meine Erwartungen an das russische Material waren bescheiden. Mikhail Iwanowitschs Methode der heimlich abgesicherten und demonstrativ ausgeübten Macht war bekannt. Seine Anordnungen hinterlassen keine Spuren. Niemand würde je ein entlarvendes Dokument finden, auf dem ein Mord, eine Bestechung, eine konkrete Geldwäsche vermerkt wären. Er entscheidet alles; er unterschreibt nichts. Das ist der Unterschied zum alten Regime – verherrlicht in frisch enthüllten Denkmälern –, das seine (Misse)Taten minutiös erfasste und archivierte. Das mir vorliegende Material war zur Gänze »сверхсекретен«, streng geheim. Es war ebenfalls bearbeitet worden: mehr schwarze Balken als bei den Amerikanern. Was ich nicht erwartet hatte: Einige der Dokumente führten ins letzte Jahrhundert, in die Epoche vor dem Zusammenbruch des Sowjetreichs. Als noch alles dokumentiert wurde (Amtshilfe für die Geschichtsschreibung). Ich begann zu lesen.

Als ob es noch eines Beweises bedurft hätte, dass die Vergangenheit nicht vergangen ist …

PRAG

Das älteste Dokument aus der Matrjoschka stammte aus dem September des Jahres 1977, verfasst von einem Major namens Nováček. Eine geheimdienstliche Aktennotiz der Art, wie ich sie nach jahrelanger Lektüre der Dossiers der Staatssicherheit verschiedener osteuropäischer Staaten zur Genüge kannte. Ich weiß sogar, wie sie realiter riecht. Während ich den Inhalt des Scans überflog, stellte ich mir den Major in seinem nüchternen Büro in dem schmucklosen Gebäude in der Bartolomějská vor, wie er an jedem seiner Diensttage damit beschäftigt war, für Ordnung zu sorgen. Mit Überzeugung. Es gibt Menschen, die an Gott glauben, an die Partei oder an sich selbst – der Major glaubte an die Ordnung der Abläufe. An die korrekte Ablage. An eine Präzision, die sich täglich wiederholen lässt. Improvisation ist was für Zigeuner, fand der Major, sollen die doch dudeln und fiedeln. Nicht angemessen für seriöse Berufe, für Ingenieure, Architekten oder Offiziere der Staatssicherheit. Wer die Ordnung missachtet, gefährdet die Gesellschaft. Hätte seine Ehefrau »Ordnung ist das halbe Leben« geseufzt, hätte er sie mit gespielter Strenge korrigiert: »Ordnung ist das ganze Leben.« Während der Major seine Berichte verfasste, seine Anweisungen hinzufügte, glitt sein Blick gelegentlich durch sein Büro (keine Familienfotos, keine Blumen, nur ein Aktenschrank und ein Kalender aus einem vergangenen Jahr mit farbschiefen Reproduktionen) zum Fenster hinaus. An diesem

Septembertag schien die Sonne, auf unzuverlässige Weise. Er überlegte sich zwischen zwei Arbeitsabläufen, am Wochenende angeln zu gehen. Major Nováček schlug eine weitere Akte auf.

Der Sachverhalt: Eine Bürgerin der Volksrepublik hatte eine Person im feindlichen Ausland geehelicht. In so einem Fall war eine Akte anzulegen. Dies war vorschriftsmäßig erfolgt. In der Provinz, im fernen Zlín. Des Weiteren war der Vater der Bürgerin zu vernehmen. Diesem war aufzutragen, jedwede Veränderung im Lebensstand seiner Tochter unverzüglich der Státní bezpečnost (StB) zur Kenntnis zu bringen. Folglich hatte dieser den zuständigen Offizier informiert, als seine Tochter ein zweites Mal heiratete. An sich nicht bemerkenswert. Ehen scheiterten, im Osten wie im Westen. Was die Verantwortlichen in Zlín aufhorchen ließ, war die Behauptung, dass der neue Schwiegersohn ein »sehr reicher Mann ist, dem gehört die halbe Stadt, der ist so wichtig, der muss die nächsten dreißig Jahre keine Steuern zahlen«. Solch kleinbourgeoiser Stolz sollte dem Vater ausgebläut werden, dachte sich der Major. Was schneidet der auf, nur weil sich seine Tochter drüben einen fetten Parasiten angelacht hat. Die Information war an die Zentrale in Prag weitergeleitet worden. Die korrekte Vorgehensweise, registrierte Major Nováček zufrieden. Er merkte sich den Namen des jungen Offiziers in Zlín und las weiter.

Ein Informant mit dem Decknamen LUBOS berichtete, dass Ivana Z., seit 1968 im Ausland ansässig, zuerst in Österreich, wo sie (mit einem Skilehrer vermählt) als Kassiererin in einer Tankstelle gearbeitet hatte, im Juni in New York einen stadtbekannten Immobilienmakler geheiratet habe. Der Offizier in Zlín hatte LUBOS beauftragt, weitere Informationen einzuholen. Sein nächster Bericht behandelte den abgeschlossenen Ehevertrag (offensichtlich nicht von Staats wegen reguliert, sondern den Ehepartnern überlassen), in dem festgelegt worden sei, dass der Immobilienmakler mindestens drei Kinder erwarte und seine Frau, sollte die Ehe scheitern, mit einer Million Dollar entschädigen würde. Wie widerlich, dachte sich der Major und verspürte zugleich Hochachtung für die investigative Leistung von LUBOS.

* * *

Zwischen diesem Dokument und dem nächsten lagen Jahre, in denen Major Nováček des Öfteren angeln gegangen ist und die einstige Bürgerin aus Zlín dem steuerbefreiten Geschäftsmann vereinbarungsgemäß drei Kinder gebar, mit denen sie im Sommer die Großeltern besuchte, observiert von den Kollegen vor Ort, die nach ihrer Abreise jeweils den Vater zu sich bestellten (die Telefongespräche zwischen Ivana Z. und ihrem Vater wurden abgehört, die Post überwacht). Es wurde vermerkt, dass sie mit ihren Kindern auch in den USA Tschechisch sprach; die Freunde und Bekannten der Familie in der ČSSR waren aufgezählt. Dem Vater wurde erlaubt, seine Tochter in den USA zu besuchen, vor seinem Abflug wurde er zu einem vertraulichen Gespräch vorgeladen. Er schien verstanden zu haben, was von ihm erwartet wurde, ohne dass Druck auf ihn ausgeübt werden musste.

Eines Tages entschied der Major, wesentliche Teile dieses Dossiers als Kopie nach Moskau zu schicken. Nichts Außergewöhnliches, die Geheimdienste der Bruderstaaten teilten ihre Erkenntnisse regelmäßig mit dem KGB, die Moskauer Behörde unterhielt ein großes Verbindungsbüro in Prag, und nicht wenige der StB-Offiziere (»die Freunde«) arbeiteten direkt für den KGB.

Major Nováček muss Mitte der achtziger Jahre in Ruhestand gegangen sein. Sein Name taucht nicht mehr auf, die Berichte aus den Jahren 1988 und 1989 sind schlampiger formuliert. Der Millionär habe den Ausgang der Präsidentschaftswahl 1988 vorausgesagt. »Das Ergebnis der Wahl bestätigt die Richtigkeit seiner Angaben«, folgerte ein gewisser Leutnant Surý in einem geheimen Dokument vom 23. Januar 1989 locherscharf. Beeindruckt von dieser außergewöhnlichen Kenntnis der politischen Prozesse, beschloss die Erste Direktion die Befassung mit dem Millionär von Manhattan zu »vertiefen«. Worauf in einem »Agenturvermerk« vom 10. Oktober 1989 der Informant A-JARDA mit kaum unterdrücktem Stolz vom USA-Besuch der Delegation einer heimischen landwirtschaftlichen Produktionsgenossenschaft berichtete:

»Sie wurden von einem der reichsten Männer New Yorks empfangen. Er ließ sich ausführlich über die Tätigkeit der Genossenschaft und ihrer Vorhaben hinsichtlich der Ausweitung der Handelsbeziehungen informieren. Zum Schluss nahm er eine Einladung zum Gegenbesuch in Slušovice an.«

Mit diesem zuversichtlichen Vermerk endet die Beschäftigung der tschechischen Staatssicherheit mit dem angeheirateten Millionär von Manhattan.

Müde blickte ich auf die Jungfernrebe, die über die Fassade des gegenüberliegenden Hauses kroch. Das Haus war hässlich, die Rebe schön. Ohne Haus gäbe es sie nicht. Wieso hat die unbekannte Person aus Moskau mir diese Informationen geschickt? Ich stärkte mich mit Gyokuro, einige Schlucke nur, so als wäre es Single Malt.

Das nächste Dokument läutete so laut wie die nahen Kirchenglocken. Eindringlich durchdringend.

Bevor Major Nováček pensioniert wurde, hatte er 1985 einen Bericht an seinen russischen Kontaktoffizier geschrieben. Trotz des behördlichen Tons war eine gewisse Vertrautheit zwischen den Zeilen zu spüren, vermutlich hatten die beiden sich getroffen, zu einem Pelmeni-Essen oder einem Spaziergang im Botanischen Garten. Das Schreiben begann mit dem Satz: »In Anbetracht der neuen Richtlinien …« Beide Seiten wussten offensichtlich, was gemeint war, denn alles Weitere bezog sich auf diesen anfänglichen Verweis.

Ich nicht.

Ich tappte im Dunklen.

* * *

Eine kleine Leiter führt zu den abgelegeneren Regionen meiner Bibliothek. Ich kramte aus dem obersten Regal (hintere Reihe) einige längst vergessene Bücher über den KGB hervor. Bei jeder meiner Recherchen bunkere ich Hintergrundwissen, in Sorge, meine Kenntnisse könnten nicht ausreichen, Dutzende von Monographien, die ihre Schuldigkeit allein durch ihr Vorhandensein tun. Obwohl ich sie selten konsultiere, kann ich mich nur schwer von ihnen trennen.

Ich begann nach Informationen über KGB-interne Veränderungen Mitte der achtziger Jahre zu suchen. General Wladimir Krjutschkow, Leiter der Ersten Hauptdirektion, war auf dem Höhepunkt seiner Macht, bevor er sich einige Jahre später als Putschist verausgabte. Als junger Offizier in Budapest war er 1956 von der Ungarischen Revolution überrumpelt worden. Wie sein Vorgesetzter, Botschafter Juri Andropow, war Krjutschkow erschüttert von der Rasanz des Volksaufstands. Gestern noch schien alles unter Kontrolle, heute baumeln die Leichen der ungarischen Kollegen von den Laternenpfosten. Der General haute unverrückbare Pflöcke in seine Lebenseinstellung: Wiege dich nie in Sicherheit!

1967 wurde Andropow Vorsitzender des KGB, der treue, arbeitswütige Krjutschkow stieg mit ihm auf. 1984 war seine Abteilung auf zwölftausend Offiziere angewachsen, weswegen die Zentrale in Jassenewo, am bewaldeten südlichen Stadtrand Moskaus, um einen zwanzigstöckigen Anbau und ein neues elfstöckiges Gebäude erweitert werden musste. Aber trotz der Expansion, trotz aller Arbeit und Disziplin, trotz immenser Anstrengungen und enormer Investitionen, hatte der KGB zuletzt kaum noch Agenten in den USA angeworben. Der General, wütend vor verbissenem Ehrgeiz, kanzelte seine Offiziere ab, weil sie es versäumt hatten, hochrangige Amerikaner zu »rekrutieren«.

Die Berichte der KGB-Offiziere im Ausland waren fehlerhaft und unzuverlässig. Vorspiegelung falscher Provenienz: Die Informationen stammten angeblich aus konspirativen Quellen. In Wirklichkeit bestanden sie aus recycelten Zeitungsberichten oder aufgewärmtem Klatsch und Tratsch. Manch eine Residenz im Ausland führte kostspielige, aber wenig kostbare »Papieragenten« in ihren Büchern. Mit wirklicher Geheimdienstarbeit hatte dies nichts gemein.

Krjutschkow gab einen neuen Marschbefehl aus: »Unsere Aufmerksamkeit muss sich zuvorderst auf die Anwerbung wertvoller Agenten konzentrieren.« Er verschickte eine Liste an alle KGB-Residenzleiter, in der die gewünschten Eigenschaften eines potenziellen Agenten beschrieben wurden.

Krjutschkow verlangte von seinen Offizieren, die vertraulichen und inoffiziellen Kontakte besser zu nutzen, vor allem zu prominenten Persönlichkeiten, nicht nur zu Politikern, insbesondere zu einflussreichen Geschäftsleuten. In den Mittelpunkt künftiger Aktivitäten seien Personen zu stellen, die zu der Überzeugung gelangt seien, die eigenen oder die nationalen Interessen stimmten mit denen der Sowjetunion in bestimmten Punkten überein; »daher können wir davon ausgehen, dass sie in unserem Sinne agieren werden«. Er verlangte eine »umsichtigere Herangehensweise an mögliche Kandidaten, mit besonderem Fokus auf ihre langfristige Entwicklung«. Eine Lösung bestand seiner Auffassung nach darin, »die Einrichtungen befreundeter Nachrichtendienste« (des tschechoslowakischen zum Beispiel) »stärker zu nutzen«.

Er ließ den Agentennachwuchs schulen, von keinem Geringeren als Kim Philby. In einer Moskauer Treffwohnung des KGB ohne Namensschild (sogar ohne Fußabstreifer) verwandelte sich der Altmeister unter den Verrätern vor den erstaunten Augen seiner Schüler in einen maltesischen Politiker, in einen schwedischen Journalisten, in einen irischen Akademiker, in einen britischen Bürokraten – er forderte die Rekruten auf, ihn zu rekrutieren.

Er nahm ihre Bemühungen unter eine kritische Lupe, die er mit zittriger Hand hielt:

»Ihr macht einen Fehler, wenn ihr ideologische Sympathien für die Sowjetunion erwartet. Das war einmal!«

Er hielt inne, die Pause eine Aufforderung an die Jugend, seine legendäre Biographie als nostalgischen Soundtrack zu sampeln.

»Heutzutage benötigen wir eine andere Herangehensweise.«

Schweigen.

»Vorschläge?«

»Geld.«

»Geld ist nützlich und notwendig, aber nie ausreichend.«

»Eitelkeit.«

»Meine Lieblingsschwäche. Suchen Sie nach Menschen, die bei jeder Hochzeit die Braut und bei jeder Beerdigung die Leiche sein wollen. Schmieren Sie diesen Honig ums Maul. Manch ein Erfolg verdankt sich der richtigen Dosierung von Schmeichelei.«

»Sex.«

»Eheliche Untreue, ein scharfes Schwert. Eigenwilligkeiten des sexuellen Geschmacks lassen sich leicht zu Perversionen verdrehen. Kompromittierende Informationen sind das Fundament einer verlässlichen Beziehung.«

Er ließ das Gesagte einsinken.

»Was noch?«

Philby blickte in die jungen, strebsamen Gesichter.

»All das und noch vieles mehr. Je mehr Widerhaken, desto besser.«

Niemand hatte ihm, dem berühmtesten Spion aller Zeiten, je Unterricht erteilt. Hätte ihn jemand nach seiner Meinung gefragt, er hätte zu Protokoll gegeben, dass gewisse Fähigkeiten angeboren seien. Spionage ist Improvisation, da hilft keine Partitur. Das schematische Denken der KGB-Führung –

1. Fähigkeit zu konspirativer Zusammenarbeit
2. Bereitschaft, Anweisungen des KGB zu folgen –

war wenig geeignet, Objekte an sich zu binden, die aufgrund ihrer Persönlichkeit zu einer derartigen Disziplin nicht in der Lage waren.

Im Sommer des Jahres 1984 erging eine Anweisung General Krjutschkows an alle auswärtigen Dienststellen:

»Unterbreiten Sie der Zentrale Vorschläge zur Einladung geeigneter Ausländer in die UdSSR, insbesondere (…) Vertreter der Wirtschaft, mit dem Ziel, sie genau zu prüfen und sie gegebenenfalls so zu steuern, dass sie einen Einfluss auf ihre Gesellschaft nehmen, der sich zu unseren Gunsten auswirkt.«

Dieser Aufforderung kam Major Nováček nach, als er der Zentrale einen Vorschlag unterbreitete, einen Namen samt Begründung (kurz und schlüssig), wieso der angeheiratete Millionär aus Manhattan ein geeignetes Objekt sein könnte.

Der Major verabschiedete sich in seine Verrentung mit einem Vermerk, der die Weltgeschichte verändern sollte.

WIEN

Katastroika. So der Titel einer Satire, die Alexander Sinowjew gerade veröffentlicht hatte, als wir uns das erste Mal trafen. Mit Sicherheit wurde er damals vom KGB überwacht, es wimmelte in der Münchner Exilantenszene nur so von Informanten und Spionen. Radio Freies Europa, eine Propagandadienststelle im ideologischen Hörner-Kampf, ein Außenposten im Kalten Krieg, sendete von der Isar aus stracks nach Osten. In dem unauffälligen Gebäude unweit des Englischen Gartens verdächtigte jeder jeden, jede jede, jeder jede und jede jeden. Die Stimmung Mitte der achtziger Jahre war von Resignation und Routine geprägt, man schmorte im eigenen Gerüchtesaft, niemand erwartete eine Veränderung, damals, in den Jahren nach meinem abgebrochenen Studium, als ich ausgelacht wurde, wann immer ich das Ende des Sowjetreichs vorhersagte (nicht bald, aber gewiss).

Erinnerungen, die der Whistleblower aus Moskau mit seiner Wahl des Passwortes heraufbeschwor. Einige Tage später kontaktierte er mich und schlug ein Treffen in Wien vor. Bei der Vienna Contemporary. Ich sollte an einem bestimmten Stand ein Bild kaufen. Alles Weitere werde er veranlassen.

Die viennacontemporary (so die richtige Schreibweise) war mir ein vager Begriff, so wie die Art Basel oder die Millionärsmesse in Amsterdam. Sie gehört einem russischen Immobilieninvestor, der in einem Interview verkündete, dank dieser

Kunstmesse reihe sich Wien in die »contemporary cultural capitals« ein (CCC, das kulturelle Äquivalent eines AAA-Ratings in der Finanzwelt). Kurz nach meiner Ankunft erhaschte ich einen Blick in den VIP-Bereich, wo die Außenministerin des Landes (sie vertrat eine Partei der Krämer, die sich als Krieger aufmandeln) hingebungsvoll an den Lippen des Oligarchen hing. Mit Geld unterhält sich ein jeder, mit Geist nur Anspruchsvolle.

Wir hatten uns gegenüber dem Stand eines Ausstellers mit dem ambitionierten Namen »Gesellschaft für projektive Ästhetik« verabredet. Ich musste zweimal in meinem Messeplan nachschauen, denn unter den Ausstellern in den lichten Räumen der Marx-Halle (ja, in Wien gibt es eine Marx-Halle und einen Marx-Hof, sogar einen Bankberater namens Marx, der mir einen großzügigen Überziehungskredit gewährt) waren auch eine »Gesellschaft für programmatische Ästhetik« sowie eine »Gesellschaft für progressive Ästhetik« (ein leerer Stand mit einem Besen in der Ecke).

Ich erwarb wie vereinbart ein Bild, das billigste unter den ausgestellten, einen farbenfrohen Beweis ästhetischer Hehlerei für knapp zweitausend Euro (Herr Marx würde seine zerfurchte Stirn runzeln). Originell daran war nur der Titel: *Mundi, Salvador.* Ich wollte mich gerade ein wenig vom Stand entfernen, als mich ein Mann ansprach, der etwas Bulliges an sich hatte, der Kopf lag auf den Schultern, der Hals eher Scheibe als Schraube.

»Verzeihung, wenn ich dürfte, einige Fragen nur, für ein russisches Kunstmagazin.«

»Tut mir leid, ich habe keine Zeit.«

»Sie haben mir das Interview zugesagt, Herr Trojanow.«

»Natürlich, ich habe …«

»Jemand anderen erwartet?«

»Es wimmelt bei diesen Messen nur so von Journalisten.«

»Genau. Deswegen.«

»Deswegen?«

»Meine erste Frage: Sammeln Sie moderne russische Kunst?«

»Erst neuerdings.«

»Aha. Sie sind erst vor kurzem auf den Geschmack gekommen?«

»Sozusagen.«

»Und die alten Meister?«

»Sind offenbar nicht mehr zeitgemäß.«

»Zufrieden mit Ihrer Akquisition? Ich sehe, Sie haben sich für einen Ponomarenko entschieden?«

»Sie wissen ja, wie das so ist. Sammler sind unglückliche Menschen, sie entdecken immerzu Lücken, von denen sie zuvor nichts wussten.«

»Sammler sind unersättlich. So könnte man es formulieren, nicht wahr?«

»Ohne es ausleben zu können. Es gibt so viele Einschränkungen, die Endlichkeit der Mittel, der Zeit. Ich versuche, realistisch zu bleiben, einige Werke noch, das würde mir genügen, einige herausragende Werke.«

»Nun, da Sie einen ersten Eindruck gewonnen haben, Herr Trojanow, haben Sie Ihren Blick geschärft?«

»Ein wenig, doch.«

»Sie könnten präzisieren, was Ihnen in Ihrer Sammlung fehlt?«

»Sollte nicht der Galerist dem Sammler etwas anbieten?«

»Sie haben vielleicht keine klare Vorstellung davon, wie viele Kunstwerke wir in Russland haben, wir sind ein sehr kreatives Volk, mit einem enormen humanistischen und spirituellen Potenzial. Außerdem, so wie ich es begreife, hat jeder hingebungsvolle Sammler so etwas wie ein Konzept, setzt Schwerpunkte. Er hat eine Vision. Ein Bekannter von mir kuratiert seit Jahren Ausstellungen in Sankt Petersburg, er hat mir mal erklärt, es sei entscheidend, wie die Bilder einer Ausstellung aufgehängt werden, in welcher Position, in welcher Höhe, in welchem Abstand. Erstaunlich, nicht? Je nach Kurator eine ganz andere Ausstellung, auch wenn die Auswahl der Bilder gleich wäre.«

»Sie kennen sich besser aus als ich.«

»Nicht doch. Ich bin bloß Journalist, Sie sind der Sammler. Allerdings kenne ich unsere Szene ganz gut. Sollten Sie Vorlieben formulieren können, wäre es mir ein Vergnügen, Ihnen Bilder von den Kunstwerken zuzusenden, die für Sie von Interesse sein könnten. Die meisten sind ja unbekannt.«

»Wie in Museen.«

»Worauf spielen Sie an?«

»Auf die vielen Schätze im Fundus, im Depot. Der Großteil wird nie den helllichten Tag erblicken.«

»Sie verstehen nicht nur etwas von Kunst, sondern auch von Kunstvermittlung.«

»Ihnen macht das hier Spaß?«

»Wer mit Freude seine Arbeit erledigt, arbeitet erfolgreich.«

»Wieso eigentlich ich? Es gibt Sammler en masse. Was hat Sie zu mir geführt?«

»Fühlen Sie sich überfallen? Das tut mir leid. Wir möchten von Ihrem freiwilligen Interesse ausgehen.«

»Das muss kein Widerspruch sein.«

»Wir haben jemanden mit Ihrem Profil gesucht.«

»Ich habe ein Profil?«

»Jemand, der glaubwürdig ist. Das ist heutzutage entscheidend. Wer spricht. Früher war die Sammlung wichtig, heute nur, wer dahintersteckt. Genauer gesagt: davor. Die Glaubwürdigkeit des Sammlers, darauf kommt es an!«

»Wieso tun Sie das?«

»Aus Patriotismus. Die russische Kunst bedeutet mir alles.«

»Ich meine den wirklichen Grund.«

»Unsere Redaktion weiß, wie Sie zu dieser Sache stehen, wir haben gelesen, was Sie so schreiben. Ich meine es ernst. Es ist wichtig, dass unsere Kunst wahrgenommen wird, so wie wir die Kunst der anderen wahrnehmen, sagen wir zum Beispiel unserer amerikanischen Freunde. Man sollte sich gegenseitig wertschätzen, dann könnten wir eines Tages sogar gemeinsam ausstellen. Danke für das Interview. Ich hoffe, wir bleiben in Kontakt.«

Er ließ mich stehen, in einem der breiten Gänge der viennacontemporary. Am Ende der Halle hing ein kolossales Bild: Karger Körper ertrinkend in einem Käfig voller Blau. Mein Ponomarenko war kaum größer als eine Postkarte. Ein minimalistischer Surrealist, hatte mir die staksige Galeristin erklärt, in jenem nüchtern-kundigen Tonfall, mit dem Verkäuferinnen die passende Schuhgröße bekannt geben. Es wird ein Leichtes sein, das Bild zu lagern, in der schwindsüchtigen Hoffnung, dass es eines Tages etwas wert sein könnte.

ÜBERALL UND NIRGENDWO

Ich bin nicht leichtgläubig.

Im Gegenteil. Zum eigenen Schaden (oft). Ich misstraue anderen so sehr wie mir selbst. Jemand hat es einmal Wahrnehmungsparanoia genannt. Kaum glaube ich etwas zu erkennen, befürchte ich sogleich eine Täuschung. Im Orient wäre ich ein Weiser, hierzulande bin ich ein »schwieriger Zeitgenosse«. Der Vorteil: Meine Texte gelten als glaubwürdig. Der Nachteil: Es dauert Jahre, ein Buch zu verfassen, Monate für eine Reportage, Wochen für einen Artikel.

Wer auf jeden seiner Schritte achtet, kommt nur langsam voran.

Die nächsten Tage verbrachte ich in Dunkelheit und Einsamkeit, der Bildschirm meines chinesischen Laptops ein Altar, an dem ich alle Rituale der Wahrheitsfindung ausführte. Verglich Namen und Daten mit anderen Quellen, verifizierte Behauptungen. Anhand des einzig verlässlichen Maßstabs, der Plausibilität. Die Skala auf diesem Lineal verschiebt sich zwar, aber das Lineal bleibt konstant. Oft prallte ich gegen eine Wand. Für weitere Erkundigungen hätte ich das Haus verlassen und mich auf Recherche begeben müssen. Das versagte ich mir, solange es geleaktes Material zu sondieren gab.

Bemerkenswert waren die zunehmend klarer werdenden Unterschiede zwischen den beiden Leaks. Die russischen Dokumente führten mich an der Nase herum, die amerikanischen

45

forderten meinen Spürsinn heraus. Systematisch einerseits, kaleidoskopisch andererseits. Die russischen Dokumente waren fein säuberlich geordnet, ein narratives Verkehrsleitsystem. Die amerikanischen waren here, there & everywhere. Das russische Leak schien eher das Werk einer Gruppe zu sein, das amerikanische ein individueller Akt. Aber sie ergänzten sich, Mal ums Mal.

* * *

Das russische Leak
    Vor meinen angestrengten Augen schimmerte die Akte über Schiefer Turm.
    Die Anbahnung;
    die Begegnung;
    die Einstufung als Ziel eines »offiziellen Kontakts«;
    die Beförderung zum »objekt razrabotki«.
    Gestatten: Botschafter Juri Dubinin. Gerade eben zum Ständigen Vertreter der Sowjetunion bei den Vereinten Nationen bestellt. Dies ist sein erster Bericht aus New York, adressiert an den KGB, nicht an das Außenministerium (die damalige Hierarchie:
    1. Partei,
    2. Geheimdienst,
    3. Regierung).
    Das Jahr: 1986; der Monat: März.
    Vom John-F.-Kennedy-Flughafen sei er mit seiner Tochter, die ihn abgeholt habe, nach Manhattan gefahren. Zu einem gläsernen Wolkenkratzer. Adresse: 725 Fifth Avenue.
    »Wir waren nicht angemeldet. Wir fuhren in den 26. Stock und wurden zu unserer Überraschung sofort zum Eigentümer des Gebäudes vorgelassen. Meine Tochter erwähnte, dies sei mein erster Besuch in New York, worauf sich folgende Unterhaltung entspann:

46

– Das erste Mal. Tatsächlich?

– Ja, das allererste Mal.

– Wann sind Sie angekommen?

– Vor einer Stunde.

– Und gleich zu mir?

– Aber ja doch. Das Erste, was ich von dieser Stadt wahrgenommen habe, ist Ihr Turm!

– Das Erste?

– Das Allererste!

– Sie haben einen Blick für so was!

– Ich war so aufregt, als ich dieses Gebäude gesehen habe, so was Einmaliges, so was Erstaunliches, ich habe zu meiner Tochter gesagt, lass uns anhalten und den Mann kennenlernen, der dieses Wunder geschaffen hat.

– Wunder? Sie sagen es. Mein Turm, ein Wunder!

– Sosehr es mir schwerfällt, ich muss zugeben, so was haben wir daheim nicht.

– Sollten Sie!

– Werden wir!«

Da Dubinin die restliche Unterhaltung kursorisch zusammenfasst, hat er diesen Teil des Gesprächs wohl wortwörtlich protokolliert, um sich selbst auf die Schulter zu klopfen. Nicht nur ein Kennenlernen, weitaus mehr als ein Austausch von Nettigkeiten, ein sich Beschnuppern: Zwei bis dato Wildfremde führen eine eigene Währung für die sich anbahnende Beziehung ein, ausgerichtet am Goldstandard: die Eitelkeit. Dieses Vorgehen hätte Kim Philby gefallen, der seinen Schülern einbläute: Fragen Sie sich immer wieder, ob das Objekt folgende Schwachstellen hat: Egoismus, Ehrgeiz oder Eitelkeit?

»Ich kann ohne Übertreibung behaupten, das Objekt schmolz dahin. Er ist ein gefühlsbetonter Mensch, impulsiv, temperamentvoll. Er reagiert sehr positiv auf Anerkennung.«

(Dubinin später zu seiner Tochter: Es sei wie Führen beim Tanzen gewesen.)

Erst nach diesem Gespräch fuhr der Gesandte in die sowjetische UNO-Mission, eine Kommandozentrale des KGB. Viele der hier beschäftigten dreihundert Personen waren Geheimdienstler, die restlichen diesen unterstellt.

Einige Monate später, bei einem Mittagessen auf Einladung des Kosmetik-Magnaten Leonard Lauder, saß Juri Dubinin, inzwischen sowjetischer Botschafter in den USA, direkt neben Schiefer Turm. »Wir führten ein unverfängliches Gespräch«, schwärmt Letzterer in seinem Bestsellerbuch *Die Kunst des Schacherns*, »eins ergab das andere, und bevor ich mich versah, redeten wir darüber, ein großes Luxushotel direkt gegenüber dem Kreml zu bauen.«

(Der ehemalige KGB-Generalmajor Oleg Kalugin erklärte vor Jahren in einem ausführlichen Interview, »die Rekrutierung eines neuen Aktivpostens beginnt stets mit einem *unverfänglichen* Gespräch«.)

Im Januar 1987 erhielt Schiefer Turm einen Brief von Botschafter Dubinin: »Es ist mir eine Freude, Ihnen gute Nachrichten aus Moskau überbringen zu dürfen.« Die sowjetische Tourismusagentur Intourist habe »Interesse an einem Joint Venture zum Bau und Betrieb eines Hotels in Moskau bekundet«.

(Zum besseren Verständnis: Der KGB leitete die Agentur Intourist quasi als Unterabteilung der Staatssicherheit.)

»Mit tatkräftiger Hilfe unseres Attachés Witali Tschurkin, der mit der Mentalität der Amerikaner vertraut ist, werden wir diese Reise in allen Einzelheiten vorbereiten. Wir sollten in Moskau eine Reihe möglicher Standorte für ein solches Hotel ausfindig machen, darunter einige in der unmittelbaren Nähe des Roten Platzes, das wird ihm schmeicheln. Zu diesem Zweck sollte Attaché Tschurkin im Vorfeld dieses Besuchs eine Heimreise antreten.«

Bei der Unterbringung der Gäste (Schiefer Turm samt Ehefrau, die gebürtige Tschechin aus Zlín) wurde weder an Prunk noch an Aplomb gespart, »eine außergewöhnliche Erfahrung« laut Aussage des Gastes, die Unterbringung in einer Suite im Nationalhotel, nahe dem Roten Platz, in Räumen, wo siebzig Jahre zuvor, im Oktober 1917, Lenin mit seiner Frau eine Woche verbracht hatte. »Sorgen Sie dafür«, hatte Attaché Tschurkin handschriftlich am Rand vermerkt, »dass dem Gast erklärt wird, was für ein großer Führer Lenin war und welche Bedeutung er für unser Land wie auch für die gesamte Menschheit hat« (als Jugendlicher hatte der Attaché in zwei Spielfilmen über das ruhmreiche Leben Lenins mitgewirkt. So etwas prägt, lebenslang).

Die Dokumente schweigen sich aus über die Frage, was in Moskau während dieses Besuchs geschehen ist. Ob überhaupt etwas vorgefallen ist. Eine vielsagende Aussage des ehemaligen KGB-Offiziers Oleg Kalugin aus meinen eigenen Unterlagen: »Wenn wir jemanden offiziell einluden, wurden keine Mühen gescheut, das war Gastfreundschaft vom Feinsten. Alles kostenlos. Partys mit netten Mädchen, wenn der Gast allein war. Selbst wenn nicht, es gab immer noch die Möglichkeit eines Saunabesuchs, und dort ein Mädchen. Außerdem haben wir alles überwacht, die Hotelzimmer standen 24 Stunden unter Beobachtung, wir hatten überall Kameras und Mikrofone installiert. Es galt, wertvolle Informationen zu sammeln und diese Informationen für den zukünftigen Gebrauch auszuwerten.«

»Was für Informationen?«

»Kompromittierende Informationen, egal welche, ob über Seitensprünge oder Intrigen oder Bestechungen. Wie hat die Person ihre Position genutzt, um sich zu bereichern, und glauben Sie mir, wer eine hohe Position innehat, der bereichert sich irgendwann irgendwie. Jede Information, die dem Ansehen der Person vor den Behörden und der Öffentlichkeit ihres Landes schweren Schaden zufügen würde. Vor allem die Einstellung des Objekts zu Frauen. Das war eine wichtige Frage: Neigt er zum Fremdgehen?«

Der KGB war schon früh mit den Schwächen von Schiefer Turm vertraut.

»Es bedarf großer Anstrengungen, unsere Leistung bei der Anwerbung von Amerikanern zu verbessern«, weswegen General Krjutschkow seine Offiziere angeregt hatte, »kreativer« zu sein, »mutiger mit materiellen Anreizen umzugehen«. Sie sollten »stereotype Methoden« der Rekrutierung aufgeben und »flexiblere Strategien« anwenden.

* * *

Das amerikanische Leak

Der essenzielle binäre Code: lebendig/tot.

Aufnahmen von einer Überwachungskamera: Ein Mann, kerngesund, braungebrannt, in blauen Jeans und blauem Hemd, das er bis zur Brust offen trägt. Ein stämmiger Mann mit großem Kopf (Spitzname »Der Bulldozer«). Er betritt das Hotel in Washington, D.C., als würde es ihm gehören, steht im Foyer, als wäre es sein Thronsaal.

24 Stunden später ist er tot.

Der Todeskampf wird nicht beschrieben, FBI-Agenten sind keine Drehbuchautoren. Was vorgefallen ist, scheint sie weniger zu interessieren, als der Kampf um die öffentliche Darstellung. Wer auf verdächtige Weise stirbt, kurbelt die Produktion »natürlicher Todesursachen« an.

Die Leiche wird am Morgen des 5. November 2015 in einer Suite gefunden. Laut des mir vorliegenden Berichts (»noforn«) stellt der Gerichtsmediziner fest, dass der Mann Verletzungen an Hals, Torso, den oberen sowie unteren Extremitäten und am Kopf erlitten hat, die von einem stumpfen Gegenstand stammen. Weniger medizinisch formuliert: Der Mann wurde zu Tode geprügelt.

Nach einer elfmonatigen Untersuchung erklärt ein Bundesstaatsanwalt, dass der Verstorbene »allein in seinem Zimmer«

gewesen sei und »nach tagelangem übermäßigen Alkoholkonsum« in Folge einer Reihe von Stürzen gestorben sei. Sein Tod wird als »Unfall« eingestuft, worauf der Gerichtsmediziner eine akute Alkoholvergiftung als Todesursache hinzufügt und die Staatsanwaltschaft den Fall abschließt.

Der Tote heißt Mikhail Lessin, russischer Medienzar, ehemaliger Presseminister, Gründer des Propagandakanals RT News, zuletzt Chef von Gazprom-Media. Im Dezember des Vorjahres war er abrupt zurückgetreten, hatte versucht, sich unsichtbar zu machen, in der Schweiz (wo die Reichen sich zum Verschwinden zurückziehen). Ein Günstling, der gefallen ist, schmerzhaft und tief: in Ungnade.

Er hätte am Tag seines Todes einen Termin im amerikanischen Justizministerium wahrnehmen sollen. Deswegen seine Unterbringung im nahe gelegenen Dupont Circle Hotel, einem Mittelklassehotel, das seinem extravaganten Lebensstil nicht entsprach.

Mir lag die Fallakte des Metropolitan Police Departments vor, alle 58 Seiten. Keine Beschreibung der Verletzungen, keine Erklärung, wie er gestorben sei. Interessant darin nur die Aussage eines Mitarbeiters des Justizministeriums: »Wir wollten mit ihm über das Innenleben von RT News sprechen, um zu verstehen, wie die Propagandamaschinerie funktioniert. Wir haben RT seit einiger Zeit im Blick. Das wäre ein Treffen mit jemandem gewesen, den wir als Informanten gewinnen wollten.«

Eine Kleinigkeit (Lügen stolpern meistens über Details): Der Blutwert des Verstorbenen betrug 1,5 Promille. Für einen laut Zeugenaussagen hingebungsvollen Gelegenheitssäufer ein bescheidener Wert. Er hätte seine Jacht lenken, seinen Jet fliegen, die schwarzen Pisten in St. Moritz hinuntersausen können – am Hindernislauf zwischen den Möbeln seiner Suite ist er gescheitert.

Zudem fehlen die Aufnahmen der Kamera im Hotelflur für jene drei Stunden zwischen der letzten Sichtung des lebenden

Lessin und dem Auffinden seines Leichnams. Wurde die Kamera ausgeschaltet? Wurden die Aufnahmen gelöscht? Nicht zum ersten Mal bestätigt sich die Vermutung, dass Überwachungskameras wirksam sind gegen Amateurverbrecher und Affekttäter, nicht aber gegen professionelle Kriminelle und Killer. Die haben längst gelernt, die Anwesenheit der Kameras zu berücksichtigen.

Ein protokolliertes Gespräch mit einem FBI-Agenten liefert weitere Hintergrundinformationen: »Lessin gingen die Optionen aus, wo er leben, wo er sich verstecken könnte. Zu diesem Zeitpunkt wurde er schon als Überläufer betrachtet, denn er hatte das Justizministerium und das FBI über eine dritte Partei kontaktiert. Er machte sich Sorgen um seine Kinder und ihre Sicherheit, er wollte kooperieren.«

Das nächste Dokument in den Akten ist eine Überraschung: Der Bericht eines Mannes namens Christopher Steele. Kein Staatsdiener, kein Mitarbeiter eines Amts, eines Geheimdienstes, einer Behörde. Ein privater Sicherheitsanalyst aus London, der globalen Hauptstadt privater Nachrichtendienste, die den staatlichen Geheimdiensten den Rang ablaufen, weil sie als verlässlicher gelten. Offenbar verleitet der wirtschaftliche Anreiz zum Flunkern, der ideologische aber zum Fingieren. Was auch immer die Gründe sein mögen, der Staat betreibt zunehmend Powershopping im Informationsbasar.

Laut dieses Berichts und den darin zitierten drei anonymen Quellen (anonym auch für das FBI) waren die Mörder von Mikhail Lessin russische Staatssicherheitsagenten, die einem mächtigen Oligarchen einen Gefallen taten. Sie waren angewiesen worden, Lessin einzuschüchtern, eine schmerzhafte Lektion zu erteilen, damit er zukünftig den Mund halte. Sie hatten ihn endgültig zum Schweigen gebracht. Diese Angaben werden bestätigt von drei weiteren Quellen (Namen geschwärzt), die gegenüber dem FBI erklärten, dass Lessin wegen seiner Fehde mit einem dem Kreml nahestehenden Oligarchen getötet worden sei. Einer von ihnen wisse, dass Lessin mit einem Baseball-schläger erschlagen worden sei.

Wie so oft beim Studium dieses Materials saß ich etwas ratlos am Schreibtisch, mein Kopf schwer, darin ein Klumpen Fragen. Wer hat den Bundesstaatsanwalt angewiesen, die Tatsachen zu verdrehen? Wieso sollte der Mord an einem Russen in Washington, D. C. geheim gehalten werden? Wer oder was sollte geschützt werden? Hängt die Antwort mit der aktenkundigen Befürchtung des FBI zusammen, »dass der Kreml anfängt, hier das zu tun, was er mit einer gewissen Regelmäßigkeit schon in Europa tut« (seine Gegner umzubringen)?

Der Fall Lessin ist kein Einzelfall. Es wird regelmäßig gestorben in diesen Akten.

In den frühen Morgenstunden eines Novembertages, an dem der US-amerikanische Präsident gewählt wird, fällt ein Mann namens Sergei Kriwow, Leiter des Sicherheitsdienstes im russischen Konsulat in New York, vom Dach eines Gebäudes auf der Upper East Side. Die Polizei findet den Mann bewusstlos vor, mit schweren Kopfwunden. Er stirbt kurz darauf. Die ursprüngliche Erklärung des Dachsturzes wird kassiert, laut der offiziellen russischen Presseverlautbarung ist Kriwow an einem Herzinfarkt gestorben. Das Resultat der gerichtsmedizinischen Untersuchung: Todesursache sind »hämorrhagische Komplikationen einer aortobroncho-ösophagealen Fistel aufgrund einer wahrscheinlichen Neoplasie«. Das klingt ungesund, aber nicht kriminell. Die örtliche Polizei sieht keinen Grund, diesen Befund anzuzweifeln. Vielleicht wusste sie nicht, im Gegensatz zum FBI, dass der Verstorbene für die Kryptokarte des Konsulats verantwortlich war, mit der die bei der Kommunikation mit der Moskauer Zentrale verwendeten Geheimcodes entschlüsselt und verschlüsselt werden. Kriwow war zuständig für die »Verhinderung von Sabotage und unbefugtem Zugang«. Das FBI geht von einem Mord aus, ohne zu wissen, weswegen Kriwow beseitigt wurde.

Die Muster wiederholen sich: In den ersten Minuten oder Stunden nach der Tragödie sind die Fakten kurzzeitig sichtbar, es herrscht so etwas wie Informationsfreiheit. Bald schon setzen die Mechanismen der Bearbeitung, der Nacherzählung ein. Und die orientieren sich allein an der Zweckmäßigkeit.

Was haben diese Todesfälle mit Schiefer Turm zu tun? Ich habe das nicht herausfinden können. Es dauerte lange (zu lange!), die jeweiligen Zusammenhänge zu durchschauen, die Punkte miteinander zu verbinden. Umständliche, mühsame Arbeit, die mir das Äußerste abverlangte. Es waren schon zehn Tage vergangen, ich hatte bereits jede Menge Text zusammengetragen, aber noch keine Überschrift, kein Fazit formuliert. Ich war fasziniert und frustriert zugleich. Mit geschlossenen Augen suchte ich vergeblich nach einem Ausweg, bis ich mich an den Satz eines alten Mönchs vom Berg Athos erinnerte: »Als ich völlig verzweifelt war, machte ich einfach weiter.«

Meine Beharrlichkeit wurde bald belohnt: Ich stieß zum wiederholten Mal auf den Namen Witali Tschurkin. Zuletzt Botschafter bei den Vereinten Nationen, ein aggressiver Verteidiger russischer Politik, ein Karrierediplomat, dessen handschriftliche Randbemerkungen ich erst am Vortag entziffert hatte (Stichwort: die historische Größe Lenins). Einer, der die Gewässer trübt (die Ozeane), nicht nur als Diplomat, sondern auch als Leiche. Dieser Mann, bereits seit 1987 mit Schiefer Turm befasst, starb am 20. Februar 2017, einen Tag vor seinem 65. Geburtstag. Er wurde in der Früh mit Kreislaufstillstand ins Presbyterian Hospital eingeliefert, nachdem er ohnmächtig in seinem Büro aufgefunden worden war. Die Ergebnisse der Obduktion wurden der Öffentlichkeit vorenthalten, weil auch Tote laut einem beigelegten Schreiben des amerikanischen Außenministeriums diplomatische Immunität genießen (das wussten Sie nicht? Das wusste niemand).

Mir lag der Obduktionsbericht vor. Der Pathologe war zunächst zu keinem klaren Befund gelangt, weswegen er weitere Untersuchungen anordnete. Ein Experte für ungeklärte Todesursachen wurde herangezogen. In seinem Labor stellte dieser Reste von Rizin im Gewebe des Verstorbenen fest.

Ein Eiweißgift ohne Antidot.

NEW YORK

Heureka!

In der elften Nacht stieß ich mit schmerzenden Augen, einem Stechen in der linken Schulter und einem nervösen Zucken im rechten Bein auf ein verblüffendes Dokument. Ich las es mehrfach durch, druckte es aus und legte es als gegenwärtiges Dramatis personae in meine großformatige Ausgabe von »Krieg und Frieden«. In einer separaten Datei notierte ich neben den jeweiligen Namen weitere relevante Fakten. Den teilweise detaillierten Protokollen (die an dieser Stelle zu viel Platz einnehmen würden) ist zu entnehmen, dass das FBI verschiedene Wohnungen in diesem Gebäude seit 1984 abgehört hat.

Straffällige bzw. -verdächtige Eigentümer/Mieter von 725 5th Ave, New York, NY 10022-2582

Tevfik Arif (früher Arifow)
Eigentümer der Bayrock Group, Büros im 24. Stock. Bis zur Auflösung der Sowjetunion arbeitete Arif siebzehn Jahre lang für die Industrie- und Handelskammer der UdSSR, die unter der Leitung von KGB-Offizieren systematische Wirtschaftsspionage gegen den Westen betrieb. Zog Anfang der 1990er in die Türkei, wo er Hotelprojekte entwickelte. Verlegte seine Geschäfte 2001 in die USA, gründete die Bayrock Group. Ursprünglich deren einziger Mitarbeiter. Stellte später Felix Sater als Geschäftsführer ein.

Freund und Partner von Schiefer Turm. Laut Aussage von Schiefer Turm »brachte Arif die Leute aus Moskau zu mir hoch … Es lief wie am Schnürchen, wie die Massenanfertigung von Autos«.

Bayrock Group LLC

Immobilienentwicklungsgesellschaft, bezog von 2002 bis 2008 Büros im 24. Stock. Undurchsichtige Unternehmensstruktur. Übertrug 2007 zukünftige Gewinne aus dem SoHo Hotel und anderen Projekten gegen eine Zahlung von 50 Mio. Dollar an die FL Group, einem isländischen Hedgefonds mit Sitz auf den Britischen Jungferninseln, der das Kapital russischer Oligarchen verwaltete und von Moskau kontrolliert wurde. Bayrock diente lt. mehreren Informanten der Geldwäsche und des Steuerbetrugs.

Die Bayrock Group hat Lizenzverträge mit bis zu 25-prozentiger Beteiligung mit Schiefer Turm vereinbart, für das SoHo-Hochhaus etwa, einem Joint Venture zwischen Bayrock und der Sapir-Organisation. Vermutlich lieferte Bayrock Informationen über Investitionen russischer Oligarchen nach Moskau, ein wichtiges Kontrollinstrument für Mikhail Iwanowitsch.

Chuck Blazer

FIFA-Funktionär, langjähriges Mitglied des Exekutivkomitees. Bekannte sich der Annahme von Schmiergeldern, der Veruntreuung und der Steuerhinterziehung schuldig. Wohnte zur Miete im 49. Stock: 18 000 $ pro Monat für seine Wohnung, monatlich 6000 $ für eine zweite Wohnung für seine Katzen. Blazer freundete sich mit dem russischen Präsidenten an und stimmte für Russland als Gastgeber der Weltmeisterschaft 2018.

Weder die FIFA-WM 2018 wie noch die Olympischen Spiele 2014 in Sotchi, jeweils Korruptionsorgien, können in diesem Bericht behandelt werden.

David Bogatin

Kaufte 1984 fünf Wohnungen im 53. Stock für 6 Mio. $, wenige Jahre nachdem er in die USA eingereist war. Absicht des Kaufs: Geldwäsche für die russische Mafia, siehe die Unterlagen der Staatsanwaltschaft New York, Second Circuit. Verkaufte die Wohnungen an Mitglieder der Familie Colombo. 1992 wg. Steuerhinterziehung verurteilt. Wie sein Bruder hochrangiges Mitglied der russischen Mafia, enger Mitarbeiter des Bosses Semjon Mogilewitsch, Geschäftsführer von YBM Magnex International, einer von Mogilewitsch 1995 in Pennsylvania gegründeten Firma, die Aktienbetrug im Wert von 150 Millionen Dollar an der Toronto Stock Exchange beging.

mit nur drei Dollar in der Hosentasche

eine der fünf Familien der amerikanischen Cosa Nostra

Man beachte den frühen Zeitpunkt des Wohnungskaufs. War dies ein Testballon?

Oleg Boyko

Russischer Oligarch. Erwarb 1994 das Apartment 63A-B. 1990–1995 Eigentümer der National Credit Bank, seit 1994 Mitglied des Aufsichtsrats der Sberbank. Persönlicher Banker des ehemaligen russischen Präsidenten Boris Jelzin. Gründer und Vorsitzender der Finstar Financial Group. Großinvestor in verschiedene Casinos, später im Lotteriegeschäft in Russland und der Ukraine.

In bar, direkt von Schiefer Turm, zu einem Zeitpunkt, als dieser dringend Geld benötigte.

Melvin Cooper

Geschäftsmann. Wurde 1985 zusammen mit den Gambino-Mobstern Michael Franzese und Carlo Vaccarezza wegen Kreditwucher und organisierter Kriminalität rechtskräftig zu zehn Jahren Haft verurteilt. Erwarb 1995 die erste von zwei Wohnungen im 45. Stock. Wiederholte Beschwerden der Nachbarn bei der Hausverwaltung wegen seiner Hunde Cookie und Cookie Jr, die »hysterisch bellen, wenn Menschen im Korridor vorbeigehen«, führten 2007 zu einem Gerichtsverfahren. Verkaufte 2013 beide Einheiten.

Eine 35-jährige Frau erfuhr eines Tages, dass Mr. Cooper vorbestraft war, worauf sie sich von ihm trennte, was diesen dazu veranlasste, sie auf 392 000 Dollar zu verklagen, der Wert all seiner Geschenke aus fünf gemeinsamen Jahren, zzgl. Zinsen, da er diese Investition im Vertrauen auf die anstehende Ehe vorgenommen habe, was di Frau, eine aus Russland stammende Blondine, abstritt: Es habe nie eine Hochzeitsanzeige gegeben, nie einen -termin. Ob es einen Heiratsantrag gegeben hat, konnte vor Gericht nicht geklärt werden.

Jean-Claude »Baby Doc« Duvalier

Präsident Haitis von 1971 bis 1986. Kaufte 1983 eine Wohnung im 54. Stock für 1,6 Mio. $ über die in Panama registrierte Lasa Trade and Finance.

Playboy und Kleptokrat. Jährliche Einnahmen von über 100 Mio. Dollar. Wie Mikhail Iwanowitsch zu sagen pflegt: »Besser ein Land besitzen als eine Firma.«

Ernie Garcia

Erwarb Wohnungen im 48. und 49. Stock. Direktor der Gebrauchtwagenfirma DriveTime. Bekannte sich 1990 des Bankbetrugs im Zusammenhang mit dem Zusammenbruch der Charles Keating's Savings and Loans schuldig. Verurteilt zu einer Bewährungsstrafe.

Große Sparkasse, gewaltiger Skandal, an dem auch eine Reihe von prominenten Politikern beteiligt war

George Gijeli

Immigrant aus Albanien. Verurteilt wegen versuchter Bestechung eines Beamten mit 100 000 $, um einen Landsmann aus dem Gefängnis freizubekommen. Wohnt seit 1991 als Hausverwalter im Gebäude mit Büro im 29. Stock, wo er ein Kickback-Programm eingeführt hat, im Rahmen dessen Arbeitsplätze gegen entsprechende Zahlungen gehandelt werden.

Ein Arbeiter namens Ioan Ghilduta sagte vor Gericht aus, er sei gezwungen gewesen, Gijeli 1000 Dollar und ein Goldkreuz als Gegenleistung für einen Job in dem Gebäude zu zahlen. »Klar doch, alle Jungs bezahlten das. Das war gängige Praxis, wenn man 'nen Job wollte.«

Verina Hixon

Erwarb 1984 drei Duplex-Wohnungen im 64./65. Stock für 10 Mio. $. Das Geld stammte teilweise von dem Gewerkschaftsboss John Cody, mit dem sie befreundet war. Die Teamsters Local 282, denen er vorstand, waren eng verbunden mit Mitgliedern der Cosa Nostra. Von 1976 bis 1984 war John Cody Mitarbeiter des Gambino-Mobs, er zahlte jährlich 200 000 Dollar an Carlo Gambino, siehe beiliegenden Bericht für den Gouverneur des Staates, 1989. Cody wurde wegen Schutzgelderpressung

Als die geheimnisvolle Hixon vor Gericht gefragt wurde, womit sie ihren Lebensunterhalt verdiene, antwortete sie: »Das ist eine gute Frage.« Und auf die Frage, was sie für Cody getan habe:

verurteilt. Als er seinen Nachfolger Robert Sasso ermorden lassen wollte, wandte er sich an einen Informanten des FBI. Verurteilt wegen versuchten Mordes. Hixon wurde 1989 des Gebäudes verwiesen wg. ausstehender Zahlungen in Höhe von 300 000 $. Sie beantragte Insolvenzschutz, die Wohnungen wurden zum Verkauf ausgeschrieben.

»Ich habe sein Leben zum Leuchten gebracht.« 1999 zog sie in die Wohnung 12 – 14 East 64th Street und freundete sich mit ihrer Nachbarin Ivana an: zwei Mädchen aus Mitteleuropa, die eine aus Zlín, die andere aus dem Vorarlberger Dorf Alberschwende.

Steven Hoffenberg

Vorsitzender des Finanzdienstleistungsunternehmens Towers Investors. Arbeitete ab 1993 in einer Suite im 15. Stock. Bekannte sich 1995 schuldig, Investoren um insgesamt 475 Mio. $ betrogen zu haben, laut der Börsenaufsichtsbehörde »eines der größten Schneeballsysteme der Geschichte«. 1997 zu 20 Jahren Gefängnis, einer Geldstrafe von 1 Mio. Dollar sowie Rückerstattung aller Schulden verurteilt. Laut dem Bureau of Prisons im Oktober 2013 entlassen.

Hoffenberg tauchte 2016 als wiedergeborener Christ auf, unterstützte die Präsidentschaftskandidatur von Schiefer Turm, versprach, 50 Mio. Dollar zu spenden, die er schuldig blieb. Er lobte die Toleranz seines Vermieters: »Er ist sehr objektiv, es ist ihm egal, welche Hautfarbe man hat, welche Rasse, oder ob einem ein Verfahren droht, ihn interessiert nur, ob man bezahlen kann.«

Robert J. Hopkins

Leitete eine der größten illegalen Glücksspieloperationen New Yorks, Umsatz ca. 500 000 $ pro Woche. Die Abwicklung lief über mehr als 100 Geschäfte in Manhattan, Brooklyn, Queens und der Bronx. Enge Kontakte zum Lucchese-Clan. Erwarb seine Maisonette-Wohnung im 59. Stock schon 1981, zwei Jahre vor der Eröffnung des Gebäudes. Zahlte bar an. Wurde 1986 angeklagt, einen Mord in Auftrag gegeben zu haben. Das Opfer war Mitglied eines rivalisierenden Glücksspielrings. Nachdem er sich eines geringeren Vergehens schuldig bekannt hatte, wurde die Mordanklage fallengelassen.

eine der fünf Cosa Nostra-Familien in New York

angeblich fielen 200 000 $ aus seiner Aktentasche auf den Konferenztisch

Wjatscheslaw Iwankow

»Japontschik« genannt, der Japaner, rücksichtsloser Auftragskiller. Kopf eines der mächtigsten Klans der russischen Mafia. Kurz nachdem er aufgrund von Bestechung im Februar 1991 aus einem sibirischen Straflager freigelassen wurde – er war wg. Erpressung und Drogenhandel verurteilt –, wurde er auf die tschetschenische Mafia in Moskau losgelassen, was zu einem derartigen Blutbad führte, dass Japontschik zu einer Belastung wurde, weswegen er 1992 in die USA geschickt wurde. Einreise mit einem gefälschten

Die Geschichte endet im Herbst 2009 auf einem Friedhof, wo an die tausend Menschen mit schwarzen Lederjacken, Sonnenbrillen und Goldketten dem Mafiaboss die letzte Ehre erwiesen, mit Kranzschleifen in Gold, einem Blumenmeer an Grüßen von den »Brüderchen« aus Kaliningrad, Magadan und

Geschäftsvisum. Gleich nach seiner Ankunft erhielt er von unbekannt einen Koffer mit 1,5 Mio. $ in bar, um von Brighton Beach, Brooklyn, aus ein kriminelles Unternehmen mit Milliarden-Umsatz aufzubauen. Jahrelang auf unserer most wanted list. Untergetaucht, bis er im Taj Mahal Casino in Atlantic City gesichtet wurde. Seine Spur führte in eine Luxuswohnung in 725 5th Ave, wo er verhaftet wurde. Wegen Erpressung zu neuneinhalb Jahren Gefängnis verurteilt.

allen Städten dazwischen, am Abschnitt Nr. 50 des Wagankowoer Friedhofs in Moskau, wo er neben seiner Mutter und unweit des Chansonniers Wladimir Wyssozki bestattet wurde. Seinen Spitznamen verdankte er dem »Helden aus Odessa« Mischa Japontschik, über den mehr Lieder geschrieben wurden als über jeden anderen Gangster auf Erden.

George Guido Lombardi

Eigentümer einer Maisonette-Wohnung im 62./63. Stock. Immobilieninvestor und angeblicher italienischer Graf. Prominenter Unterstützer der Lega Nord. Sekretär der Friends of Russia. Gründer der People's Front for the Liberation of Europe, einem Netzwerk zur Unterstützung rechtsextremer Bewegungen mit weitreichenden Beziehungen in ganz Europa.

Seine Ehefrau hat nach dem Tod ihres ersten Gatten 300 Mio. Dollar geerbt, mitten in der Ballsaison von Palm Beach. Da sie »keine der Partys versäumen wollte«, ließ sie den Verblichenen für vierzig Tage auf Eis legen, um rauschende Feste zu feiern, bei denen ausgefallene Erklärungen für die Abwesenheit des Hausherrn aufgetischt wurden.

Paul Manafort

Lobbyist für ausländische Regierungen. Kaufte 2006 das Apartment 43G für 3,675 Mio. $, belastet mit einer Hypothek in Höhe von 3 Mio. $. – gegenwärtiger Marktpreis 2,7 Mio. $. –, kurz nachdem er für den Aluminiumoligarchen Oleg Deripaska zu arbeiten begann und von diesem eine erste Zahlung in Höhe von 10 Mio. $ erhalten hat. Privat verschuldet in Höhe von 17 Mio. $.

Nachdem er den Wahlkampf eines pro-russischen Kandidaten in der Ukraine geleitet hat, stand er dem Wahlkampf eines pro-russischen Kandidaten in den USA vor.

José Maria Marin

Ehemaliger FIFA-Funktionär aus Brasilien. Unter Hausarrest. Verlässt seine Wohnung nur, um zur Kirche zu gehen.

In der Folge wegen Bestechung zu vier Jahren Haft verurteilt.

Susetta Mion

Italienerin. Wohnt im 32. Stock. Wird von ihrer Nichte beschuldigt, von der eigenen Familie 15 Mio. $ in bar, Schmuck und Pelze gestohlen zu haben. Nachdem sie von einem italienischen Gericht wegen Diebstahls verurteilt worden war, floh sie nach New York. Ihre Verwandten werfen ihr vor, das 2,3 Mio. $ teure Apartment mit dem Erlös des Diebesguts erworben zu haben, darunter ein Ölgemälde aus dem 17. Jahrhundert, ein Hermès-Sessel, ein Yamaha-Stutzflügel sowie birnenförmige Diamantenohrringe. Sie zahlte 3,2 Mio. $ für zwei weitere Wohnungen.

Der letzte Brief der Mutter: »Gib alle meine Pelzmäntel zurück, die Du aus meinem Schrank entwendet hast. Leg all meinen Schmuck in meinen Safe zurück, den Du geleert hast. Hänge all meine Bilder, die Du weggeschleppt hast, wieder an meine Wände.« Susetta Mion ist mit der Tochter von Schiefer Turm befreundet.

Hillel »Helly« Nahmad

Kunsthändler libanesischer Abstammung, Eigentümer einer New Yorker Galerie. Kaufte den gesamten 51. Stock für 18,4 Mio. $. Kopf des Nahmad-Trincher-Glücksspielrings, zum Zweck der Geldwäsche in einem Gesamtvolumen von über 100 Mio. $. Nach zweijähriger Abhörung des Apartments 63A Razzia im April 2013, die zur Verhaftung von insgesamt 30 verdächtigen Personen führte. Verurteilt zu einem Jahr Haft und einer Geldstrafe von 6,5 Mio. $. Nahmad verbrachte fünf Monate im Gefängnis.

Die Panama Papers enthüllen, dass Nahmads Vater David Eigentümer eines Modigliani-Gemäldes war, das laut Angaben der rechtmäßigen jüdischen Erben während der Nazi-Besatzung aus einer Pariser Galerie entwendet wurde.

Roberto Polo

Aus Kuba stammender Finanzier. Spitzname: Der kubanische Gatsby. Kaufte 1983 sechs Wohnungen im Namen von Offshore-Mantelunternehmen. Organisierte opulente Wohltätigkeitsbälle. 1988 wg. Unterschlagung in Italien verhaftet. Ein New Yorker Bezirksgericht erließ ein Säumnisurteil, dass er dreizehn seiner Kunden mehr als 120 Millionen $ schuldete. Seine Gemälde wurden beschlagnahmt, sein Vermögen verkauft. 1993 in den USA erneut verhaftet und an die Schweiz ausgeliefert, 1995 von einem Genfer Gericht wegen Veruntreuung in Höhe von 124 Mio. $ zu fünf Jahren Haft verurteilt.

Beim Strafprozess von Roberto Polo – »Nur mittelmäßige Männer geraten nie in Schwierigkeiten« – bürgte der Kurator des Louvre für seinen exquisiten Geschmack. Seitdem er Teile seiner Sammlung verschiedenen Museen, vor allem in Spanien, vermacht hat, darf er in den Medien seine kriminelle Biographie umschreiben.

Tamir Sapir (Geburtsname Temur Sepiaschwili)

Geschäftsmann, ursprünglich aus Georgien stammend. Kaufte 1994 eine Wohnung im 58. Stock für 5 Mio. $. Seit 1973 in den USA ansässig. Arbeitete zu Beginn als Taxifahrer in New York. Mitglied des Wjatscheslaw-Iwankow-Mobs in Brighton Beach. Enge Beziehungen zum usbekischen Oligarchen Mikhail Tschernoi. Arbeitete 1984 im sowjetischen Innenministerium. Partner der Bayrock Group bei einer Reihe von Immobilienprojekten. Sein Executive Vice President Fred Contini bekannte sich 2004 schuldig, 13 Jahre lang an kriminellen Machenschaften mit dem Gambino-Clan beteiligt gewesen zu sein.

Lieh sich nach seiner Ankunft in New York angeblich 10 000 Dollar, um ein Elektronikgeschäft an der Fifth Avenue zu eröffnen, das laut seiner offiziellen Biographie derart viele sowjetische Besucher anlockte, dass Sapir in der Folge groß in die aufstrebende Erdölindustrie in Russland sowie in das Immobiliengeschäft in Manhattan investieren konnte.

Felix Sater

Geschäftsführer der Bayrock Group, arbeitet seit 2000 im
24. Stock. Verbrachte wegen Körperverletzung im Jahre
1991 15 Monate im Gefängnis. Nach seiner Entlassung

gewährt
wurde. In der Folge

in Zusammenarbeit mit
Trotz gewisser Bedenken wurde entschieden,

Seitdem vor allem für

Mehrfach
im Laufe der Untersuchung

aussagen.

Alimzhan Tokhtakhounov/Alimschan Tochtachunow

Spitzname »Taiwantschik« (»kleiner Taiwanese«). Usbeki-
scher Oligarch aus Taschkent, sowohl russischer als auch
israelischer Staatsbürger, steht einem internationalen
Glücksspiel- und Geldwäschering vor. Leitete sein Syndikat
von einer Wohnung im 40. Stock aus. Laut Angaben
mehrerer Informanten ein »Vor«, ein russischer Mafiaboss.
Wurde in Italien verhaftet, dessen Oberstes Berufungsgericht 2003 gegen eine Auslieferung an die USA entschied,
worauf er freigelassen wurde. Lebt seitdem in Russland.

Vadim »Dima« Trincher

Geboren in der UdSSR, Staatsbürger Israels und der
USA. Kaufte das Apartment 63 A-B 2009 für 5 Mio. $ von
Oleg Boyko. Kopf der Taiwantschik-Trincher-Organisa-
tion. Zusammen mit Anatoly Golubchik leitete er den
weltweit größten Sportwettenring. 2014 wg. Geldwäsche,
illegalem Glücksspiel, organisiertem Verbrechen und
Schutzgelderpressung zu 5 Jahren Haft verurteilt.

Joseph »Joe« Weichselbaum

Eigentümer eines Hubschrauber-Transportunternehmens,
das High Roller in die Casinos nach Atlantic City flog.

»Bayrock diente lt. mehreren
Informanten der Geldwäsche
und des Steuerbetrugs«, so weit
oben. Es handelt sich um einen
Informanten, um Felix »Er betr
jedes Geschäft lieber durch die
Hinter- als durch die Vordertür
Sater. Seine Hinweise waren
»entscheidend für die nationale
Sicherheit«, so die ehemalige Ge
neralstaatsanwältin Loretta Lyn
Angeblich hat er Boden-Luft-
Flugabwehrraketen aufgekauft,
bevor sie Terroristen in die Hän
fallen konnten. 2000 wurde Sate
in einem Aktienbetrugsfall als
»nicht angeklagter Mittäter«
genannt. Der Prozess führte zur
Verurteilung von sechs Gangs-
tern, darunter dem Neffen von
Carmine »Die Schlange« Persic
sowie dem Schwager von Samm
»Der Bulle« Gravano. 2010 wur
er zu Schiefer Turms »Senior
Advisor«, obwohl dieser wieder
holt auf seine kriminelle Vergan
genheit und seine Verbindunge
zur russischen Mafia aufmerksa
gemacht worden war.

Auf der Interpol-Liste der zehn
meistgesuchten Verbrecher der
Welt unmittelbar hinter Bin
Laden und El Chapo, die im
Gegensatz zu ihm inzwischen
gefasst bzw. getötet worden
sind. 2013 tauchte er beim
Miss-Universe-Wettbewerb in
Moskau auf, im VIP-Bereich,
wenige Schritte von Schiefer
Turm entfernt.

Vadim Trincher ist ein bekannter Pokerspieler, sein größter
Erfolg stolze 731 000 Dollar
bei einem Turnier 2009 im
Foxwoods Casino.

Schiefer Turm schrieb dem
Gericht, Weichselbaum sei ein
»gewissenhafter, ehrlicher und
fleißiger« Mensch. Ob wegen

Langjährige Verbindungen zur Mafia. Wohnte in zwei nebeneinanderliegenden Wohnungen im 49. Stock, die seine Freundin für 2,35 Mio. $ erwarb, nachdem er eine Haftstrafe wegen Drogenhandel – Verkauf von kolumbianischem Kokain aus Florida in andere Bundesstaaten – angetreten hatte.

Sheldon Weinberg

Lebte mit seiner Frau in einer Mietwohnung für jährlich 180 000 $, Sohn Jay nebenan in einer kleineren Wohnung. Betrug an Medicaid durch Einreichung falscher Abrechnungen im Umfang von 28 Mio. $. Verurteilt wegen schweren Diebstahls und Verschwörung zu 21 Jahren Haft, seine Söhne Jay und Ronald zu 8 bzw. 5 Jahren.

Notiz
Ein außergewöhnlich hoher Anteil an Wohnungen in diesem Gebäude gehört Unternehmen mit beschränkter Haftung, die in Panama, Puerto Rico, Dubai, den Britischen Jungferninseln und anderswo registriert sind, darunter Dalimar Assets; Azalea Properties; Hibiscus Properties; Lionson Tower; Yellow Diamond. Die wirklichen Eigentümer sind nicht bekannt.

dieses Empfehlungsschreibens oder der Tatsache, dass dem Gericht zunächst die Schwester von Schiefer Turm vorstand, Weichselbaum kam mit drei Jahren Haft davon, die er nach 18 Monaten absaß.

Vater und Söhne erfanden Patienten samt ihren fiktiven Krankenakten in derart großer Zahl, dass sie Millionen abrechnen konnten. Dank dieser maladen Seelen lebten sie auf großem Fuß. Vor der Strafverkündung floh der Vater. Dank der Sendung »Unsolved Mysteries« wurde er kurz darauf in Scottsdale, Arizona, gefasst.

So ein Dokument ist reine Fleißarbeit. Bemerkenswert ist, dass sich jemand im FBI überhaupt die Mühe gemacht hat. Wie wurde auf diese hohe kriminelle Dichte im Turm des Präsidenten reagiert?

Überhaupt nicht.

Der Turm des Schreckens.

Meine Phantasie flog auf und davon, ich sah vor meinem inneren Auge die Umtriebe der Parteien, mögliche Verschwörungen und unmögliche Konflikte, Sex, Drugs, Crime, Hunde und Katzen, Kunst und Kitsch. Alles, was eine gute Fernsehserie benötigt (viel besser als *The Apprentice*). Ich tagträumte einige Minuten, die Handlung entwickelte sich rasant, ein potenzieller Superhit, ich sollte die Idee schleunigst an einen Produzenten verkaufen, solange Schiefer Turm noch steht.

MOSKAU

Anfang der 90er Jahre verbrachte ich viel Zeit in Russland. Ein junger Journalist auf den Spuren des wichtigsten Themas seiner Generation, dem Fall des sowjetischen Reichs, dem krummen Danach. Verfasste ein Buch mit dem Titel *Die Piratisierung der Wirtschaft*, ein Klassiker der zeitgeschichtlichen Aufarbeitung, wie ich mir einbilde, seit Jahren vergriffen. Alle 15 Monate wird es in einem Fachaufsatz erwähnt, daraus lässt sich kein Kranz binden. Meine finanziellen Mittel waren begrenzt, ich übernachtete in Wohnzimmern von Verwandten von Bekannten von Freunden, auf durchgesessenen Sofas. Bevor Couchsurfing zur Mode wurde, war es eine journalistische Daseinsform.

Mein Koffer war vollgestopft mit Salamis und Schokoladetafeln, mit Käselaiben, groß wie Bahnhofsuhren. Trotzdem reichte es nicht für jeden. Bei manch einem Interview überreichte ich verschämt eine halbe Salami, die mit grimmigem Lächeln eingesteckt wurde. Die Aufbruchsstimmung trug Wollmützen und löchrige Schuhe, die Kälte drang aus dem Permafrost der Vergangenheit in die Körper, der Kopf wurde mit Hoffnungen geheizt, die Gliedmaßen fröstelten.

Hoffnungen eiterten zu Illusionen …

In Leningrad war ein Leopardenbaby von einem Ehepaar auf dem Balkon aufgezogen worden (es stand in der Zeitung …); der ausgewachsene Leopard zerfleischte das Ehepaar auf demselben Balkon in St. Petersburg (… in der Rubrik »Vermischtes«).

... und jeder Händedruck träumte von Geschäften. Um nicht vom vergeudeten Leben zu alpträumen. Meine Gastgeber spielten spät am Abend Monopoly, Literaturwissenschaftler erörterten Joint Ventures, oppositionelle Politiker lenkten das Gespräch auf Import-Export. Techniker und Ingenieure, über Nacht in *Biznes*-Männer zwangsverwandelt, erkundigten sich zaghaft nach meinen Kontakten zu Firmen, in Deutschland oder anderswo, die einen Auftrag erteilen könnten, man arbeite zuverlässig, wenn auch nicht auf hohem Niveau. Bei jeder neuerlichen Begegnung waren die Bekannten weiter verarmt, und einige Fremde im Handaufhalten zu Millionären geworden. Irgendwann begriffen meine Gastgeber, wie unerquicklich es ist, Monopoly zu leben.

Ich saß in ihrer Küche – die Großmutter legte Kohl ein – und verfasste meine Artikel.

Es ist 1992, der 1. Oktober, ein glorreicher Tag. Ein Drittel der Anteile an russischen Staatsunternehmen soll dem Volk geschenkt werden. Endlich eine sozialistische Maßnahme. Während die Großmutter den Weißkohl hobelt, werden Voucher ausgegeben. Nur acht Prozent der Russen tauschen die Gutscheine in Anteile ein, der Rest verkauft sie, für ein Pfund Zwiebeln und ein Kilo Karotten, das benötigt die Großmutter für ihr Sauerkraut, wie sonst soll man durch den Winter kommen, der so kalt werden wird wie ein Eisbärenarsch (so ein Taxifahrer). Die Anteile werden für ein Zweihundertstel ihres realen Werts weggegeben (die Großmutter raspelt die Karotten), eine winzige Elite ehemaliger Apparatschiks sowie frischgebackener Mauschler und Munkler erlangt die Kontrolle über die staatlichen Pfründe. Die zukünftigen Oligarchen sichern sich neunzig Prozent an den Häfen und Schiffen, an Eisen, Stahl und Aluminium; Diamantenminen und Waffenfabriken gehen weg für ein Amen in der sich wieder füllenden Kirche. Das Sauerkraut ist fertig, mein Artikel auch. *Kislaja Kapusta*, gut gesalzen, fest zusammengedrückt. Einmal eingelegt breitet es sich fermentierend aus, ernährt alle in dieser Wohnung, in diesem Plattenbau, in jeder Trabantenstadt des Landes.

Es ist 1995. Wieder sitze ich in der Küche, die Großmutter ist gestorben, der Ehemann irrt herum auf der Suche nach unterbezahltem Sinn, die Ehefrau lehrt dieselbe Mathematik wie vor Jahr und Tag, der Staat privatisiert 150 Staatsunternehmen. Für zwölf Milliarden Dollar, die Günstlinge leihen sich das nötige Geld vom Staat, die Kredite abgesichert durch die Weltbank und den IWF, zum Wohle zweier Dutzend angehender Oligarchen, deren Qualifikation allein aus Beziehungen (für den Raub) und Muskeln (für die Verteidigung des Geraubten) besteht. Zum Beispiel die Herren Beresowski und Abramowitsch, gemeinsam erwerben sie die Hälfte von Sibneft für 196 Millionen Dollar. Zwei Jahre später beträgt der Börsenwert 4968 Millionen.

Sagt, gab es jemals eine bessere Rendite?

Lauter ernannte Milliardäre.

Reichtum honoris causa.

So vergingen meine professionellen Lehrjahre am Seitenrand eines neoliberalen Reformprogramms, durchgepeitscht in einem Tempo, das all jene überforderte, die auf den entscheidenden Sprint nicht vorbereitet waren. »Es ist«, schrieb ein Kollege, »als hätten die Privilegierten auf 100 Meter einen 50-Meter-Vorsprung erhalten.« Er irrte. Es war so, als wäre der Startschuss nur für einige wenige zu hören gewesen.

Die Piratisierung wurde von Vertretern der Weltbank und des IWF entworfen, gebilligt, finanziert. Die einheimischen Wendegewinnler arrangierten sich mit hochrangigen US-Beamten (Ressorts: Finanzen, Internationale Entwicklung und Außenpolitik) und einflussreichen Ökonomen (Jeffrey Sachs erschien wie ein grimmiger, alttestamentarischer Prophet und verkündete, die Pensionäre müssten in dieser historischen Stunde Opfer erbringen, den Gürtel enger schnallen; zwei Jahrzehnte später predigt er ebenso apodiktisch das Gegenteil).

Freiheit, Gleichheit, Sauerkraut.

Der Volksmund täuscht sich, in Zeiten der Not frisst der Teufel keine Fliegen, sondern gebratene Hühner, Gänse und Tauben, die ihm ins Maul fallen. Während ich in der Küche schuftete, auf dem Sofa schlief und im Fahrstuhl stecken blieb (das Deckenlicht ging an und aus, ich sah die Gesichter meiner Mitgefangenen als grelle Grimassen oder gar nicht, wir dachten uns zum Zeitvertreib aus, was wir zum Essen bestellen würden, wenn wir alles bestellen könnten, was unser Gaumen begehrte, und so entstand das erste Gourmet-Restaurant Moskaus in einem Fahrstuhl zwischen dem siebten und achten Stock eines Plattenbaus), gaben sich ausländische Investoren und Berater, Professoren und Bankiers die Klinke in die Hand. Als mein Buch im März 1999 erschien, war der massivste Transfer öffentlichen Vermögens in private Hände, den die Menschheit je erlebt hat, vollbracht worden. Das interessierte in jener Dekade kapitalistischen Siegestaumels kaum jemanden.

Bald wird es alle interessieren.

Schiefer Turm ist die späte Rache der hintergangenen Gerechtigkeit.

Die mir nun vorliegenden Unterlagen bestätigen meine damaligen Recherchen bis ins Grundsätzliche. In einem CIA-Bericht aus jener Zeit (gefunden im russischen Leak!) steht: »Die ›Reform‹ hat zu Armut, Alkoholismus und Gesundheitskatastrophen geführt. Russland ist heute in der Hand einiger räuberischer ›Oligarchen‹ inmitten weit verbreiteten Hungers. In wenigen Monaten sind 99 Prozent der Ersparnisse der Bevölkerung verschwunden. Personen, die Geld zur Seite gelegt haben, um ein Auto oder eine Wohnung zu kaufen oder eine Hochzeit oder Beerdigung zu bezahlen, bleiben mit nichts zurück.«

Die Analyse lässt an Klarheit nichts zu wünschen übrig. Die Lage war also von Amts wegen bekannt. Trotzdem wurde diese Reform durchgepeitscht, mit allen diplomatischen und handanlegerischen Mitteln.

Dokumente aus dem amerikanischen Leak belegen, wie der KGB bereits Mitte der 80er Jahre die grauen Kardinäle des Politbüros informierte, dass die zentralisierte Wirtschaft zum Scheitern verurteilt sei; chronische Korruption, Ineffizienz und das teure Wettrüsten mit den Vereinigten Staaten hatten die schrumpeligen Früchte der Revolution verfaulen lassen. Während der Regierungszeit Gorbatschows hat der KGB Tausende von Briefkastenfirmen und Offshore-Bankkonten eingerichtet, Immobilien gekauft und Gesellschaften ohne Haftung gegründet, überall auf der Welt, sogar in Nevada. In den nächsten elf Jahren (wieso elf, wieso nicht zehn oder zwölf?) seien an die 600 Milliarden Dollar aus dem Land geschafft worden.

Die Große Vaterländische Plünderung.

* * *

Im Oktober des Jahres 1988 hielt General Krjutschkow eine programmatische Rede, veröffentlicht in der Zeitschrift Международная жизнь (»Internationales Leben«).

»Es ist außerordentlich wichtig, die Welt so zu sehen, wie sie ist, unsere Haltungen und Annahmen realistisch, objektiv und selbstkritisch zu bewerten (…) Eine Reihe von Vorträgen auf der XIX. Parteikonferenz haben uns eine neue Methodik für die Betrachtung der Welt und neue Ideen zur Lösung der Widersprüche geliefert, die sich aus den Entwicklungen ergeben.

Unsere Initiativen, die praktischen Schritte, die wir unternommen haben, waren oft allgemeiner Natur, unzureichend differenziert und ohne konkretes Ziel, wir haben die tatsächliche Position oder die Nuancen in den Einstellungen unserer ausländischen Gesprächspartner nicht berücksichtigt.

Es ist jetzt wichtig, dass wir uns mit aller Kraft bemühen, die Vertreter der Geschäftswelt, vor allem in den entwickelten kapitalistischen Ländern, unparteiisch zu studieren, diesbezüglich waren wir bislang in Klischees und Stereotypen gefangen, und es scheint, dass wir in dieser für den Sowjetstaat so wichtigen Angelegenheit eine energische Rolle übernehmen müssen, mit vereinten Kräften aller Abteilungen, die sich mit Außen- und Wirtschaftspolitik befassen.«

Im Gefolge seiner eigenen Worte formulierte der General einen Plan zur Gründung von etwa 600 Unternehmen, die von »ehemaligen« KGB-Offizieren geführt werden sollten, meist als Joint Ventures, unter der Federführung eines Obersts der Ersten Hauptdirektion. Die Agenten wurden angewiesen, kommerziell Fuß zu fassen, um den eigenen Unterhalt bestreiten zu können. Die Joint Ventures sollten als reale Unternehmen fungieren, Profit erwirtschaften, Geld waschen, Informationen sammeln, damit das Geld der Partei gesichert wurde, um eines Tages wenn nötig neue Operationen gegen den Westen zu finanzieren.

Das alles wusste ich nicht, damals, in den guten alten Sauerkraut-Sofa-Zeiten.

Im August 1991 platzte dem General der Kragenspiegel, er war es leid, im Hintergrund zu agieren, er war der langatmigen Konspirationen müde. Er wollte mit einem Schlag Geschichte machen. Das geht meistens schief. Er scheiterte an seiner eigenen Ungeduld. Denn das Programm, das er entwickelt hatte, trug die erhofften Früchte – mit einer Verzögerung von zwei Jahrzehnten.

* * *

Meinen 30. Geburtstag feierte ich im neunten Stock einer Chruschtschowka, ein spontanes Besäufnis, zu dem alle Nachbarn eingeladen waren, weil sie eh alles hörten, was in den Wohnungen unter, über und neben ihnen vorging. Spät am Abend, als Zeit und Raum ineinander verschwammen, saß ich neben einem Mann mit Gesichtszügen, die gerade im Umzug begriffen waren. Er sprach deutlich, meine Ohren lallten. Er habe gehört, ich arbeitete an einem Buch. Über Vorgänge, die zu Papier gebracht werden müssten. Über die Tragödie eines Staates, der nicht nur schlecht gewesen sei. Über sein Land, sein geliebtes Russland, seine vergewaltigte und geschändete Mutter.

Ob ich die Wahrheit erfahren wolle?

Diese Frage bejahe ich stets, selbst im trunkenen Zustand.

Ob ich je etwas von »Seabeco« gehört habe?

Ich verneinte.

Ob ich wisse, dass sich Nikolai Krutschina auf den Tag genau vor einem Jahr zu weit aus einem verschlossenen Fenster gelehnt habe.

»Nikolai wer?«

»*Junoscha*, was bist du weit weg von der Chose. Ich rede von Nikolai Jefimowitsch!«

(Das haben Russen so an sich, sie erwähnen irgendeinen Namen, oft nur mit dem Patronym, und erwarten, dass man weiß, wer gemeint ist. Zum Beispiel: »Wie Aleksander Sergejewitsch dichtete: *Warum nur will sich mein Geist in flüchtigen Träumen auflösen?*«).

»Wer ist …?«

»Wer war! Wir befinden uns hier im Reich der Gewesenen. Schatzmeister des Zentralkomitees der Partei. Ein Mann, der über jeden Geldkoffer, jedes Geheimkonto, jeden Safe, jede Goldunze Bescheid wusste. Und der Mann fällt auf einmal aus dem Fenster des fünften Stocks.«

»Mord?«

»Selbstmord. Immer Selbstmord. Samt passendem Abschiedsbrief. Ein sentimentales Lebewohl, an die Enkeltochter. Schwere Krankheit, schweres Los. Der Mann überwachte die Tätigkeit von Seabeco.«

»Und was ist Seabeco?«

»*Junoscha*, seid ihr im Westen alle so dämlich? Der Wohlstand hat eure grauen Zellen verfettet. Hast du eine Vorstellung, wie viele Funktionäre sich in den Monaten danach zu weit aus dem Fenster gelehnt haben?«

Er schnitt sich mit dem Finger den Hals auf, Fensterstürze kennen offenbar keine eigene gestische Darstellung.

»Ein Dutzend?«

»1746.«

»Das ist eine Jahreszahl.«

»Unterm Fenster liegt das Grab.«

»Wegen Seabeco?«

»Zeugenbeseitigungsprogramm des KGB.«

»Den KGB gibt es nicht mehr.«

»Das denkst du. Der KGB kann nicht sterben, er könnte nur vernichtet werden. Und wer soll ihn erlegen? Die Drachentöter sind vor den Drachen ausgestorben.«

»Fenster? Stürze? Seabeco?«

Ich stammelte von Frageblase zu Frageblase.

»Recherchiere, und dir wird alles klar werden. Seabeco ist der unternehmerische Beweis für den Ersten Hauptsatz der internationalen Thermodynamik.«

Ein typisches Saufgespräch. Zumindest in Russland.

Im nächsten Augenblick flog ein Privatjet über die Decke, Wasserflecken verwandelten sich in Kondensstreifen, auf dem Flugzeugrumpf stand in großen goldenen Lettern geschrieben: SEABECO. Der Jet landete zwischen Aschenbechern voller nachglühender Kippen auf dem Sofatisch, wir – ich und der unbekannte Mann neben mir, der jedes Detail vor unseren Augen beschrieb, als führte er einen Blinden in eine Höhle – bestiegen das Flugzeug und wurden von einem Schnurrbärtigen begrüßt, der uns einem untersetzten Mann namens Askar Akajew vorstellte, einem »советский бюрократ«, dem Aussehen nach ein Händler von der Seidenstraße. Hammer und Sichel schmückten die Sitzbezüge. Es roch sowjetisch. Der Schnurrbärtige betrachtete seine Hände aufmerksam, dann las er die Zukunft aus seinen manikürten Fingernägeln.

»Dieser Mann wird der erste Staatschef eines unabhängigen Kirgisistan werden.«

Wir schlugen die Hände über den Kopf zusammen.

»Wie soll das denn geschehen?«

»Die UdSSR wird sich auflösen.«

»Wie ist das nur möglich?«

»Ein Weihnachtsgeschenk für uns alle.«

»Geschenk? Wieso Geschenk?«

»Genossen, denkt an die Möglichkeiten, denkt an die Chancen.«

»Chancen, welche Chancen?«

»Was reinkommt, muss rausgehen. Ist doch klar. Wenn uns eine Tränke genommen wird, müssen wir eine andere ausfindig machen. Die Deutschen werden uns bald einen Scheck ausstellen, eine saftige Friedensdividende für unseren Rückzug aus der DDR, so ein geordneter Truppenrückzug ist eine kostspielige Angelegenheit, der Generalsekretär verhandelt gerade mit dem Kanzler, er schachert gut …«

»Ein exzellenter Schacherer!«, bekräftigte der zukünftige Präsident Kirgisistans.

»… er wird 15 Milliarden rausholen, vielleicht 17 Milliarden, wie viel auch immer: geschenkt, die Summe wird verschwinden, in den Ritzen zwischen der UdSSR und Russland, wir werden sie wiederfinden, auf einem Bankkonto in Baselbern.«

»Es geht nicht darum, die Welt zu verändern, sondern sie auszubeuten.«

Das sagte mein Sofanachbar, und der Schnurrbärtige blickte ihn mit aufstrahlendem Respekt an, während er mit seinen eleganten Fingern auf dem kratzerfreien, weißen Tisch Linien zwischen Toronto und Kiew, New York und Bishkek zog und von Finanzexport und Kapitalverschiebung, von Rohstoffen und Weiterverarbeitung sprach, Mechanismen des kommenden Betrugs.

»Stahl! Doppelt ausgefuchst, einfach klasse. Wir exportieren den Stahl, die Deviseneinnahmen verbleiben im Ausland, das unterfinanzierte Werk ist gezwungen, die Betriebskosten durch die Aufnahme von Krediten zu decken, die Schuldscheine werden von unseren Verbündeten gekauft und dann eingetauscht gegen Anteile an dem Werk. Irgendwann gehört das Stahlwerk uns.«

(Hier muss ich mich mal einmischen, das Ganze muss jetzt mal faktisch festgezurrt werden, denn das, was der Schnurrbärtige auf dem kratzerfreien Tisch skizzierte, das ist tatsächlich geschehen, genau so wie von ihm vorhergesehen, eines der auf diese Weise erbeuteten Stahlwerke heißt Zaporizhstal, es befindet sich in der Ukraine und wird noch eine Rolle spielen.)

»So, ich muss mich nun verabschieden, es warten wichtige Verhandlungen auf mich. Nächstes Mal treffen wir uns in meiner Villa, ich habe ein wunderbares Herrenhaus auf den Lenin-Hügeln angemietet, Sie werden nicht glauben, wer dort schon übernachtet hat: Castro und Kissinger.«

»Verzeihen Sie, eine Frage nur, zum Abschied?«

»Ich lasse niemanden gehen, ohne seine letzte Frage beantwortet zu haben.«

»Für wen arbeiten Sie?«

Alle drei Männer starrten mich an. Ich spürte, wie ich errötete. Hatte ich eine ungeschriebene Übereinkunft missachtet? Sie beäugten mich nicht feindselig oder misstrauisch, eher belustigt. So wie Zoobesucher das Herumhüpfen einer seltenen Wüstenmaus betrachten.

»*Junoscha, junoscha*«, kopfschüttelte mein Sofanachbar.

»*Jardamga, jardamga!*«, verdrehte der kirgisisch-sowjetische Bürokrat die Augen.

»KGB!«, erwiderte der Schnurrbärtige regungslos.

Und alle drei prusteten los, als hätten sie sich an teurem Champagner verschluckt.

(Laut einem Gerücht hat der Schnurrbärtige in seinen besten Zeiten täglich eine Flasche Pol Roger Winston Churchill geköpft, Nachahmung aus Bewunderung, die Flasche aber im Gegensatz zum britischen Staatsmann nicht getrunken, da ihm der Geschmack nicht zusagte, sondern in den Ausguss geschüttet.)

Am nächsten Morgen übertrug ich mit schwerem Kopf die Rotweinflecken auf meinem Gedächtnis in mein Notizbuch, bevor ich hinausging, um etwas frische Luft zu schnappen. Wie so oft kaufte ich an einem Kiosk die ausgelegten Tageszeitungen. Mit einem Packen billiger Druckerschwärze unterm Arm kehrte ich in die verwaiste Küche im neunten Stock zurück. Alle Zeitungen berichteten über einen Skandal, über Korruption in der Regierung, über Beziehungen einiger Minister zur Seabeco Group, »eines auf Unterschlagung und Geldwäsche in Russland, Kirgisistan, Moldawien und der Ukraine spezialisierten Unternehmens mit engen Verbindungen zur Organisierten Kriminalität« (kurz und von nun an stets: OK). Über einen in der UdSSR geborenen Bürger dreier Staaten (Kanada, Schweiz, Israel), einen Agenten des KGB und des Mossad, ein Multitalent, das in mehreren Ländern wegen Betrugs gesucht werde.

Name: Boris Birshtein.

Foto: Der Schnurrbärtige.

Ich wartete ungeduldig, bis meine Gastgeberin nach Hause kam. Kaum trat sie durch die Tür, fragte ich sie, wer denn der Mann gewesen sei, der mir auf dem Sofa spät am Abend so ausführlich von unbekannten Zusammenhängen erzählt habe, die gleich am nächsten Tag in der Presse bestätigt wurden? Sie bat mich, ihn zu beschreiben, was mir schwerfiel, denn ich erinnerte mich nur vage an einen Verschlag aus Haut und Knochen. Wir klopften bei allen Nachbarn an, doch keiner der Männer entsprach auch nur im Geringsten meiner baufälligen Erinnerung. Die anderen anwesenden Männer waren alles alte Bekannte gewesen, die ich selbst im alkoholisierten Zustand nicht mit einem Fremden verwechselt hätte. Meine mathematisch geschulte Gastgeberin schwor, dass sonst niemand in ihrer Wohnung gewesen sei.

Ich verlor den Mann namens Birshtein aus den Augen.

Bis er vor wenigen Tagen wiederauftauchte …

* * *

Woran erkennt man einen Präsidenten auf Lebenszeit?

Er fälscht die Wahlergebnisse. Sollte er trotzdem verlieren, annulliert er die Wahlen wegen »schwerwiegender Unregelmäßigkeiten«.

Woran erkennt man wahre Gurus der Öffentlichkeitsarbeit? Sie verbreiten derart viele Erfindungen, dass die Wahrheit, sollte sie jemals ruchbar werden, als bösartige Fälschung (auf Russisch: компромáт) abgetan werden kann.

Woran erkennt man Kriminelle großen Formats?

Wenn ein Mordanschlag verübt wird, reklamieren sie, der Anschlag habe ihnen gegolten. So auch im Jahre 1991, als der Premierminister Kirgisistans bei einem mysteriösen Autounfall umkam, unser Boris Birshtein hingegen, der neben ihm saß, überlebte. Die nationalen Medien vermuteten, der Premierminister sei das Ziel, Boris Birshtein beharrte darauf, er sei das intendierte Opfer gewesen. Zum Ausgleich schmuggelte er noch mehr Gold aus dem Land.

Die kasachischen Nachbarn spötteln gern über die unsteten Kirgisen, die alle paar Jahre eine Revolte anzetteln und ihren Präsidenten verjagen. 2005 traf es unsere Flugzeugbekanntschaft Askar Akajew. Er floh nach Kasachstan, wo sich die Menschen der eigenen Verlässlichkeit rühmen (so zumindest der Fahrer, der mich vor einigen Jahren von Almaty nach Bishkek brachte). Seit der Unabhängigkeit hat hier nur einer geherrscht, ein Mann namens Nursultan Nasarbajew. Nomen est omen, die Amtszeit dieses »Leuchtenden Sultans« wurde sukzessive von fünf auf sieben auf zehn auf hundert auf tausend Jahre verlängert, das Parlament hat ihn zum Präsidenten-auf-Ewigkeit ernannt, die Wirtschaft wird von seiner Tochter sowie einem berüchtigten »Trio« kontrolliert.

Einer aus diesem Trio erklärte Jahre später in einem Zeitungsinterview, er sei 1991 auf Wunsch von Herrn Birshtein nach Belgien gezogen, um dort eine Firma zu gründen, Seabeco Belgium SA. Ein gewisser Alexander Maschkewitsch sei dazugestoßen, und die beiden Männer hätten eines Tages beschlossen, sich selbstständig zu machen und in kasachisches Öl und Gas zu investieren. Zusammen mit einem dritten Partner bauten sie die Eurasia-Gruppe auf, finanzierten die Wahlkampagnen des Leuchtenden Sultans, kontrollierten bald die gewaltigen Rohstoffreserven dieses Landes.

Wie blass im Vergleich dazu die biedere Geschichte »Vom Tellerwäscher zum Millionär«.

Die vorliegenden Dokumente sind narrativ neutral, ein jedes nimmt sich wichtig und vergeht zugleich in Nebensächlichkeit. Auf die Durchleuchtung oligarchischer Verhältnisse in Kasachstan folgt ein Memo über ukrainische Wahlkampfspenden, ein Bericht über das Banken(un)wesen in Zypern. Wie eine Landkarte, auf der jede Stadt und jedes Dorf, jeder Fluss und jeder Bach, jeder Gipfel und jedes Tal, jede Provinz und jede Region in gleich großen Lettern verzeichnet ist. Ich weiß nicht, wie oft ich mich in den endlos scheinenden Ebenen dieser Gleichförmigkeit verirrt habe. Nur selten verändert sich die Karte, erheben sich einzelne Markierungen: Die Seidenstraße geht in die Park Avenue über, das kasachische »Trio« verbindet sich mit der Bayrock Group (zur Erinnerung: die Geldwaschanlage aus dem 24. Stock des stolzesten Turms in Manhattan). Die besten Kartographen des FBI sind jene mit dem Mut zur Lücke. Es reicht aus, wenn sie protokollieren, dass Bayrock von der Eurasia-Gruppe finanziert wurde (technisch formuliert: »ein strategischer Partner bei der Eigenkapitalfinanzierung«).

Das kasachische Trio bayrockte also mit Schiefer Turm.

So schließt sich der Kreis, zu drei Vierteln. Was noch fehlt, ist ein Schwiegersohn. Shnaider, Alexander Shnaider. Vorhang auf: Der Rote Platz, ein sonniger Tag. Mr. Shnaider hat gerade 50 Millionen Dollar für den Kauf eines Formel-1-Teams ausgegeben, das er in Midland Racing umbenannt und als erstes russisches F1-Team registriert hat. Anstelle von Panzern werden der Öffentlichkeit schnittige Rennwagen präsentiert. An die tausend Menschen sind aus aller Welt eingeflogen, zu dieser vom Kreml und dem Innenministerium organisierten Partykundgebung. Der Moskauer Patriarch Alexej II., ehemaliger KGB-Zuträger und enger Vertrauter von Mikhail Iwanowitsch, segnet mit Weihrauch, brummender Stimme und Breguet-Armbanduhr die Boliden. Auf den offiziellen Fotos ist die Uhr im Wert von 30 000 Dollar vom Handgelenk des Patriarchen wegretuschiert worden (Fotoshop ist eine zeitgemäße Form der Askese), aber wie es der Teufel will, sieht man sie als Spiegelbild auf dem hochglanzpolierten Chassis. Nur einer hält sich im Hintergrund: Schwiegervater Birshtein. Er hat den jungen Shnaider, der seit dem Studium für ihn arbeitet, in den Stahlhandel und die hohe Kunst des Nepotismus eingeführt. Er hat ihm das schon erwähnte ostukrainische Stahlwerk zugeschanzt, als das Land von einem Präsidenten regiert wurde, der dem Herrn Birshtein nahestand. Das FBI zitiert einen ehemaligen Parlamentarier: »Boris Birshtein war der wahre Besitzer der Ukraine, und Boris Birshtein und Alex Shnaider waren ein und dieselbe Person.«

Ein weiteres Kapitel der Kriminalitätsgeschichte (eng beschriftete Rollen, vergraben im Düsterwald).

Schwer zu sagen, über wie viele Verbrechen ein Journalist im Laufe eines kritischen Lebens stolpert. Unsereiner schreibt, hakt ab, zieht weiter, am Freitag empört, ab Montag beschäftigt mit neuen Notaten der Vergeblichkeit. Die Freunde aus der samstagsabendlichen Kneipe fingieren Interesse, heucheln Mitgefühl. Sie wollen, dass sich unsereiner stellvertretend mit all den unangenehmen Fragen beschäftigt. Nach drei Minuten blutiger Anschaulichkeit blicken sie angestrengt an einem vorbei. So geht das, einige Male, erniedrigend schief, bis unsereiner eines Abends auf die Frage »Wie war es denn neulich in Sarajewo?« (oder in Sierra Leone oder in Chiapas) antwortet: »Fein!« »Prima!« »Bestens!« Die Fragenden nicken zufrieden. Ein Mitmensch, der weiß, was sich gehört.

* * *

Die Fabel von dem Hirtenjungen, der die Dorfbewohner mehrmals vor einen Wolf warnt, den er sich aus Jux ausgedacht hat, bis er eines Tages tatsächlich einen Wolf erblickt, seinen Warnungen aber nicht mehr geglaubt wird, mit tragischen Konsequenzen, diese Fabel war mir die liebste in meiner illustrierten Äsop-Kinderausgabe. Ich malte mir unzählige Male aus, wie der Junge (ich in der Rolle des kleinen Hirten) den Hang hinabstürzt, durch die wogenden Weizenfelder rennt, schwer atmend die ersten Bauern anschreit: »Wolf!«, immer wieder »Wolf!« Ich stellte mir die Männer auf dem Feld vor, wie sie die Sense schwingen, wie die Frauen die Garben binden, ein pastorales Bild, zerrissen von den Zähnen und Krallen des wilden Tiers im Sprung und keine Rettung. Was ich mir als Kind aber nicht vorstellte (nicht vorstellen konnte), war ein Wolf, der täglich die Schafe reißt, und ein Hirtenjunge, der täglich laute Warnungen ausstößt, und ein Dorf, das ihm nicht glaubt und nichts unternimmt, obwohl die Schafe verschwinden, Nacht um Nacht.

Welchen genauen Bezug hatten diese Großverbrechen zu meinem (noch nicht klar fokussierten) Thema?

Die Antwort erfolgte postklickend.

Toronto. Geplant: das höchste Wohngebäude Kanadas. Der Toronto Tower, Schiefer Turms stolzester Blickfang, mehrheitlich finanziert von … Alex Shnaider! Im Portfolio des FBI ein hübsches Foto, die gut gelaunten Beteiligten schwingen in der Innenstadt von Toronto ihre goldenen Schaufeln.

Ich musste tief durchatmen. Das war die erste nachweisliche Verbindung zwischen General Krjutschkow und Schiefer Turm (⇒ Seabeco ⇒ Birshtein ⇒ Shnaider). Das Projekt geriet in finanzielle Schwierigkeiten, drohte als Ruine zu enden. Wer eilte in insolventer Stunde zur Hilfe: die russische Staatsbank Vnesheconombank (VEB), die dem Schwiegersohn sein ukrainisches Stahlwerk abkaufte, für einen überzogenen Betrag von 850 Millionen Dollar (genau die von ihm benötigte Summe)! Präziser gesagt, kauften anonyme russische Investoren (also Briefkastenfirmen) die Aktien, die VEB finanzierte den Kauf und übernahm damit die Kontrolle über das Stahlwerk. Der Bankdirektor war zu diesem Zeitpunkt ein Absolvent der Akademie des russischen Geheimdienstes. Den Vorsitz im Aufsichtsrat führte per Gesetz der russische Premierminister: damals kein anderer als Mikhail Iwanowitsch.

An dieser Stelle wurde die FBI-Akte ausnahmsweise poetisch: Die VEB sei »die Keksdose des Kremls«.

Von Kislaja Kapusta zu Keksen.

Dazwischen eine Jahrhundertwende.

WIEN

Die schönsten Diamanten sind die angeschwemmten. Nicht ausgebuddelt, sondern vom Flusswasser umspült. Unentdeckt, bis eines Tages ein Schürfer etwas glitzern sieht. Für den Bruchteil einer Sekunde fällt ein Lichtstrahl im richtigen Winkel auf die dunkle Masse. Der Schürfer wird lange erzählen von diesem seinem Fund; die vergeblichen Stunden wird er verschweigen. So ein Diamant begründet Zuversicht. Deswegen breche ich auf zum Fluss, jeden frühen Morgen, schalte den Bildschirm an, durchsiebe das Geröll, bis ein Tropfen vom Schweiße meines Angesichts auf einen Satz fällt, der hell aufleuchtet:

»Seine Neigung zu kompromittierendem Verhalten, seine Bereitschaft, eng mit kriminellen Kreisen zusammenzuarbeiten sowie sein dringlicher Wunsch, Aspekte seiner Privatsphäre zu schützen, machen ihn zum perfekten Erpressungsziel.«

Die Rede ist von Schiefer Turm. Das Zitat stammt aus einem KGB-Dokument aus dem Jahre 1988.

Welche Maßnahmen wurden auf diese Einschätzung hin in die Wege geleitet?

Worin bestand die Erpressung?

War eine Erpressung nötig?

Geschäftlich betrachtet war die erste Reise nach Moskau unergiebig, wie auch alle nachfolgenden Reisen. Angelockt durch das Versprechen, den vielen Türmen des Kremls, der Orthodoxie und des Stalinismus einen eigenen hinzuzufügen, kehrte der Millionär aus Manhattan mit leeren Händen heim. Das kann nur bedeuten, dass eine geschäftliche Übereinkunft von sowjetischer Seite strategisch nicht erwünscht war. Es wäre ein Leichtes gewesen, ihm einen Turm zu gönnen. Die Karotte sollte weiterhin vor der Nase des Esels baumeln.

Und doch blieb die Reise nicht folgenlos.

Schiefer Turm überraschte alle.

Nach seiner Rückkehr schaltete er für knapp 100 000 Dollar drei ganzseitige Zeitungsanzeigen (für jene, die es genau beziffert haben wollen: 94 801 Dollar, gezahlt an New York Times, Washington Post und Boston Globe). Das ist viel Geld für einen Mann, der bei einer pekuniären Variante des Spiels »Reise nach Jerusalem« als Letzter übrig geblieben war (ein kleiner Test der Spaßguerilla): Gutscheine wurden an Superreiche geschickt, im Wert von zunächst zehn, dann einem Dollar und schließlich von 13 Cents. Den Gutschein über zehn Dollar lösten alle Milliardäre ein, jenen für 13 Cents einzig und allein Schiefer Turm. Überraschend veröffentlichte nun der stadtbekannte Partygänger einen besorgten Brief an das Volk: »Warum Amerika aufhören sollte, auf eigene Kosten Länder zu verteidigen, die es sich leisten können, sich selbst zu verteidigen.«

Botschafter Dubinin schrieb noch am selben Tag eine Depesche an die KGB-Zentrale.

»Er ist auf einmal und völlig unerwartet von politischem Ehrgeiz gepackt. Er klagt die Verbündeten der Vereinigten Staaten an, an erster Stelle Japan, von der schützenden Hand des amerikanischen Militärs zu profitierten: ›Warum bezahlen uns diese Nationen nicht für die Menschenleben und die Milliarden, die wir opfern, um ihre Interessen zu schützen?‹ Risse im imperialistischen Block sind in unserem Sinne, doch sollten wir nicht von den Launen des Objekts abhängig sein. Es wäre von dringlicher Wichtigkeit herauszufinden, ob solche Überlegungen bei einem seiner Gespräche in Moskau von unserer Seite aus vorgebracht wurden oder ob seine Initiative eine unvorhergesehene Konsequenz unserer Aufmerksamkeiten ist. Wir müssen nachvollziehen, was ihn zu diesem Schritt veranlasst hat. In derselben Ausgabe der New York Times vom 2. September 1987 (beiliegend) steht im Kleingedruckten, dass er nach New Hampshire reisen will, um zu sondieren, wie seine Chancen stünden, sollte er für die Präsidentschaft kandidieren.«

Der gewiefte Stratege Dubinin sucht nach einer plausiblen Erklärung; er hasst den Zufall, er verachtet die Frucht, die einem in den Schoß fällt. Wurde Schiefer Turm ein Floh ins Ohr gesetzt oder ist ihm die Schmeichelei zu Kopf gestiegen?

Was war Ursache, was Wirkung?

»Eine präzise Analyse sollte vorgenommen werden, auf deren Basis wir verlässliche Aussagen machen können, wie das Objekt in Zukunft zu öffentlichen Äußerungen und politischen Aktivitäten entsprechend unseren Interessen zu animieren sein könnte.«

Der Esel ist in die richtige Richtung getrabt, aber wer hat wann und wie an den Zügeln gezogen? Der KGB und der sowjetische Botschafter scheinen die ersten (beileibe nicht die letzten) Dompteure zu sein, die an der Aufgabe scheiterten, diesem nützlichen Tier ihren Willen aufzuzwingen. Wie gerne hätte ich Kim Philby befragt, ob man es übertreiben kann mit der richtigen Strategie. Ob zu viel Streichelei den Zoo verdirbt.

Leider fehlte in den Dokumenten die Antwort der KGB-Zentrale an den Botschafter.

»Lassen wir nicht mehr zu, dass unser großartiges Land verlacht wird«, endet der erste öffentliche Brief von Schiefer Turm. Seine sowjetischen Partner müssen geschmunzelt haben.

* * *

Ich suchte im Internet nach Hinweisen über Veränderungen im Leben von Schiefer Turm zu jener Zeit. Und siehe da, er ist nach seinem ersten Besuch in Moskau wie verwandelt. Er wird bei seinen Geschäften zusehends leichtfertiger. Er leiht sich Hunderte Millionen Dollar, um *das* ikonische Hotel Manhattans, das Plaza, und eine Fluggesellschaft für einen viel zu hohen Preis zu kaufen. Er erwirbt eine 85 Meter lange Jacht, die von den Banken drei Jahre später beschlagnahmt wird. Monatelang ringt er mit einem anderen Magnaten um die Kontrolle über das teuerste und größte Casino in Atlantic City, das Taj Mahal. Auf seinen Pyrrhussieg hin folgt ein Hubschrauberabsturz, bald darauf die erste von vier Insolvenzen. Er verliert immer mehr Geld. Kaum fällt der Eiserne Vorhang, schießen seine Verluste in die Höhe, 200, 250, 300 Millionen Dollar jährlich, ein Minus für die Ewigkeit, innerhalb weniger Jahre, ein Errichten roter Schuldtürme, aufeinandergestapelt fast eine Milliarde Dollar hoch. Laut Informationen der US-amerikanischen Steuerbehörden mehr als doppelt so viel, wie irgendein anderer Steuerzahler des Landes an Verlusten eingefahren hat.

Wie kann das sein?

Wer mehrere Pleiten hinlegt, gilt üblicherweise als Aussätziger.

Wer hat ihm diese Schuldentreiberei ermöglicht?

Manche Tage stehen unter einem segensreichen Stern. Kaum stellte ich mir diese Frage, wurde sie beantwortet, von einem lupenreinen Dokument, oberflächlich betrachtet eine Personalakte, eine *Charakteristika* über einen Mann, der bislang in den Leaks nicht vorgekommen war: der König des Konkurses.

»Ein Mann von kleiner Körpergröße mit bedächtig-behutsamer Vorgehensweise. Vor jeder Entscheidung nimmt er eine Plus-Minus-Rechnung, eine Pro-und-Contra-Analyse vor. Seinem Wesen nach ein Erbsenzähler, der auf seinem Abakus Firmen und Subventionen, Beteiligungen und Pensionen hin- und herschiebt. Gefühle scheinen ihm fremd zu sein, nichts an ihm ist exzessiv, außer dem unersättlichen Griff nach finanziell angeschlagenen Firmen. Es steht zu befürchten, dass er die Russische Föderation wie ein havariertes Unternehmen betrachtet, das er ausnehmen kann. Keine offensichtlichen Schwächen außer dem Bedürfnis, am Großen Spiel beteiligt zu sein.«

Diese Akte stammt nicht vom KGB, sondern vom russischen Inlandsgeheimdienst FSB, angelegt im Jahre 1995. Der Auslöser: Präsident Bill Clinton hatte den König des Konkurses in den Vorstand des U.S. Russia Investment Fund berufen, gegründet zur Förderung US-amerikanischer Geschäftsinteressen in Russland. Die Akte wurde über die nächsten Jahre hinweg angereichert. So auch an einem grauen Februartag des Jahres 1998, als festgehalten wurde, dass der König des Konkurses drei Casinos in Atlantic City, die unter Androhung der Zwangsvollstreckung standen, persönlich gerettet habe, indem er die Gläubiger überzeugt habe, einen Deal mit dem Eigentümer abzuschließen.

Der Eigentümer der Casinos ist Schiefer Turm.

Der König des Konkurses ein Mann namens Wilbur Ross.

Er hat seinen Job getan, damals. Nichts Ungewöhnliches.

Außer dass Präsident Schiefer Turm Wilbur Ross zum Handelsminister ernannt hat. Dankbarkeit hat ihren späten Preis.

So weit ich die mir vorliegenden Dokumente überschaue, ist dies die erste Erwähnung von Schiefer Turm in einer russischen Geheimdienstakte. Am Ende der Seite steht ein Querverweis auf sein altes Dossier aus sowjetischer Zeit.

Die Beweiskette ist geschlossen.

* * *

In den Akten stieß ich auf Namen und Beziehungen, auf Decknamen und Abhängigkeiten und gelegentlich auf Zahlen. Alles in allem mehr Namen als Zahlen. Bei Geldwäsche sind die Täter meist sichtbarer als die Tat.

Je länger ich auf die Summen starrte, im Bemühen, ihrer abstrakten Luftigkeit etwas zu entlocken, desto klarer erkannte ich, wie falsch meine Erwartungen gewesen waren.

Handfeste Überführungen, konkrete Verbrechen.

Ein Sack voller Gold, ein Koffer voller Scheine.

Mitten in der Nacht übergeben, am Flughafen vertauscht.

Stattdessen britische Briefkastenfirmen, die sich gegenseitig Geld leihen, papierene Kredite, für die tatsächliche russische Unternehmen bürgen. Die Briefkastenfirma gerät mit der Rückzahlung in Verzug. Weil ein moldawischer Bürger an dem Darlehen beteiligt ist, erwirkt der Gläubiger ein Gerichtsurteil in Moldawien, das die russische Firma verpflichtet, die Schulden zu begleichen, weswegen diese, streng gesetzestreu, Hunderte von Millionen Dollar an eine Bank in Chişinău überweist, von wo aus das vermeintlich geschuldete Geld an eine Bank in Lettland weitergeleitet wird und von dort überall hin, in 92 Länder (skurril: die Höhe des unterschlagenen Geldes ist den Behörden nicht bekannt, dafür aber die Zahl der Länder, in denen es auf Nimmerwiedersehen verschwindet).

Finanzielle Verwicklungen sind komplex, eine Binsenwahrheit, doch in dieser Komplexität verbirgt sich eine strukturelle Kriminalität, an der viele der Personen aus diesen Leaks beteiligt sind. Je mehr ich las, in den einsamen Stunden, bevor das Wechselbalg der Nachbarn gegenüber wieder durch den Innenhof schrie, eine gellende Machtdemonstration gegenüber seinen freiwillig ohnmächtigen Eltern, desto weltfremder erschienen mir die üblichen Skandalgeschichten. Sie beschreiben einen abstürzenden Ikarus vor hellblauem Hintergrund (wenn umwölkt, dann nur zur Verzierung). Was, wenn der Skandal die Norm ist, wenn ich nicht eine einmalige Übertretung zu dokumentieren hatte, sondern die parasitär befallenen Eingeweide einer gierigen Welt.

Ich war so ausgelaugt, die Dämmerung vor meinem Fenster erschien mir wie ein Ozean, in dem ich ertrinken würde.

Ich war überfordert – ich benötigte Hilfe.

An wen sollte ich mich wenden?

Beide Whistleblower hatten klargestellt, sie würden die Zusammenarbeit sofort beenden, sollte ich eigenmächtig mit einem Medienhaus zusammenarbeiten (»den Zeitpunkt der Publikation werden wir später gemeinsam festlegen«).

Wem konnte ich blind vertrauen?

In wessen Hände würden Sie Ihr Leben geben? Wer würde Sie nie verraten, selbst wenn es Schlag auf Schmerz käme? Wer unter Ihren Freundinnen und Bekannten wäre imstande, konspirativ zu arbeiten? Wer wäre bereit, aus Zuneigung und/oder aus Überzeugung die Hand ins Feuer zu legen, wenn es lichterloh lodert?

Während ich grübelte, im milden Herbstschein, vor der Barockkirche, deren Glocken meine Tage strukturieren wie die Linien auf einem endlosen Blatt Papier, setzte sich Pater Giacomo neben mich auf die Bank, unter einem ausladenden Baum, dessen Namen ich selbst nach einem Jahrzehnt in seinem Schatten immer noch nicht kenne. So achtlos bin ich gegenüber dem, was mich unmittelbar umgibt.

Ich deutete an, dass es mir nicht gut gehe.

»Wieso?«

»Weil ich nicht ›nein‹ sagen kann.«

Nichts in seinem nachsichtigen Blick bereitete mich auf seine Antwort vor:

»Ilija, es gibt nur zwei Arten von Menschen, die nicht ›nein‹ sagen können: Die Heiligen und die Nutten. Zu welchen gehörst du?«

VON WIEN ÜBER MANHATTAN
NACH BROOKLYN

DeepFBI hat angeklopft. Kaum war ich von dem Gespräch mit Pater Giacomo nach Hause zurückgekehrt. Das »wie« darf ich nicht verraten (Inhalte dürfen an die Öffentlichkeit gelangen, Methoden nicht).

»Wie kommen Sie voran?«

»Mühsam.«

»Benötigen Sie etwas?«

»Ein persönliches Treffen.«

»Das sollten wir vermeiden.«

»Es muss sein.«

»Wieso?«

»Ich kann das Material allein nicht bewältigen.«

»Gehen Sie zu ehrgeizig ran?«

»Ja, ich suche nach der Wahrheit, das macht Ränder unter den Augen.«

»Können Sie Ihren Fokus nicht einengen?«

»Sie geben mir eine Wunderkammer und verlangen, dass ich nur eine Schublade durchsuche?«

»Was ist eine Wunderkammer?«

»Ihr Archiv. Egal, vergessen Sie's. Wir müssen reden.«

Eine lange Pause. Dann rollten die Buchstaben wieder über den Bildschirm.

»Gut. Kommen Sie nach New York. Mit offenem Rückflugticket.«

»Wieso?«

»Weil Sie hier Fortschritte machen werden.«

Ich beantragte ein Visum, gab an, dass mir vor Jahren die Einreise in die USA verweigert worden war. Der Konsularbeamte starrte auf seinen Screen.

»Davon steht nichts im System.«

»Ist aber passiert.«

»Ich glaube Ihnen. So was erfindet niemand.«

»Es ist bei Ihnen nicht vermerkt?«

»Nein.«

»Ungewöhnlich, oder?«

»Höchst ungewöhnlich.«

Der Mann unterdrückte ein süffisantes Lächeln. Und erteilte mir das Visum. Das System vergisst nichts, es hat ein geradezu perfektes Gedächtnis für vergangene Übertretungen. Wer hat meine digitale Spur verwischt? Und: Wenn die persönliche Erinnerung der offiziellen Vergangenheitsverwaltung widerspricht, wer behält recht?

* * *

»Wieso haben Sie mir so viel gegeben? Hätten Sie nicht aussieben können? Ich ertrinke in der Fülle. Alles ist wesentlich und dann doch nicht, hintergründig relevant und vordergründig irrelevant. Oder umgekehrt. Mir schwirrt der Kopf …«

»Sind Sie fertig mit Ihrer Tirade?«

»So kann ich nicht …«

»Seien Sie still. Begreifen Sie überhaupt, was vor sich geht? Unsere Regierung führt Krieg. Nicht gegen bestimmte Gegner. Nein. Gegen Information an sich. Generell und grundsätzlich! Und Sie beschweren sich darüber, dass Sie zu viel solide Intel erhalten haben?« (Das Wort »Intel« sollte in die deutsche Sprache eingeführt werden. Im Gegensatz zu den vielen überflüssigen Anglizismen ein Terminus technicus, der keine Entsprechung kennt, nur eine umständliche Umschreibung.) »Wir sollen jede verrückte Vermutung untersuchen, wir sollen Verschwörungen aufklären, die sich irgendein Regierungsmitglied aus den Fingern gesaugt hat. Die Protokolle von Sitzungen entsprechen nicht dem tatsächlich Gesagten. Und was gesagt wird, selten den Tatsachen.«

»Das nennt man, dem Protokoll auf den Leim gehen.«

»Was ist daran lustig?«

»Die Sprache.«

»Es geht ans Eingemachte. Unsere eigene Kriminalitätsstatistik ist verstümmelt worden, sie weist Dreiviertel der Daten von früher nicht mehr auf. Die fehlen einfach.«

»Das höre ich zum ersten Mal.«

»Und was tritt an die Stelle von Information?«

»Geschäftemacherei, vermute ich. Der letzte noch nicht ausgebeutete Rohstoff, die Wahrheit, wird auch verscherbelt. Eines Tages wird nur noch Werbung kostenlos sein.«

»Genau so. Wie sicher ist das Viertel, in dem Sie leben? Zahlen Sie uns eine monatliche Flatrate, und wir teilen es Ihnen mit. Wo wird der nächste Tornado einschlagen? Werden Sie Mitglied in unserem exklusiven meteorologischen Club und Sie werden es als Erster erfahren.«

»Die Privatisierung der Wahrheit.«

»Die Privatisierung verlässlicher Information. Information, die der Staat bislang geliefert hat.«

»Und Sie haben nie etwas zurechtgebogen?«

»Doch. Wenn es sein musste. Wenn ein Gefährder aus dem Verkehr gezogen werden musste. Wenn wir unsere Quellen schützen mussten. Aber doch nicht grundsätzlich. Das ist staatszersetzend. Und was ist die Folge? Wir werden die negativen Entwicklungen in der Gesellschaft nicht mehr erfassen, ergo auch nicht darauf reagieren können.«

»Endlich vollbracht, das Ende von Gesellschaft.«

»Begreifen Sie, was hier vor sich geht?«

»Durchaus. Um so wichtiger, dass ich dieser Aufgabe gerecht werde. Allein schaffe ich es nicht.«

»Sie sind nicht allein.«

»Sie sind mir keine Hilfe.«

»Was, wenn ich Ihnen sagen würde, dass ich die Intel noch einer anderen Person habe zukommen lassen, einer Person, die ich genau so bedachtsam ausgewählt habe wie Sie.«

»Auch ein Journalist?«

»Ja.«

»Wir könnten vielleicht zusammenarbeiten.«

»Wenn nötig.«

»Es ist nötig. Sie sollten uns zusammenbringen.«

»Noch nicht.

»Es muss sein.«

»Sie geben schnell auf.«

»Was reden Sie da! Ich rühre seit dreißig Jahren in der Scheiße, die Menschen wie Sie verursachen, ich bekomme nichts dafür außer mal ein halbes Ohr und gelegentlich einen übern Schädel, während Sie … ach, lassen wir das.«

»Ja. Lassen wir das.«

Eine lange Pause. Ließe sich leichter aushalten, wenn wir uns nicht von Angesicht zu Angesicht gegenüberstünden. Der Wind verfängt sich in ihren Haaren, schlägt auf meine Kontaktlinsen. Sie strahlt eine vorauseilende Aggressivität aus. Als erwarte sie eine Faust von jeder Hand.

»Ich fühle mich von Ihnen bevormundet.«

»Inwiefern?«

»Bei jedem Dokument frage ich mich, wieso Sie es ausgewählt haben. Ich lese es durch, dann frage ich mich, wieso das FBI nichts unternommen hat.«

»Ich kann es Ihnen erklären.«

»Wieso verteidigen Sie Ihren wertvollen Staat nicht, wenn er angegriffen wird?«

»Ich habe nichts ausgewählt, nur heruntergeladen, worauf

ich Zugriff hatte. Bei meinem Job habe ich keine Zeit, das Material auch noch zu sichten.«

»Sie hatten Zeit, Namen zu schwärzen?«

»Das war schon so. Ich habe nicht die höchste Security Clearance.«

Ich glaube ihr nicht. Etwas stimmt nicht. Sie gibt sich unbegrenzt kundig, im nächsten Augenblick macht sie sich klein.

»Wurde die Untersuchung beeinträchtigt, weil das FBI Informanten schützen wollte? Einen Mr. Sater zum Beispiel? Kann es sein, dass das FBI einer anderen Spur auf der Fährte war und die Fortschritte bei seinen Ermittlungen nicht gefährden wollte? Kann es sein, dass Sie erkannt haben, was vor sich ging, und trotzdem nicht gehandelt haben?«

»Könnte sein.«

Dem blassen Gesicht von DeepFBI ist die Verunsicherung eingeschrieben. Als sehne sie sich nach Tageslicht, ohne bereit zu sein, die Vorhänge beiseitezuziehen. Nicht unüblich unter ihresgleichen. Seit Herkules ist kein Stall mehr ausgemistet worden. Wie zu erwarten, wechselt sie sofort das Thema.

»Ich habe ein wenig Augustinus gelesen, sie haben ja in Hongkong … aufschlussreich. Seine Ausführungen zur Lüge. Einen der Sätze habe ich mir gemerkt: ›Wenn das Ansehen der Wahrheit zusammengebrochen ist, bleiben alle Sachverhalte zweifelhaft.‹«

»Bye bye Uhrzeit.«

»Was hat die Uhrzeit damit zu tun?«

»Wenn jede Uhr eine andere Tageszeit anzeigt, kann jeder behaupten, seine Zeitangabe sei die richtige.«

»Vielleicht sind Sie doch der richtige Mann für diesen Job.«

»Wir haben noch ein anderes Problem. Die momentane Schwemme an Enthüllungen. Ob frei erfunden oder solide dokumentiert. Auf allen Kanälen Vorwürfe und Gegenvorwürfe, Unterstellungen und Behauptungen. Das ermüdet die Wahrheit.«

»Gleich verfallen Sie in Zynismus.«

»Meine letzte Zuflucht. Was, wenn öffentliche Bloßlegung nichts mehr bewegt, wenn der Beweis des Verrats und Betrugs nichts bewirkt? Inmitten allgegenwärtiger Besudelung regt die einzelne Sauerei niemanden mehr auf.«

»Das befürchte ich auch.«

»Wozu dann das Leak?«

»Weil ich trotz aller Zweifel darauf hoffen muss. Was sonst? Uns sind die Hände gebunden.«

Sie schwieg, ihre Augen in die Ecke getrieben.

»Stehen denn so viele unter Ihnen auf Seiten der Regierung?«

»Eher auf Seiten des sozialen Friedens.«

»Das bedeutet?«

»Sie haben Angst vor dem, was passiert, wenn alles bekannt werden würde.«

Wir schwiegen, ich war des Geplänkels müde.

»Werden Sie mich mit der anderen Person bekannt machen?«

»Habe ich eine Wahl?«

»Nein!«

»Noch Fragen?«

»Momentan nicht.«

»Ich hätte noch eine. Haben Sie von dem russischen Whistleblower weiteres Material erhalten?«

»Ja.«

»Ergiebig?«

»Besser geordnet als Ihr Konvolut. Geradezu ein informationelles Navigationssystem.«

»Sie werden manipuliert.«

»Das ist mir auch schon durch den Kopf gegangen. Mit brisantem Intel allerdings.«

»Sehen Sie sich vor.«

»Ich habe doch noch eine Frage. Welchen Grund habe ich, Ihren Absichten zu trauen?«

»Keinen. Vielleicht ist das gut so.«

In naher Ferne ertönte das Tuten der Fähre nach Staten Island. Ich beschloss, den Hudson entlangzugehen, Richtung Norden, soweit mich meine verunsicherten Schritte trugen.

* * *

Ein Treffen sei vereinbart worden, teilt mir DeepFBI mit, am Evergreens Friedhof (frei übersetzt: Der Friedhof der Unsterblichen) in Brooklyn. In einem Winkel der Gräberstadt namens Solitude. Stunden später stehe ich vor einem Familiengrab und lese die Lebensdaten eines Mannes sowie seiner vielzähligen Töchter unter einem nachdenklich steinernen Engel.

»Am Ende bleiben nur zwei Zahlen. Das nenne ich ausgleichende Ungerechtigkeit, wie.«

Ohne mich umzudrehen, erwidere ich:

»Und die Namen?«

»Etiketten.«

»Nicht immer.«

Ich warte, bis der Mann neben mir steht. Er ist groß und schlank, er ist übergewichtig, er ist ein Sportler, er ist ein Stubenhocker, er hinkt leicht (ist es der rechte oder linke Fuß?) – dies hier ist kein Steckbrief. Der Mann, den ich Boris nennen werde, ist mir auf Anhieb sympathisch. Mehr noch, er strahlt etwas Vertrauenswürdiges aus. Der Wind bläst schneidig kalt vom Meer her. Wir bewegen uns zwischen rechtwinkligem Granit und gerundetem Marmor, zum Whispering Grove (flüsternder Hain). Boris verkündet den Namen wie ein Schaffner die nächste Haltestelle. Wir tauschen Nebensächlichkeiten aus, das klimpernde Kleingeld jeder Konversation; wir besteigen einen Hügel namens Mt. Grace (sowohl »Berg« als auch »Gnade« sind stark übertrieben). Wir trauen uns erste ernste Fragen auf morschem Boden, während wir Pleasant Hill (einen ganz und gar angenehmen Hügel) überqueren und das südlichste Ende des Friedhofs erreichen. Direkt am dicht befahrenen Jackie Robinson Parkway findet sich Redemption (Erlösung).

»Hast du diese Namen erfunden?«

Er sieht mich entgeistert an, als wäre es ein Verbrechen, die Ecken und Enden eines Friedhofs nach eigenem Gusto zu benennen.

»Mitnichten, die heißen tatsächlich so.«

»Gehst du hier oft spazieren?«

»Ich spaziere nie.«

»Außer zum konspirativen Stelldichein.«

Er lacht.

Wenn ich an unsere erste Begegnung zurückdenke, wundere ich mich, wie schnell wir uns einig wurden. Partnerschaft auf den ersten Blick. Auch er ist, wie ich in den nächsten Tagen erfahren sollte, am Rande seiner Kapazitäten. Obwohl man Boris den Schlafmangel nicht anmerkt.

Als hätten wir nun, da wir eine Zusammenarbeit vereinbart hatten, alle Zeit der Welt, schlendern wir die Bushwick Avenue hinab, biegen irgendwo nach rechts ab, kaufen süßes Blubberwasser für Boris und grünen Tee für mich, halten vor einem zweistöckigen, im Inneren überraschend geräumigen Backsteinhaus. Im hinteren Bereich befindet sich, wie Boris mir gleich stolz zeigt, ein mit Schaumstoff ausgepolsterter Raum (»für meine Podcasts«). Wir krempeln die Ärmel hoch, um unseren Kenntnisstand abzugleichen.

Es stellt sich bald heraus, dass wir beide dasselbe Material erhalten haben.

»Ist dir sonst noch was zugespielt worden?«

»Wie meinst du?«

»Aus anderer Quelle?«

»In diesem Zusammenhang? Nein.«

»Von einem Russen?«

»Ein russisches Leak? Nein. Bin ja selber Russe.«

Wenn Boris scherzt, spricht sein Humor Kalmückisch.

Ich erzähle ihm vom russischen Leak. Er bezweifelt die Verlässlichkeit des Materials. Typisches Emigrantenkind, denke ich mir, verdächtigt das Land seiner Herkunft. Geprägt von der Hassliebe seiner Eltern. Wir wenden uns den amerikanischen Dokumenten zu, berichten uns gegenseitig von unseren Entdeckungen. Ich erzähle ihm von meinem verstörenden Gespräch mit DeepFBI. Von der angeblichen Unfähigkeit des FBI, etwas zu unternehmen …

»Erst recht nicht gegen die russische Mafia«, sagt Boris.

»Wie kann das denn sein?«

»Zuerst aus politischer Absicht, dann wegen klingender Münze. Zwei ehemalige Direktoren des FBI arbeiten inzwischen für russische Klienten.«

Die Skepsis auf meinem Gesicht veranlasst Boris, stimmlich und gestisch nachdrücklich zu werden.

»Die Herren heißen Sessions und Freeh. Der eine hat nach seiner Karriere als Bürokrat eine Consulting-Firma gegründet, die Freeh Group International Solutions. In der Branche klingen Firmen immer wie Ableger der Vereinten Nationen. Als FBI-Direktor hatte er noch laut getönt, die russische OK bedrohe die USA, die Gefahr gehe weit über bloße Kriminalität hinaus. Als Privatmann verteidigte er das höchst dubiose Unternehmen Prevezon Holdings, mit allen juristischen Tricks, nachdem die Staatsanwälte endlich mal genug Beweise zusammengetragen hatten, um einen konkreten Fall der Geldwäsche in Höhe von immerhin 230 Millionen Dollar vor Gericht zu bringen, inklusive Immobilienkäufen in Manhattan. So was wird gut bezahlt. Kaum hat er sich selbstständig gemacht, kauft er sich eine Zehn-Millionen-Villa in Palm Beach, zehn Minuten von Mar-a-Lago entfernt.«

»Das stößt niemandem auf?«

»Wart's ab, der Sessions, der ist ein ganz anderes Kaliber. 1997 reist der nach Moskau, um sich vor Ort über die russische Mafia zu informieren. ›Wir können das organisierte Verbrechen besiegen‹, verkündet er nach seiner Rückkehr, Optimismus im fünften Gang. Einige Jährchen später, als Rechtsanwalt mit eigener Kanzlei, kommt das große Umdenken, völliger Reboot. Der Mann sattelt um, melkt die fettesten Euter, sahnt ab ...«

»Ich hab's verstanden.«

»Ködert einen fetten russischen Kunden, jemanden, den das FBI schon eine halbe Ewigkeit auf seiner Most-Wanted-Liste führt. Einen Kerl namens Semjon Mogilewitsch.«

»*Der* Mogilewitsch? Über den steht ja so einiges in den Akten ...«

»Derselbe, Semjon Mogilewitsch, der Alleshändler, der Geld wäscht wie kein anderer ...«

»Nicht nur sauber, sondern rein.«

»Da hast du's. Die graue Eminenz des globalisierten Mobs.«

»Hast du den FBI-Bericht gelesen, demzufolge sich die wichtigsten russischen Syndikate im Oktober 1995 zu einem Gipfeltreffen in Tel Aviv versammelt haben? Was für eine Szene. Mogilewitsch war dabei, auch ein Mann namens Sergei Michailow ...«

»Ein Mann namens Sergei Michailow? Du bist ja voll der Experte bei russischen Mafiosi. Das ist der Capo di tutti i capi des Solntsevskaya-Syndikats, berüchtigt brutal, brutal berüchtigt.«

»Ich kann nicht jeden Mafioso kennen. Jedenfalls kamen die alle zusammen, quasi ein G7-Treffen der Mafia, und weißt du, wo?«

»Im Garten von Netanjahu?«

»Im Büro eines gewissen Boris Birshtein im Diamantenviertel.«

»Schrubb' mir doch die Latrine, der Birshtein schon wieder!«

»Den kennst du?«

»Und wie. Kam mir gestern erst wieder unter die Lupe, in einem Bericht der Schweizer Spionageabwehr. Birshtein und Seabeco werden tiefe Verbindungen in die kriminelle Welt nachgesagt, vor allem zur Solntsevskaja Bratva. Nicht nur das.

Birshtein sei ein ehemaliger KGB-Offizier, der immer noch Kontakte zu russischen und israelischen Geheimdiensten pflege.«

»So ändern sich die Zeiten. Der altmodische Doppelagent diente zwei Staaten. Der moderne Doppelagent dient sowohl der Mafia als auch den Geheimdiensten.«

»Ich hab' noch was auf dem Bildschirm, familiäres Drama, vor einem Dutzend Jahren gerieten sich Birshtein und sein Sohn in die Haare, Toupet gegen Pomade, wegen einer Lappalie, einer Eigentumswohnung in Toronto. Der Sohn will die Immobilie haben, also verklagt er den Vater und behauptet in der Klageschrift, die Wohnung sei auf seinen Namen übertragen worden, weil sein Vater versucht habe, seine Vermögenswerte vor mächtigen Feinden zu verstecken. Welche Feinde? Er nennt die russische, die kirgisische, die ukrainische Regierung. Und dann folgt der Hammer: Sergei Michailow, der von der Solntsevskaja-Mafia, sei Hausgast seiner Familie in Zürich gewesen. Dostojewski sei auch eingeladen gewesen, habe aber krankheitsbedingt absagen müssen.«

»Ein Namensvetter?«

»Ein Witz.«

»Michailow lebte in der Schweiz?«

»Er wurde in der Schweiz vor Gericht gestellt ...«

»Ja, und er wurde freigesprochen. Ich erinnere mich vage. Ziemlicher Skandal, damals.«

»Ich hatte noch Pickel.«

»Und ich Illusionen über den Rechtsstaat.«

»Ich habe über den Fall geschrieben, für unsere kleine russische Zeitung im Viertel, mein Vater hat mich dazu angeregt, wir hatten gerade Internet bekommen, das war wie im candy store ...«

»Keksdose.«

»Wenn du meinst. Ich konnte mir alles richtig schön ausmalen ... Die Tore eines Schlosses außerhalb von Genf gleiten geräuschlos auf, ein blauer Rolls-Royce fährt heraus, hinterm Steuer ein Chauffeur in Uniform, auf dem Rückleder ein Russe mit costaricanischem Diplomatenpass. In seinem Attaché-Koffer Dokumente über Scheinfirmen, über diverse Beteiligungen. Nichts über Drogen oder Waffen. Die Polizei betritt das Schloss, es ist geräumig, es ist ausladend, die Mannschaft verteilt sich über die Stockwerke, steigt imposante Aufgänge und eng geschwungene Wendeltreppen hinauf, verirrt sich in den Gängen, die zu Zimmern führen, vollgestellt mit schweren dunklen Möbeln – Schreibtische, Schränke, Sekretäre, Sideboards und Schubladen –, es wird Monate dauern, eine jede zu öffnen. Manche der Zimmer sind nur über andere Zimmer zu erreichen, durch versteckte Türen, die erst mühsam ausfindig gemacht und aufgebracht werden müssen, und wer weiß, ob alle entdeckt worden sind – die Pläne für den Umbau dieses Schlosses werden nie gefunden. Die Polizisten sind verwirrt, sie können den Kontakt miteinander nur dank ihrer Walkie-Talkies aufrechterhalten. Am Ende des Tages ist den Beamten schummrig vor Augen, aber immerhin haben sie etwas Entlarvendes gefunden, modernste israelische Militärgeräte, die es dem costaricanischen Russen, dem Mafiadiplomaten im blauen Rolls-Royce, erlaubt haben, den Funkverkehr der Schweizer Geheimpolizei zu belauschen und Telefone anzuzapfen. Beim Suchen wurden sie selbst durchsucht. Damals eine Ausnahme, heute die Regel.«

»Wie ironisch, die Kriminellen profitieren im Kampf gegen die Polizei vom technologischen Vorsprung der Armee.«

Unvermittelt unterbricht Boris seine Reminiszenz und ruft: »Spiele Orkestar Kriminal.«

Und es ertönt …

Ein Marsch, der seine Stiefel abwirft. Es knistert, es knackert, Bass und Blech, zwei Knackis aus Odessa, der Freiheit entgegen, wundschwer, herzwund, die Fragen der Klarinette flattern im Rhythmus, wofür kämpfen wir?, mein Freund, wofür vergießen wir unser Blut?, während die da oben prassen und saufen, die Tuba rülpst, gestorben wird mit einem Lächeln, mein Freund, mit einem Lied auf den Lippen, das derart abrupt endet, ich hänge in der Stille.

»Gewöhn dich dran, wenn ich emotional werde, brauche ich einen Shot Musik, sonst verstopft meine Seele.«

»Das war wunderbar, *S odesskogo kitschmana*, oder? Lange nicht mehr gehört.«

»Erlaubst du, dass ich weitererzähle? Die Schweizer Behörden sind zuversichtlich, sie führen Fakten, Beweise, Argumente gegen den Capo di tutti i capi ins juristische Feld. Aber leider gibt es vor jedem Prozesstag einen Vorabend, und an diesem wird einer der zentralen Zeugen, ein niederländischer Geschäftspartner aus alten Moskauer Zeiten, samt Sohn hingerichtet. Dem Vater werden die Augen ausgestochen, er verblutet; der Sohn wird erschossen. Kurz darauf ersucht der Moskauer Polizeichef politisches Asyl in der Schweiz, er behauptet, er sei bedroht worden, von Männern ohne Visitenkarte, aber mit sprechender Visage. Auch die Presse wird ins Visier genommen. Ein belgischer Reporter erhält eine Todesdrohung, er muss mit seiner Familie untertauchen. Die Polizei nimmt in Brüssel einen ehemaligen Gendarmen fest, der den Mord bereits plante. Inzwischen hat der Mann im blauen Rolls-Royce einen hochkarätigen Verteidiger gewinnen können: den ehemaligen US-Justizminister Ramsey Clark. Mehrere russische Staatsanwälte, die mit den Schweizern zusammengearbeitet haben, werden gefeuert, die russische Regierung widerruft ihre Zusage, wichtige Dokumente nach Genf zu schicken. Michailow wird im Dezember 1998 freigesprochen. Für die zwei Jahre in Schweizer Haft erhält er sogar eine Entschädigung.«

»Das bestätigt meine gut abgehangenen Vorurteile. Der Rechtsstaat ist ein Ansporn, möglichst viel zu stehlen, denn mit dem gestohlenen Geld kannst du dir die besten, also die am besten vernetzten Anwälte leisten, die jedes Schlupfloch kennen, jede Verdunklungsstrategie. Je mehr du raffst, desto besser kannst du deine Pfründe verteidigen. Der Rechtsstaat ist ein Beuteverteidigungssystem.«

* * *

Boris hat die Materialien anders gesichtet als ich. Er hat sich auf die wirtschaftlichen Verflechtungen konzentriert.

»Auffällig, wie viele Mafiosi und Bankiers, Oligarchen und Anwälte, Steuerberater und Lobbyisten auftauchen, selten Politiker, noch seltener Agenten. Und wenn, dann nur ehemalige Agenten.«

»Was sagt uns das?«

»Ein Leak mit angezogener Handbremse. Kaum Informationen über die eigenen Sicherheitsdienste.«

»Selektive Kloake.«

Boris lachte.

»Selektive Kloake! Das ist gut. Ich dachte, Deutsche haben keinen Sinn für Humor.«

»Ich bin kein Deutscher.«

»Reine Tarnung, wie?«

»Mazedonier. Meine Großeltern genauer gesagt. Aus dem griechischen Teil. Großvater war Partisan, dann haben sich Amis und Sowjets über die Einflusszonen in Europa verständigt, und die Partisanen waren verraten. Die einen wurden in Griechenland niedergemetzelt, die anderen in Bulgarien ins Arbeitslager gesteckt.«

»Und dein Großvater?«

»Er passte nirgendwo dazu, er war ein Internationalist unter mazedonischen Nationalisten, ein freier Kommunist unter Stalinisten. Er hat das böse Spiel durchschaut. Ich glaube, ich habe meinen politischen Verstand von ihm geerbt, du weißt ja, die Fähigkeiten überspringen genetisch oft eine Generation.«

»Nee, weiß ich nicht. Mein Großvater war Rabbiner, ich hingegen glaube nur an die Null.«

»Er hat seine Kameraden beschworen, Stalin nicht zu trauen, er hat sich abgesetzt, nach Jugoslawien. Tauchte bei entfernten Verwandten in Strumica unter. Sah einige Tage später eine junge Frau auf dem Balkon des gegenüberliegenden Hauses. Er winkte ihr zu, sie reagierte nicht. Er beschloss, ihr jeden Tag zuzuwinken, bis sie ihm irgendein Zeichen gab. Er fegte das Haus, den Hof. Er erzählte niemandem von seinem Vorhaben. Er half aus, wo er nur konnte, er wartete ab. Es war ein langer Sommer. Die junge Frau verließ nie das Haus. Eines Nachts kletterte er auf ihren Balkon und legte zwei Rosen auf den Boden vor der Tür. Am nächsten Tag kam sie hinaus, barfuß, trat auf die Blumen, zuckte zusammen, der Geruch stieg auf wie eine kleine Wolke, sie bückte sich und suchte den Boden ab. Sie zog einen Dorn aus dem Fuß. Er begriff, dass sie blind war. Am nächsten Tag beschloss er, um ihre Hand anzuhalten. Eine himmlische Paarung, der einsame Partisan und die blinde Schweigerin. Wie er bald erfahren sollte, sprach meine Großmutter nicht, es sei denn über die Zukunft. Sie hörte das Gegenwärtige und sah das Kommende. Er lieh sich etwas Geld von seinen Verwandten. Zu zweit durchquerten sie Jugoslawien. Wo sie auch übernachteten, zerstreute er jeglichen Verdacht, indem er seine Frischvermählte die Handlinien der Neugierigen und Nachbohrenden abtasten ließ, um ihnen vorherzusagen, was der nächste Sommer bringen werde. Er überzeugte seine blinde Gefährtin, nur Lichtes zu verkünden. Sie durchwateten die Grenze zu Italien. Sie bat ihn, mitten im Fluss anzuhalten. Sie wusch sich die Augen mit dem kalten Bergwasser. Wir werden nie zurückkehren, sagte sie. Tropfen rannen über ihr Kinn, sie sah zufrieden aus. Irgendwie gelangten sie nach Deutschland. Als der Beamte im Aufnahmelager ihn nach seinem Beruf fragte, antwortete mein Großvater:

›Partisan.‹

›Und der Beruf Ihrer Frau?‹

›Wahrsagerin.‹«

IM SPINNENNETZ, IN BRIGHTON BEACH

So viel Kunststoff. Die Caramel Latte zum Donut, das ge-
zuckerte Blubberwasser zur Pizza, alles serviert in Bechern, die
Boris nicht wegwirft. Sie dienen ihm als Vase für eine künstliche Titanwurz, zur Aufbewahrung von Heftklammern, zur
Entsorgung seiner zerkauten Bubblegums. Sie prangen dicht
an dicht auf seinen teufelgroßen Lautsprechern, aus einem ragt
eine CD-Hülle heraus wie der Bug eines untergehenden Schif-
fes. Die meisten Becher – Boris spült sie, trocknet sie ab – stehen unnütz herum inmitten von Bildschirmen und Laptops
und Druckern und Scannern und einem Kabelknäuel, das
niemand je entwirren wird.

Papier hingegen ist eine Seltenheit. Die Ausnahme: eine
Grafik, mehrfach ausgedruckt, dicht beschrieben mit Namen,
schwer entzifferbar klein, dazwischen Striche, kreuz und quer
und elliptisch, ein Spinnennetz.

»Finanzströme?«

»Gödel Escher Buffet.«

Manche der Ausdrucke sind handschriftlich ergänzt worden,
mal in Grün, mal mit Rot, weitere Linien nachträglich einge-
zeichnet, zusätzliche Namen eingetragen. Das steigert nicht die
Übersichtlichkeit. Folge ich einem roten Pfeil auf abschüssiger
Bahn, lande ich in einer Box mit Abkürzungen, abweisenden
Konsonanten mit juristisch relevanten Schwänzchen (ein Beispiel gefällig?: WLR IV DSS AIV GP, WLR IV DSS AIV LP

und WLR IV DSS AIV LP), oder es schleudert mich zentrifugal hinaus, auf eine schwarze Umlaufbahn, die zu einem anderen Geldteil führt, in eine andere Black Box, von wo aus mir alle Wege offenstehen in die Tiefen des undurchdringlichen Raums.

Varianten des Spinnennetzes liegen im Zimmer herum. Einmal rutscht mein Stuhlbein über eines der Blätter, danach hat der Abdruck meines konzentrierten Gewichts drei Banken in Guernsey, Jersey und St. Lucia ausgelöscht. In den nächsten Wochen wird mir Boris einige dieser hochkomplexen Verschachtelungen erklären, und ich werde nur Bruchteile verstehen (der Unvollständigkeitssatz impliziert begrenztes Begreifen). Wer wissen will, wie ein Dollar den anderen wäscht, wie Geld gaunert, der wird das Buch von Boris lesen müssen. Ich weiß nicht, ob er es fertigstellen kann, ich weiß nicht, wann es veröffentlicht wird, ich weiß nicht einmal, wo er sich momentan befindet. Sollte es erscheinen, werden Sie es erfahren, dessen bin ich mir sicher (wenn Sie dieses Buch gekauft haben, gehören Sie zu jenen, die die Augen offen halten).

Wir fassen zusammen, was wir über Schiefer Turm wissen. Nach zwei Jahrzehnten dubioser Immobiliengeschäfte mit diversen Verbindungen zum heimischen Mob nahm er eine Einladung in die Sowjetunion an. Im Dossier des KGB wird er als *objekt razrabotka* geführt. Der KGB hat ihn präzise analysiert, seine *Charakteristika* entsprechen dem gesuchten Profil. Nach den ersten intensiven Begegnungen entfaltete Schiefer Turm unvermittelt politische Ambitionen, er wurde in seinem Geschäftsgebaren waghalsig, so als verfügte er über alles Geld der Welt. In jenen Jahren hat er mehr Geld verloren als jeder andere amerikanische Steuerzahler. Zugleich und verstärkt ab Mitte der neunziger Jahre strömte immer mehr russisches Geld in seine Casinos, in seine Immobilien, später in seine Golfklubs.

So weit, so einig.

Unbestreitbar wahr.

Doch der KGB wurde abgewickelt, am Ende einer langen Fahnenstange, es folgte ein Interregnum, eine Zeit der Unordnung und des »Chaos« (wenn Kommentatoren von Chaos sprechen, das angeblich herrsche, machen sie es sich zu einfach – es *herrscht* niemals Chaos). Nachfolgeorganisationen wurden gegründet. Das Archiv ging über in den Besitz von FSB, GUR und SWR. Wie wurde der Stab übergeben? Gab es einen Stapel »Futur ergiebig«? War Schiefer Turm einige Jahre vergessen?

Vielleicht.

»Spielt keine Rolle«, sagt Boris. »Selbst wenn der Geheimdienst ihn einige Jährchen aus den Augen verloren hat, für die *Biznes*-Mafia war er Mr. Reliable höchstpersönlich: Unser Waschsalon in den USA. Geld floss, zunächst Gießkanne, dann Wasserhahn, schließlich Pipeline. Schiefer Turm schloss beide Augen, das kann er gut, im richtigen Zeitpunkt die Augen zudrücken, schon gehen die Villen und Wohnungen weg wie frische, warme Donuts. Zu dem Preis, den's braucht, um das Geld in den Wirtschaftskreislauf zu reintegrieren. Das ist das Kostbare an Immobilien, sie haben einen frei bestimmbaren Wert. Wie viel ist dir diese Wohnung wert? Eine Million? Wohnt deine Mutter nebenan, möchtest du in ihrer Nähe sein? Zwei Millionen. Warum nicht drei Millionen, wenn der Käufer sie unbedingt haben will? Aus welchen Gründen auch immer. Und wenn die Transaktion über Scheinfirmen von beschränkter Haftung auf vulkanischen Inseln abgewickelt wird, ist die Sache so sicher wie sonst nichts auf der Welt. Eine Immobilie schlägt ein Offshore-Konto um Längen.«

»Wieso hat sich Schiefer Turm dafür hergegeben?«

»Der malt jede schwarze Katze rosarot. Es ist kein Betrug, wenn man nicht erwischt wird. Das interpretiert er wortwörtlich. Auch im ethischen Sinn. Wenn du nicht erwischt wirst, bist du unschuldig. Also hast du das Recht, dich selbst zu verteidigen, damit du nicht erwischt wirst. Mit allen Mitteln. Da alle bescheißen, darf jeder bescheißen. Wer's nicht tut, ist ein Trottel, schlimmer noch, ein Verlierer. Und war er mal drin, konnte er nicht einfach so aussteigen. Die Russen sagen: raus kostet doppelt so viel wie rein.«

»Raus geht's nur durch den Schornstein des Krematoriums, so hieß es früher beim GRU. Was für die Geheimdienste gilt …«

»… gilt erst recht für die Mafia.«

»Wie hoch schätzt du die Wahrscheinlichkeit ein, dass er ein konspirativer Agent der Russen ist.«

»Gegen null. Völlig ungeeignet dafür. Aber er kann Geheimnisse für sich behalten, das muss man ihm lassen.«

»Wie hoch schätzt du die Wahrscheinlichkeit ein, dass er ein nicht konspirativer Agent ist?«

»Was soll das sein?«

»Fallweise willig.«

»Unwissend?«

»Halbahnend.«

»Unter Kontrolle?«

»Vielleicht. Aber nicht unbedingt notwendig, sich überlappende Interessen reichen aus.«

»Gegen hundert Prozent.«

»An die hundert Prozent oder runde hundert Prozent?«

»In Geheimdienstfragen gibt's keine absolute Gewissheit.«

»Du bist dir zu 99 Prozent sicher?«

»So gut wie sicher.«

»Doch nur zu 97 oder 95 Prozent?«

»Jetzt überstrapazierst du die Fehlerspanne.«

»Bei 95 sind die 90 nicht mehr weit, vielleicht sogar die 89 Prozent?«

»Nein, so tief würde ich nicht stapeln.«

»Wärst du bereit, alles darauf zu verwetten? Deine ganze Glaubwürdigkeit, deine gesamte Karriere zu riskieren?«

»Wir machen nur in Annäherung.«

»Ach ja? Ich kann die Gegenseite schon hören: Halten Sie gefälligst das Maul, solange Sie sich den Tatsachen annähern, melden Sie sich, wenn Sie sich hundert Prozent sicher sind!«

»Was soll das?«

»Wir haben ein grundsätzliches Problem. Es gibt Zusammenhänge, die wir nicht endgültig beweisen können. Und unser System ist so konstruiert, dass jeder, der Geld oder Macht hat, den kleinsten Zweifel aufbauschen kann. Mit der ganzen Verschleierungsmaschinerie, die solchen Leuten zur Verfügung steht.«

»Das FBI müsste wissen, was Sache ist.«

»Da wäre ich mir nicht so sicher.«

»Nicht mal die?«

»Womöglich zu spät. Vielleicht hat sich DeepFBI deswegen an uns gewandt. Vielleicht haben die Beamten nicht begriffen, was die Wahl von Schiefer Turm im Großen und Ganzen bedeutet. Er ist nicht nur korrupt, so wie viele andere auch, er verkörpert die Korrumpierung der Korruption.«

»Der Prototyp des homo neoliberalis.«

»Wo hast du denn das her?«

»Aus dem Sweatshirt geschüttelt.«

»Ich weiß nicht, ich weiß es wirklich nicht. Registrieren Geheimdienste die tektonischen Verschiebungen im System? Oder verlieren sie angesichts der einzelnen Fälle, der einzelnen Akten, den Überblick? Bei der Sammelwut beinhalten ihre Dossiers bestimmt eine geradezu enzyklopädische Aufzeichnung seiner Kavaliersdelikte, Übertretungen und Verbrechen. Ein Damoklesschwert über jede politische Karriere. Aus ihrer Sicht ist jemand wie Schiefer Turm, der so viel auf dem Kerbholz hat, ein geeigneter Kandidat. Sie verfügen über genug Intel, um ihn zu kontrollieren, egal, was zwischen ihm und den Russen vorgefallen sein mag. So haben sie es sich ausgemalt. Aber das Spiel ist kompliziert, sie haben sich womöglich verkalkuliert. Beide Seiten verfügen über reich gefüllte Archivkassen …«

»Deren Nachteil ist allerdings, dass jede nachrichtendienstliche Operation abgeschottet ist. Kaum einer überblickt die volle Breite der Geschehnisse. Es ist, als kenne keiner der Beteiligten das gesamte Stück, nur die eigene Sprechrolle.«

»Mit dem Unterschied, dass die Russen nichts zu verlieren haben. Unsere Leute hingegen müssen vorsichtig operieren.«

»Unsere Leute?«

»Wie man halt so sagt.«

»Ich nicht.«

* * *

Unser erster gemeinsamer Freitagabend. Boris muss – wie er mir erst unmittelbar vor seinem Aufbruch mitteilt – zu seinen Eltern, unweit entfernt, nach Brighton Beach.

»Zackig, zackig, solange wir die graue Theorie von der blauen Praxis noch unterscheiden können. Dieses Garn fädelt Mutter genau ein. Aufs Kiddusch achtet sie, wenn auch sonst nur auf wenige Vorschriften. Du kommst zurecht, wie? Bist ja gut beschäftigt.«

Er entschwindet. Ich bin überrascht, bis dahin hat er seine Familie kein einziges Mal erwähnt. Am nächsten Morgen verkünde ich einseitig eine Unterbrechung der Arbeit und fühle ihm ein wenig auf den Milchzahn.

Im Alter von fünf bestieg Boris mit seinen Eltern eine Iljuschin 62 der Aeroflot und flog von der Sowjetunion in die USA, »neben mir, auf der anderen Seite des Gangs, ein Typ mit einer Visage wie ein Steinbruch, der trieb Schabernack mit mir, ich grinste bis in die hinterste Reihe, es war lustig, bis sein Ärmel hochrutschte und eine Fledermaus zu sehen war, mein allererstes Tattoo, nicht nur eine Fledermaus, der ganze Arm bedeckt mit Zeichen und Zahlen, mein Vater hat's gleich bemerkt und mich gezwungen, den Platz mit ihm zu tauschen. Der tätowierte Mann warf mir einen letzten Blick zu, als würde er einen geköderten Fisch wieder ins Wasser werfen. Ich saß zwischen meinen Eltern und dachte mir, das ganze Gewese gelte der Frau oberhalb der Fledermaus, der Frau mit den nackten Brüsten. Später, viel später, hat Vater mir erklärt, dass unter den sowjetischen Juden, denen die Ausreise erlaubt wurde, auch Kriminelle waren, nicht wenige von ihnen kurz zuvor aus dem Gulag freigelassen, ein Exodus unter Peitschenführung des KGB, sie schwärmten aus ins Land der unbegrenzten Möglichkeiten. Als wir ankamen, hieß Brighton Beach schon Little Odessa, wir gehörten zu den Spätankömmlingen, der Handel mit unsereiner lief seit Jahren wie am Schnürchen, ein solides Geschäft aus Sowjetsicht, wichtige Güter gegen überflüssige Juden, wir waren geographisch in Brooklyn, kulturell in Russland, und die Kriminellen unter uns, die waren im Nirwana. Die Bolschewiken hatten sich ein perfides trojanisches Pferd ausgedacht. All diese Märchen über die ›Diebe im Gesetz‹, mit ihren Tätowierungen und ihrem strengen Ehrenkodex, die angeblich parallel zum Staat existiert haben, deren Netzwerke selbst für den KGB undurchdringlich gewesen seien. Wenn dem so gewesen wäre, sie wären vernichtet worden. Alles nur Guanako-Kacke.«

»Was?«

»Anderes Wort für Mythos. In Wirklichkeit waren das Spitzel für den KGB. Die haben sich in Brighton Beach gesonnt, die haben sofort kapiert, was für eine wunderbare Karriere im Kapitalismus jedem gerissenen Gangster blüht. Bald kontrollierten sie das ganze Viertel, sie waren brutaler als ihre Vorgänger. Die Polizei konnte wenig ausrichten, denn es gab nie Zeugen.«

Boris hält inne. Seine Uhr piepst, er atmet eine Minute lang tief ein und aus, dann spielt er mir ein Lied vor. Jede Stunde Atmen, gefolgt von Musik, das ist sein Yoga. Die Aufnahme kratzig, ein wenig Klezmer, ein wenig Kneipenchanson. Ein Solo auf dem billigsten aller Keyboards.

»Kennst du's? *Gop so smykom.* Ein Gaunerlied. Aus Odessa.

Durchsetzt mit Argot, hast bestimmt wenig verstanden, wie? Das Leben eines Räubers, der weder bereut noch büßt. Stalins Lieblingssong. Der große Leonid Utjossow, auch aus Odessa, angeblich sind wir über drei Tanten mit ihm verwandt, der hat mit seiner Band im Kreml gespielt, vor ausgewählten Zensoren. Während des Konzerts erhielt er den Befehl des anwesenden Stalin, er soll diesen Song spielen, Musik, die damals auf Geheiß Stalins verboten war! Was sollte er tun, er muss tausend Tode erlitten haben.«

»Und diese Version?«

»Arkadi Sewerny, in irgendeiner Wohnung aufgenommen, ich mag den durchgesessenen Klang.«

»Wie würdest du den Titel übersetzen?«

»*Gop so smykom*? Wie wäre es mit *Natural Born Thief*? Oder: *Mein Held, der Gauner.*«

»Ist nicht ganz so mitreißend, wenn man mit dem Lied wenig verbindet.«

»Mich erinnert's an meine Schulzeit. An die Storys, die unter uns kursierten. Von Clous und Coups.«

»Kannst du dich an eine von ihnen erinnern?«

»An jede.«

»Eine?«

»*Gop so smykom* auf Newyorkerisch, wie? Von mir aus. Dann lehn' dich mal zurück: Zwei Kerle verkleiden sich als orthodoxe Juden, Bärte, Schläfenlocken, lange schwarze Mäntel und breitkrempige schwarze Hüte, die ganze Show. Die beiden betreten Schwarz in Schwarz ein Schmuckgeschäft, begrüßen den Eigentümer herzlich als Bruder im Glauben. Zwei betuchte Kunden im wahrsten Sinne des Wortes, vertrauenswürdig und wohlhabend.

– Dürfen wir einige ausgesuchte Schmuckstücke sehen?

– Aber klar doch, klar doch!

– Wir suchen etwas für unsere geliebte Schwester.

– Da haben wir bestimmt das Richtige, bestimmt!

– Endlich kommt sie unter die Haube, da fällt uns ein Edelstein vom Herzen.

– Verstehe, verstehe!

Diamanten werden präsentiert, exquisite Diamanten. Einer der beiden plappert auf Jiddisch weiter, über die Familie, verzwickt schwierig, täglich Migräne, die schwerkranke Mutter und die bösartige Tante, der Juwelier schüttet sein geschäftstüchtiges Mitgefühl aus und denkt an seine eigenen Sorgen, an den Sohn, der sich durch den Tag nichtsnutzt, der schwer aus dem Bett zu kriegen ist, der sich das Essen nach Hause liefern lässt und die Tür im Schlafanzug öffnet, was sind die Eltern gestraft mit den falschen Kindern, und während es ihn grimmt, tauscht der andere, der schweigsamere Kunde die schmucken Stücke mit einer unmerklichen Handbewegung aus, mit Imitaten aus Zirkonia, das – halt dich fest, Überdosis Ironie! – von zwei sowjetischen Wissenschaftlern am Lebedew-Institut für Physik in Moskau entwickelt wurde. Wann? *Tempi passati*, das bedeutet *zur passenden Zeit*, wie? 1973 war's, das Jahr des großen russisch-jüdischen Exodus nach Brooklyn. Zirkonia, Zirkonia, von Diamanten mit bloßem Auge nicht zu unterscheiden. Der Breitkrempige erzählt weiter von seiner Bricht-mir-das-Herz-und-macht-mich-wahnsinnig-Familie, zwischendurch fragt er nach dem Preis, verdreht die Augen, schnauft durch die Nase, wischt sich den Schweiß von der Stirn, bittet um einen Gnadenschuss vor dem endgültigen Ruin, die Männer feilschen, mit einem Preisaufschlag sind alle Töchter und Tanten vergessen, der Kunde verlangt eine Ermäßigung, die kein ehrenwerter Juwelier gewähren könnte, keine Einigung in Sicht, keine Hoffnung, nonchalant verabschieden sich die beiden orthodoxen Männer von dem unterkühlten Juwelier, das Duo verschwindet im Mittagstrubel der 47th Street, die Diamanten in den tiefen Taschen ihrer Mäntel. Diesen Coup nennen Insider *Schneller Finger*, das habe ich erst später erfahren. Wir hatten nicht den blassesten Schimmer, wie die Geschichte weiterging. Denn der wirklich interessante Teil, der kommt noch. Der bestohlene Juwelier wurde von seiner Versicherung entschädigt. De facto hat er seine wertvollsten Diamanten zu Geld gemacht. Das kam einigen anderen Juwelieren zu Ohren. Sie kontaktierten Schneller Finger 1 und Schneller Finger 2, über mehrere Mittelsmänner, auf verwinkelten Wegen, über drei scharfe Ecken, sie baten um einen weiteren kunstfertigen Diebstahl, damit auch sie ihre Versicherung zur Kasse bitten konnten.«

»Zuerst der Diebstahl, dann die Inszenierung eines Diebstahls.«

»Raffiniert, wie. So blühen Geschäfte auf, alle Beteiligten im Plus, und ein jeder begriff, dass Betrug lukrativer ist als Diebstahl oder Raub.«

»*Crime doesn't pay* ist die größte Lüge unserer Zivilisation.«

»Es kommt auf das richtige Verbrechen an.«

»Gop so smykom!«

* * *

Gelegentlich schickt mir Boris WhatsApp-Nachrichten von der anderen Seite des Tisches. Er unterzeichnet mit ›4B‹.

»Was verbirgt sich hinter deinem Pseudonym?«

»Kein Pseudonym. Eher ein Spitzname, hat mir einer im College auf die Stirn gekleistert. Steht für Boris aus Brooklyn, Brighton Beach. Dann ließ ich mir einen Bart wachsen. Daheim läuft mir William über den Weg. Dude, wie schaust du denn aus, da hängt ein botanischer Garten an deinem Kinn. Unser Bart-Boris, sagt er nachdenklich, 4B+B, wohin soll das führen, du musst echt mal diversifizieren. William war hundert Prozent Chinese, zu einem Viertel Christ, zu einem Drittel Rapper und zur anderen Hälfte völlig unsportlich.«

»Was treibt William heute?«

»Wieso fragst du?«

»Bei derart vielversprechenden Anlagen?«

»Macht in Security, spezialisiert auf Informationsgewinnung.«

»Ein Privatdetektiv also?«

»Musst du alles banalisieren.«

Die Nachricht von Boris lautet: »Что делать?«

»Wie meinen?« erwidere ich.

»Wie sollen wir die kriminellen Verknüpfungen zwischen Politik und *Biznes*, zwischen Mikhail Iwanowitsch und Schiefer Turm, im Detail beweisen?

»Spielt keine Rolle.«

Antworte ich, mündlich, die WhatsApperei geht mir auf den digitalen Wecker.

»Wie Sherlock Holmes sagt: Wenn das Unmögliche ausgeschlossen worden ist, muss das, was übrig bleibt, die Wahrheit sein, so unwahrscheinlich es auch erscheinen mag.«

»Das reicht nicht aus«, beharrt Boris, »wir brauchen unangreifbare Beweise, und die haben wir nicht, die werden wir nie haben, weil sich die Spuren im Nirwana auflösen, Mal ums Mal. Ich hab' eimerweise Artikel darüber geschrieben, immer wieder das Gleiche, der Präsident oder der Minister besitzt eine Villa, alle wissen, es ist seine Villa und gleichzeitig ist sie es auch nicht. Recherchen zeigen, die Villa ist Eigentum einer einheimischen Firma namens Dom G., die gehört der A. Partners Ltd., registriert in einer kleinen Nebenstraße in London. Die wiederum ist Teil der E. Ltd., registriert an derselben unauffälligen Adresse. Aber der eingetragene Hauptaktionär ist eine gewisse Q & A Corporate Services Trust Reg., aus Vaduz.«

»Lass mich raten. Hier verliert sich die Spur. Liechtenstein, dessen einzige Existenzberechtigung die Deckung von Wirtschaftskriminalität ist, erlaubt völlige Geheimhaltung.«

»So ist es. Niemand kann herausfinden, wem dieser Trust gehört. Wenn du Glück hast, steht im amtlichen Register der Name eines österreichischen oder Schweizer Anwalts, der als

Direktor eingetragen ist, pro forma natürlich, der erhält viel Geld für kompetentes Nichtstun.«

»Ein Beispiel von vielen.«

»Ein Beispiel von unzähligen. Es ist so einfach, ich könnte es in der Grundschule erklären. Kommt Kinder, wir gründen drei Unternehmen: A, B und C. B besitzt A und C. C beaufsichtigt A und B. A ist Direktorin von B und C. A, B und C sind Direktoren und Aktionäre anderer Unternehmen, die wiederum weitere Unternehmen besitzen. Außenstehende können feststellen, dass alle einander besitzen, kontrollieren und verwalten. Aber niemand hat den Durchblick.«

»Wie wär's mit einem Spiel. Mir ist schwer ums Hirn.«

»Stadt, Land, Konto?«

»Ich dachte eher an Legende gegen Biographie.«

»Du vertrittst die Legende und ich die Biographie?«

»Wir schlagen eines dieser schweren, ledergebundenen Bücher mit Goldschnitt auf.«

»Du bist echt old school.«

»Und wir lesen: Der Gründer unserer Firma war ein wacher, rastloser Geist …«

»Schon in jungen Jahren!«

»Unser Gründer war schon in jungen Jahren ein wacher, rastloser Geist, der sich nie mit dem Naheliegenden, mit dem Möglichen zufrieden gab.«

»Der nach Größerem strebte.«

»Nach einem Studium der Metallurgie sah er sich wie viele junge Menschen seiner Generation über Nacht einem neuen, verwirrenden System gegenüber.«

»Er wurde ins kalte Wasser der Marktwirtschaft geworfen.«

»Er musste auf die Schnelle schwimmen lernen.«

»Was tat er nicht alles.«

»Er verkaufte Theaterkarten …«

»Auf dem Schwarzmarkt, vermittelte zwischen Bonzen und Bürgern. Sag's, wie's ist.«

»Er putzte Fenster, er organisierte Studentendiskos.«

»Schon bald war er der reichste Mann im Lande.«

»Jetzt mal im Ernst.«

»Bald schwamm er wie ein Haifisch.«

»In den letzten Tagen der Sowjetunion gründete er eine Bank, eine visionäre Entscheidung.«

»Er tanzte von der Disko bis in die Bank.«

»Die Bank wuchs und gedieh. Sie war an einigen der frühesten Privatisierungen beteiligt, die Keksfabrik *Bolschewik* zum Beispiel.«

»Kenne das Gebäude, massiv, aus rotem Ziegelstein.«

»Kennst du auch die riesigen Teig-Container und die rollenden Förderbänder und die gewaltigen Öfen?«

»Zuerst Danone, dann Kraft.«

»Was?«

»*Bolschewik – Danone – Kraft.* Der bröslige Weg der Geschichte.«

»Wir kommen ab vom Thema. Nächstes Kapitel: Unser Unternehmensgründer, ein Visionär von unbändiger Energie, tadellosem Geschäftssinn und stets nüchternem Temperament, lernt zum richtigen Zeitpunkt einige einflussreiche Regierungsmitglieder kennen.«

»Zufällig, wie.«

»In offiziellen Biografien wimmelt es von Zufällen. Der Zufall ist offenbar eine logischere Erklärung als die Verschwörung.«

»Sagen wir's mal so: Sie stellten eine *zufällige* Übereinstimmung ihrer Interessen fest.«

»Einer dieser Kontakte war der Außenwirtschaftsminister, verantwortlich dafür, den Rubel in eine konvertierbare Währung umzuwandeln und die Schuldenkrise zu bewältigen.«

»Die begnadete Lösung des Ministers: Schulden werden bezahlt, Arbeiter nicht.«

»Es war die Epoche elastischer Lösungen. Es war die Zeit, da sich Minister eine zweite Visitenkarte zulegten.«

»Und eine dritte und eine vierte.«

»Der Gründer und der Minister vereinten ihre Kräfte, eine kompetente Partnerschaft, innerhalb weniger Jahre bauten sie die Bank zu einem der weltweit erfolgreichsten Unternehmen aus. Heute kontrollieren sie die größte Privatbank des Landes sowie Finanzinstitute in mehreren europäischen Ländern. Dank seines Fleißes und seines Geschäftssinns ist der Gründer unseres Unternehmens heute …«

»Das gute Gewissen des Landes?«

»Der zweitreichste Mann.«

»Der drittreichste, denn der allerreichste, das ist doch – wie wir alle wissen – Mikhail Iwanowitsch, unser geliebter Präsident.«

»Ob nun Zweit- oder Drittreichster, der Gründer ist ein großzügiger Gönner der Wissenschaft, ein Mäzen der Kunst, er fördert ein breites Spektrum an kulturellen Projekten in den Sphären Tanz, Malerei und Oper, zum Ruhme seiner Heimat. Er hat angekündigt, vor seinem Tod sein gesamtes Vermögen zu verschenken.«

»Immerhin hat er vor zu sterben.«

Ich verschlucke mich am grünen Tee. Boris fährt fort.

»Ein Gutzweckmensch wie er im Scheckbuch steht. Ich weiß, um wen's geht.«

»Dann bring dich mal etwas nützlicher ein.«

»Mit Gusto. Wie wurde der Fensterputzer zum Bankier, das ist die Frage, wie?«

»Wir schließen jetzt das Buch mit dem Goldschnitt?«

»Und öffnen Dokument III/276.325 H. Von Anfang an pflegte der Fensterputzer enge Kontakte zum KGB, der ihm Geld aus den Mitteln der Kommunistischen Partei zur Gründung der Bank zur Verfügung stellte. Schon früh hat die Bank Agenten beschäftigt, die zuvor in Einheiten zur Bekämpfung der OK gedient hatten.«

»Es ist unserem Gründer halt gelungen, kompetentes, erfahrenes und fachmännisches Personal anzuziehen und langfristig an das Unternehmen zu binden.«

»Widmen wir uns seinem Kompagnon, dem ehemaligen Minister. Der schröpfte vor seiner Karriere als Bankier die Staatskassen. Ihm wurde Bestechung, Erpressung und illegale Überweisung von Devisen an ausländische Banken vorgeworfen.«

»Woher wissen wir das?«

»Aus der Untersuchung einer amerikanischen Sicherheitsfirma. Alles öffentlich verfügbar. Alles im Internet nachlesbar. Wo ein Wille, da auch eine Wahrheit. Dann erblühte die Renaissance, in Russland »semibankirschina« genannt, die Herrschaft der sieben Bankiers. Der Fensterputzer und der Minister gehörten zu dieser Siebschaft. Wilde Zeiten. Der Fensterputzer selbst hat eingeräumt, die Geschäftsregeln in Russland unterschieden sich von westlichen Standards, was natürlich so nicht stimmt …«

»Lass ihn doch mal zu Wort kommen.«

»Wie nicht: Er sagte, ich zitiere: ›Zu behaupten, dass man völlig sauber und transparent sein kann, ist nicht realistisch.‹«

»Was für Geschäfte denn?«

»Einfache Sache: Kontrollierst du den Cashflow eines Unternehmens oder eines Ministeriums, kannst du Rubel in Dollar umwandeln. Du zögerst die fälligen Zahlungen so lange wie möglich hinaus. Die Inflation von mehreren hundert Prozent erledigt den profitablen Rest. Nachdem du den Betrag in Rubel zurückkonvertiert hast, ist das Geld viel mehr wert, die Schulden aber sind geschrumpft. Das macht Gewinne in Höhe von Hunderten Millionen Dollar.«

»Illegal?«

»Die hohe Kunst der Illegalität besteht darin, dort tätig zu sein, wo es kein Recht gibt. Aber das reichte den Herren nicht. Ein Informant gab zu Protokoll, er könne zwar nicht bestätigen, dass die beiden Bankiers in Drogengeschäfte verwickelt waren, aber er wisse von deren Verbindungen zum Solntsevskaya-Mob. Immerhin liegen uns zwei Berichte vor, ich habe sie markiert, einer vom CIA und einer vom FSB, ich habe sie in die Datei »Alfa bis Omega« gelegt. Beide gelangen zum Schluss, dass die Bank Anfang der neunziger Jahre das Geld der russischen und kolumbianischen Drogenmafia gewaschen habe. Es gibt in dem Zusammenhang eine verrückte Geschichte aus Sibirien. In einer Kleinstadt wurden Menschen mit seltsamen Vergiftungssymptomen ins Krankenhaus eingeliefert. Die Ärzte diagnostizierten eine Überdosis Drogen. Aber die Leute schworen, nichts Härteres zu sich genommen zu haben als Zucker. Zucker, den sie auf dem Schwarzmarkt gekauft hatten, von einem Eisenbahner. Dieser gestand, er habe den Sack Zucker aus einem Waggon gestohlen. Er hatte noch einen Restposten. Im Zucker wurden Spuren der betreffenden Droge festgestellt. Die Frachtpapiere zeigten, dass die Ladung einer Tochterfirma unserer Bank gehörte, dem damals größten russischen Zuckerhändler. Deren örtliche Zentrale wurde durchsucht, es wurden Drogen und kompromittierende Dokumente sichergestellt. Daraufhin wurden die Ermittlungen eingestellt. Der Informant sagte aus, die Untersuchung sei aus politischen Gründen unterdrückt worden, in Erwartung eines günstigeren Tages.«

»Ja, bis zur zweiten Wiederauferstehung. Besonders bemerkenswert, dass sich in einem Dossier des SWR ein von Wikileaks geposteter Bericht befindet, der wiederum von einem privaten Nachrichtendienst stammt.«

»Du meinst den von Stratfor, oder?«

»Genau den. Höchst lesenswert. Beginnt wie ein Roman. Eines muss man den Privaten lassen, sie schreiben besser als die Staatlichen:

›███████████, einer jener Oligarchen der ersten Stunde, die den russischen Staat in den 90er Jahren bis aufs letzte Hemd ausraubten, gehört zu einer Handvoll Pionieren, die nicht tot, im Exil oder im Gefängnis ist. Seine Freunde (wenige) und seine Feinde (viele) beschreiben ihn als glatt und wendig, als geduldig und berechnend, als kämpferisch und nachtragend. Er hat wiederholt politisch und wirtschaftlich erheblich mächtigere Rivalen ausmanövriert, sich an der Spitze etabliert, seine Feinde vernichtet.‹

Wenn das kein großartiger Einstieg ist? Hat mehr gekostet als ein Taschenbuch, aber die Investition hat sich gelohnt. Noch ein Satz, mein Favorit: ›Er hat keine moralischen Bedenken, Russen zu betrügen; seine weiteren Handlungen deuten darauf hin, dass er keine Bedenken hat, irgendjemanden zu betrügen.‹«

»Du bist ein Schwärmer.«

»Was gut geschrieben ist, muss gewürdigt werden.«

»Du kommst mir vor wie ein glupschäugiger Teenager. Genug der Anhimmelei. Wir benötigen etwas tonale Entspannung.«

Ein wildes Stil-Mischmasch erfüllt den Raum, Bläser von einem Straßenumzug, ein Hochzeitsakkordeon tanzt mit einer Stimme, die eine gesamte Salztonebene abgeschleckt hat. Früher nannte man so was Perestroika-Punk.

»Du wirst nie raten, woher die Band kommt.«

»Aus Brooklyn.«

»Melbourne. Ist das nicht herrlich, in Australien werden die Блатные песни neu belebt.«

»Was fasziniert dich eigentlich so sehr an diesen Gaunerchansons?«

»Der Werdegang. Zuerst entstammten Musiker wie auch Zuhörer dem kriminellen Milieu. Dann breitete sich die Musik in den Mainstream aus, und alle hörten Gangstermusik. Wie in der Geschäftswelt, die Mafia weitet ihre Kreise aus, sie infiziert die ganze Wirtschaft. Nur dass dies bei der Musik keine negativen Folgen hat.«

Ich vermute, das Lied heißt *Limonchiki*, so oft das Wort wiederholt wird. Ich frage nicht nach, was es bedeutet, inzwischen hege ich einen gesunden Respekt vor den Exkursen von Boris.

»Zur wichtigsten Frage: Wieso brauchen wir diese Bank für unsere Erzählung?«

»Bestimmt nicht wegen ihrer kriminellen Herkunft. Eher um zu erklären, wieso es im Jahre 2016 zwischen den Servern dieser Bank und dem Server der Organisation von Schiefer Turm monatelang intensive Kontakte gab.«

»Lass uns erst einmal zusammenfassen, was wir darüber wissen. Wir könnten das Fazit der uns vorliegenden FBI-Untersuchung gleich an den Anfang stellen: ›Wir sind zu der Überzeugung gelangt, dass es sich um einen verdeckten Kommunikationskanal gehandelt hat.‹«

»Gut, das Urteil vorneweg. Gefolgt vom Sachverhalt: Cyber-Analysten haben festgestellt, dass der enorme Datenverkehr zwischen diesen beiden Servern überwiegend während der Bürozeiten in New York und Moskau stattfand und unmittelbar vor wichtigen Wahlkampfereignissen in die Höhe schoss, was auf menschliche Kommunikation hinweist.«

»Das sollten wir technisch erklären.«

»Ich versuch's mal. Gehen wir vom System der Domain-Namen aus, das kennt ja jeder, so etwas wie das Telefonbuch fürs Internet. Die Domain-Namen werden in I. P.-Adressen übersetzt, in Zahlenreihen, mit denen sich Computer gegenseitig identifizieren. Wenn du eine E-Mail sendest oder eine Website aufsuchst, kontaktiert dein Gerät das System. Diese Abfrage, bekannt als D. N. S. Lookup, wird protokolliert, die gesammelten Datensätze zeigen die Verbindungen zwischen Servern auf.«

»Wieso verwenden wir nicht den Fachbegriff: ›Pinging‹, das ist doch ziemlich griffig. Ping, an wessen Haustür klopfe ich, ping, an wessen Klingel läute ich?«

»D'accordissimo. Gleich harte Zahlen auf'n Tisch: 87 Prozent aller Pings vom Schiefer-Turm-Server richteten sich an die Bank des einstigen Fensterputzers und ehemaligen Ministers.«

»Sollten wir nicht erwähnen, dass sich Server im Gegensatz zu Menschen nicht zufällig begegnen?«

»Kann nicht schaden. Wir konstatieren: Server lernen sich niemals zufällig kennen. Gut so? Fazit: Innerhalb eines halben Jahres pingten die Server der russischen Bank mehr als zweitausend Mal die Domain von Schiefer Turm an. Fast täglich. An manchen Tagen Dutzende Male. Und als ein Reporter der *New York Times* die russische Bank um Aufklärung bittet, wird innerhalb kürzester Zeit der Server von Schiefer Turm abgeschaltet.«

»Ein anatomisches Wunder: Da klopft jemand mit einem kleinen Hammer auf ein Moskauer Knie und das Bein schlägt in New York aus.«

»Nun fehlt uns nur noch eine Erklärung des Sinns und Zwecks der Operation.«

»Wieso konnte das FBI nicht überprüfen, worüber kommuniziert wurde?«

»D. N. S. Lookups sind reine Metadaten. Wir wissen, dass sich zwei unterhalten, nicht aber worüber.«

»Wir können daher nur spekulieren: Wir wissen, dass sich die russischen Social-Media-Aktivitäten vor den Präsidentschaftswahlen 2016 höchst präzise an bestimmte demographische und geographische Zielgruppen richteten. Die Russen benötigten hierfür detailliertes Spezialwissen.«

»Das haben sie auf diesem Weg erhalten?«

»Wer weiß. Vielleicht diente ein D. N. S. Lookup nur der ersten Kontaktaufnahme und die weitere Kommunikation wurde über andere Kanäle abgewickelt. Oder die Verbindung wurde verwendet, um Transfers zu koordinieren, persönliche Datensätze von Facebook etwa oder gehackte E-Mails oder gestohlene Wahlkampfanalysen.«

»Egal, was ausgetauscht wurde, gegen den Vorwurf der intensiven Mauschelei kann es doch keine Verteidigung geben.«

»Es gibt immer eine Verteidigung: Der Bankier-aka-Minister erklärte, die Verbindungen zu Schiefer Turm seien konstruiert worden, um seinem Unternehmen zu schaden: ›Das ist eine gegen uns gerichtete Verschwörung.‹ Die Bank sei Opfer eines klassischen russischen Kompromats, eines rufschädigenden Betrugs auf Grundlage falscher Berichte. Eine schreckliche Tortur für die Bank, es sei, erklärte er, als lebte man in einem Roman von Kafka.«

»Das hat er tatsächlich gesagt?«

»Nicht einmal Respekt vor Kafka.«

* * *

Boris arbeitet seit Jahren an einem Buch über die Verflechtungen zwischen der russischen und der amerikanischen Oligarchie (Arm in Arm, Hand in Hand). Sein Lebensthema. Mir ist nicht klar, wieso. Gelegentlich lässt er einen Satz fallen, der tiefer blicken lässt. Er erwähnt einen Whistleblower, der ihm verraten habe, dass die zuständigen Abteilungen im FBI operative Anweisungen erhalten hätten, sich von der russischen Mafia fernzuhalten. Weil diese keine Bedrohung für US-Interessen darstelle. Das war vor Jahren.

»Die OK war mächtig, aber nicht allmächtig. Die Lage war schlimm, jetzt ist's noch schlimmer. Die OK kontrolliert zwei Drittel aller russischen Handelsunternehmen und die meisten der zweitausend Banken im Land. Und auf dieser Seite des Atlantiks und Pazifiks hat kaum jemand Bedenken, mit ihr zusammenzuarbeiten. Nehmen wir den Fall unserer höchst kommunikativen Bank. Wo hat der Rechtsberater des Weißen Hauses früher gearbeitet? Bei der Anwaltskanzlei Jones Day. Und wen hat die vertreten? Just diese russische Bank. Der Fensterputzer und Schiefer Turm hatten somit zeitversetzt ein und denselben Anwalt. Was für eine Ménage-à-trois.«

So etwas bemerkt Boris im Vorbeigehen.

Ich begreife erst, was ihn an dieses Thema fesselt, als das Telefon klingelt und seine Mutter ihn panisch heimruft, der Vater habe wieder einen Anfall erlitten. Boris stürzt hinaus. Nach seiner Rückkehr schweigt er lange, mit einem Strohhalm im Mund. Er stellt den Becher ab.

»Es gab nie Zeugen, wenn ein Verbrechen verübt wurde, das hab ich dir ja erzählt, alle zogen den Schwanz ein. Stimmt nicht ganz. Es gab einen, einmal. Der stellte sich freiwillig als Zeuge zur Verfügung. Er wusste, was ihm drohte. Er wurde auf der Straße angeschossen, aus dem Hinterhalt, er hat nicht gesehen, wer geschossen hat. Er hat überlebt. Er war weiterhin zur Aussage bereit, aber die Anklage fiel in sich zusammen, das Verfahren wurde eingestellt, aus anderen Gründen. Einige Tage später geht er einkaufen, ein Auto biegt scharf rechts ab, fährt ihn an, hält, ein Mann steigt aus und schreitet gemächlich zu dem Blutenden, baut sich über dem Schmerzgekrümmten auf: ›Ich könnte dich töten lassen. Aber ich lasse dich leben, damit du die anderen abschreckst.‹ Weißt du, wer das war? Du kommst in tausend Jahren nicht drauf. Der Japontschik.«

Ich kann mir schon denken, was nun folgt.

»Seitdem sitzt Vater im Rollstuhl. Er ist nicht bitter, ich bin es. Jedes Mal, wenn ich ihn sehe, werde ich an all die blinden Flecken der Gerechtigkeit erinnert. Vater glaubt weiterhin an die amerikanische Demokratie, er glaubt, weil er sich nicht hat brechen lassen, kann das Recht auch nicht gebrochen werden. Ich hingegen, ich denke, Gerechtigkeit ist so selten wie ein Lottogewinn.«

Ich sage nichts, stelle mir den Einwanderer in einer kleinen Wohnung vor, der jenseits aller Lügen und Illusionen fest an die amerikanische Idee glaubt. Ein Migrant mit einem hohen Anspruch an die Werte der Gesellschaft, die ihn aufgenommen hat. Der an das glaubt, was viele Alteingesessene längst entsorgt haben. Der Vater von Boris fordert von einem Rollstuhl in Brighton Beach aus seine neue Heimat auf, ihren Idealen treu zu sein. Ich blicke Boris an, überzeugt, dass wir perfekt zusammenpassen, als *partner in anti-crime*.

ZWISCHEN WASHINGTON, D. C.
UND STRUMICA

Wir leben im Sternzeichen der Leaks. Nicht Flüsse, nicht Bäche, kein klares Wasser, kein sichtbarer Grund. Nur undichte Stellen. Deichbrechende Leaks, politisch relevant, diskursiv einflussreich; verdunstende Leaks, manipulative Leaks, phantasmagorische Leaks.

Pizzagate. Ein Beispiel. Ins Ohr der Öffentlichkeit geträufelt am 2. Juli 2016 von FBIAnon (meine Leakerin hat sich einen gewitzteren Namen ausgedacht), nach eigenen Angaben ein hochrangiger Analyst im Amt, der sich auf der Webseite 4chan einem »Ask Me Anything« (und ich werde alles Mögliche antworten) stellt. FBIAnon behauptet, brisante Staatsgeheimnisse zu offenbaren. Aus Liebe zu seinem Land. Im Laufe des Chats lobt er Russland, »ein Leuchtturm der Freiheit und des Patriotismus, wie kein anderes Land«. FBIAnon warnt vor der Clinton Foundation, »einem gigantischen Spinnennetz aus Beziehungen und Geldwäsche, an dem hunderte hochstehende Persönlichkeiten beteiligt sind.«

So tropft es dahin.

»Grabt tiefer.«

Unter dem Pflaster liegt das Laster.

»Bill und Hillary lieben Spenden aus dem Ausland.«

Wie werden sie bezahlt, die Sünder?

»Mal mit Geld, mal mit Kindern.«

STOP.

Auf einmal ist klar, alles läuft auf diese Enthüllung zu. Alles andere ist Ablenkung.

Ein anonymer User fragt FBIAnon, ob Hillary Sex mit minderjährigen, entführten Mädchen gehabt hat.

»Ja.«

Pädophilie!

Unsere Empörung stellt sich schützend vor die Ungeschützten.

Aber nicht sofort.

Die öffentliche Moral bedient sich eines Zeitzünders.

Zunächst geschieht nichts. In einer Dunkelkammer wird eine Behauptung (Enthauptung?) entwickelt. Vor einigen Dutzend Menschen (nicht einmal das ist sicher). Sie gehen in der Folge ihrem alltäglichen Surfen & Chatten nach. Erst als eine Person mit dem Vaudeville-Namen Carmen Katz eine hysterische Nachricht in die Dämmerwelt twittert, als ein Viertel-Promi diese Nachricht aufgreift, ein Halb-Promi sie verlinkt und ein veritabler Promi im Radio über Leichen im Keller und minderjährige Kinder in Ketten raunt, explodiert die Geschichte.

Auf Google Trends (wo das aktuelle Interesse an Themen auf einer Skala von 0–100 gemessen wird) ergibt die Suche nach »Hillary« + »Pädophilie« eine glatte Null. Anders gesagt: Kommt niemandem in den Sinn. Als ein digitaler Wanderprediger – Motto »Truth Can't Be Silenced« – die Enthüllung auf »InfoWars« verkündet (eine Sendung, die das scharfe Schwert der Wahrheit schwingt, wenn sie nicht gerade Haarpflegeprodukte bewirbt), springt die Zahl auf 100. Und ein Söldner namens Erik Prince (Bruder der zukünftigen Bildungsministerin) flüstert einem Talk-Radio-Moderator Fürchterliches ein: »E-Mails des State Department sind gefunden worden. Belastende Informationen über kriminelle Umtriebe, einschließlich Geldwäsche, einschließlich der Tatsache, dass Hillary mit dem verurteilten Pädophilen Geoffrey Wasserstein auf dessen

Sexinsel geflogen ist. Nicht einmal, mindestens sechsmal. Und Bill Clinton war mehr als zwanzigmal dort.«

Was wird danach nicht alles gepostet und gehostet, von gewöhnlichen Menschen und Online-Aktivisten, von Bots und Agenten, von bewussten Manipulatoren und unbedacht Beteiligten. Sie kennen einander nicht, sie wirken zusammen in einem medialen Ökosystem mit negativer Photosynthese (unmöglich, das ist mir klar, ich kenne den zweiten Hauptsatz der Thermodynamik), bei der energiearme Erfindungen in dynamische Informationen verwandelt werden, der Dunkelheit sei Dank.

Einer der Wahrnehmungsverstärker, ein Troll im Netz, sendete von einem makedonischen Bauernhaus aus. Ich habe den findigen Unternehmer interviewt, damals, in einem Zimmer voller Selbstgeschnitztem und Selbstgehäkeltem, samt obligatem Techno-Krimskrams. Er drehte mir immer wieder den Rücken zu, um auf einen der Bildschirme entlang der Wände zu starren. Manchmal konnte er unsere Unterhaltung mühelos fortsetzen, als habe es keine Unterbrechung gegeben, manchmal musste ich ihm einen Anhaltspunkt geben, damit er fortfahren konnte. Am Ende des Gesprächs führte er mich in seinen *Click-Stall*, in einen Raum kaum größer als zwei fette Kühe, in dem die automatisierten Soldaten der informellen Kriegsführung aufgereiht waren und aus allen Bots & Bytes schossen. Umgeben von Hunderten von Handys, unter Dauerbeschuss, drängte es mich zu maschinenstürmerischer Sabotage: Stecker raus, Server kaputt schlagen. Im Geräuschnebel solcher Click-Ställe stirbt die Freiheit einen anonymen Tod.

Danach gibt es nur noch die Wahl zwischen verschiedenen Lügen.

Nach dem Interview fuhr ich ins nahe Strumica, zu einer Kusine dritten Grades. Um zu sehen, wo mein Großvater meine Großmutter erblickt und sie seine Handreichung gerochen hatte. Meine Kusine lebte in dem Haus, in dem mein

Großvater nach Krieg und Bürgerkrieg Unterschlupf gefunden hatte. Ich betrat den Balkon und richtete meinen Blick auf das gegenüberliegende Haus. Es existierte nicht! Stattdessen ein blühendes Mohnfeld. Wann ist das Haus da drüben abgerissen worden, fragte ich meine Kusine, auf Englisch (mein mazedonischer Wortschatz besteht aus fünfzig unzusammenhängenden Worten). Dort war nie ein Haus, antwortete sie. Seit je ein Feld. Früher Raps, später Sonnenblumen. Das kann nicht sein, widersprach ich, dort muss das Haus meiner Großmutter … Das verständnislose Gesicht meiner Kusine irritierte mich, weswegen ich die großelterliche Liebesgeschichte etwas gereizt wiedergab.

»Das war anders«, sagte die Kusine, »ganz anders. Eine pragmatische …«

»Nein«, rief ich aus, »ich will es nicht wissen.«

Und verließ Strumica über die nächste grüne Ampel.

Der Mazedonier hatte bei unserem zerfahrenen Interview auf etwas Wesentliches hingewiesen: »Wir verstärken nur existierende Trends. Wir können Schlagzeilen erfinden (besonders stolz war er auf PAPST SPRICHT SCHIEFER TURM SELIG), aber nicht die Themen bestimmen. Wir sind eher Lautsprecher als Instrument.«

Angesichts dieser Sound-&-Light-Show auf allen Kanälen geht manch einem ein Licht auf, die Offenbarung einer nackten Glühbirne, einem Menschen namens Edgar Maddison Welch, einem Mann, dessen Motto lauten könnte: Es gibt nichts Gutes, außer man tut es! Kaum vernahm er, dass Hillary Kinder im Keller eines Pizzarestaurants in Washington, D. C. satanisch missbraucht, brach er auf – bewaffnet mit einem halbautomatischen Gewehr AR-15, einem Revolver und einem Klappmesser –, diesen pädophilen Ring zu zerschlagen. Er war entschlossen, wenn nötig auch sein eigenes Leben zu opfern, »das Leben einiger weniger für das Leben vieler«. Nach einer fast fünfstündigen Fahrt betrat Welch das Restaurant *Comet*

Ping Pong, zielstrebte durch den Essraum nach hinten, vorbei an fröhlich Tischtennis spielenden Kindern, drang in die Küche ein, schoss auf das Vorhängeschloss einer Tür (der einzige Schuss dieser Befreiungsaktion), hinter der sich Kochutensilien befanden. Es waren verdächtige Geräusche zu hören, er schlug eine weitere Tür ein, erblickte einen Angestellten, der Pizzateig hereinbrachte. Nirgends gefangene Mädchen, nirgends gequälte Kinder – das Restaurant besaß keinen Keller. Welch stellte sich der Polizei. Der Vater zweier Töchter sei am Sonntagmorgen aufgewacht und habe seiner Familie mitgeteilt, er habe einige Sachen zu erledigen. Er fuhr die knapp dreihundert Meilen nach Washington, D.C., ohne ein einziges Mal die Geschwindigkeitsbegrenzung zu überschreiten, er wollte dieses Restaurant »genauer unter die Lupe zu nehmen«, bevor er nach Hause zurückkehrte. Er wollte »etwas Licht auf die Sache werfen«. Er spürte, wie sein Herz »schier zerbrach bei dem Gedanken, dass unschuldige Menschen leiden«. Er war schwer bewaffnet, um missbrauchte Kinder zu retten.

Laut Gerichtsakten sei Mr. Welch nachdenklicher geworden. »Die Informationen waren nicht 100 Prozent verlässlich.« Er war jedoch nicht bereit, den Verdacht abzutun, er räumte nur ein, dass an diesem Ort keine Kinder gefangen gehalten wurden. Er wies auf das weltweite Phänomen der Kindersklaverei und des Mädchenhandels hin.

Mr. Welch wurde zu vier Jahren Haft verurteilt.

Der uns vorliegende FBI-Bericht geht allen Spuren nach, um eine mögliche Verschwörung zu entlarven. Es gibt keine! Nur einen Einzelgänger. Ein Mensch, der die richtige Konsequenz zog aus dem Raunen im Netz: Es muss etwas gegen diesen Missstand unternommen werden. Entweder die Nachricht stimmt, dann ist die Vorstellung unerträglich, dann ist das Dulden eine kolossale ethische Bankrotterklärung, oder aber alle außer Mr. Welch wussten (ahnten zumindest), dass sie Teil einer Einnebelungsmaschine waren, Statisten in einer Inszenierung: mit gerechtem Zorn kokeln, die öffentliche Empörung am Köcheln halten.

So sind sie, die Digital Natives: entweder feige oder verlogen.

Boris liest über meine Schulter mit. Er legt seinen elegant schmalen, wulstigen Finger auf den Satz, der die Sexinsel und den verurteilten Pädophilen Geoffrey Wasserstein erwähnt.

»In jeder Verschwörungstheorie ist ein Körnchen Fakt, sonst würde sie nicht funktionieren. Es gibt diesen Mann, es gibt diese Insel. Und ich kenne jemanden, der darüber recherchiert.«

»Wir sollten ihn kontaktieren.«

»Wir werden sie kontaktieren.«

So höre ich das erste Mal von Emi.

Meiner erstaunlichen Emi.

VON BROOKLYN NACH MANHATTAN

Boris ist aufgeregt. Seine Arme verwandeln sich in Scheibenwischer. Seine Worte verfangen sich in den Vorderzähnen. Er dreht mir seinen Bildschirm zu, sein Zeigefinger pocht auf eine Stelle, wie Schnellfeuer bei einem Touch-Screen-Spiel. Ich umrunde den Tisch (jede Gelegenheit, mich zu bewegen, ist mir willkommen, Boris hingegen strebt nach ewigem Sitzen). Das Dokument gibt auf den ersten Blick wenig her, die Erwähnung einer Schuldumschreibung zwischen einer russischen und einer deutschen Bank. Ich lese das Dokument dreimal durch, bevor ich Boris fragend anblicke.

»Mansamusa!«

»Was?«

Boris lehnt sich genüsslich zurück.

»Einfache Sache: Eine deutsche Bank hat Schuldscheine an eine russische Bank verkauft. Schuldscheine von Schiefer Turm.«

»Es gibt noch Schuldscheine?«

»Erleben ein Comeback. Seriöse Vorteile. Das Minimum liegt bei 20 Millionen, bescheidenen 20 Millionen, eine Anleihe hingegen, die lohnt sich erst ab 500 Millionen. Der administrative Aufwand ist geringer, ein externes Rating ist nicht nötig. Und das Wichtigste: Die Geschäftsdaten werden nur interessierten Investoren gegenüber offengelegt. Du wählst aus, wen du ansprichst. Wenn du möchtest, nur einen einzigen, einen verlässlichen, einen, den du gut kennst. Vielleicht jemand, der dir was schuldet.«

»Und in diesem Fall?«

»Hat die deutsche Bank den Schuldschein weitergereicht, und die russische Bank besitzt nun ein Druckmittel auf Schiefer Turm, *Schwarzer Kaviar* in der Fachsprache. Wenn er nicht spurt, muss er zahlen. Wenn er nicht zahlt, können sie ihm auf die Pelle rücken.«

»Was war das übrigens gerade für ein Ausruf?«

»*Schwarzer Kaviar*?«

»Nein, davor, ›manamasa‹ oder so ähnlich?«

»Ach, Mansamusa?«

»Ja.«

»Andere sagen Heureka.«

»Ich zum Beispiel.«

»Mansamusa liegt mir besser auf der Zunge.«

»Und bedeutet was?«

»Nicht was, wer! Der reichste Mensch seiner Zeit. Ein afrikanischer König. Reicher als Fort Knox. Besaß so viel Gold, das Geldsystem in Kairo krachte zusammen, als er shoppen ging.«

»Hat er dadurch nicht sein eigenes Gold entwertet?«

»Allmählich schlaust du auf. Auf der Rückreise von seiner Hadsch konnte er seine Entourage in Kairo kaum mehr stilvoll bewirten, so sehr war der Goldpreis gefallen.«

»Das will uns irgendetwas sagen …«

»Auch der Umgang mit Gold will gelernt sein.«

»Sollten wir uns nicht auf diese deutsche Bank konzentrieren?«

»Das werden wir tun, heute, morgen und den Rest unseres verfluchten Lebens.«

* * *

Ein ehemaliger Kommilitone von Boris arbeitet für das Financial Crimes Enforcement Network.

»Wir sollten ihn mal treffen, der hat bestimmt einige Antworten auf Lager.«

»Wo arbeitet er?«

»In Wien.«

»Nicht dein Ernst.«

»Vienna, Virginia. Hat öfter in New York zu tun. Hat mich gerade angesimst, wie es denn mit einem Drink wäre, irgendwann diese Woche.«

»Sollte sich ausgehen.«

Es ist der erste warme Frühlingstag des Jahres. Boris möchte mich zu einem belegten Brötchen einladen, seine Vorstellung einer kulinarischen Extravaganz. Während wir zum ersten Mal gemeinsam auf die Subway warten, erzählt er mir von einem samstäglichen Ritual aus Jugendzeiten, mit dem Vater auf nach Manhattan, zum Diner eines Exilanten zweiter Stunde, dessen Frau im ersten Stock eine russische Buchhandlung betrieb, unten Delikatessen, oben reich bebilderte Heimatkunde. Pastrami und Buch, einmal die Woche. »Was immer ich lesen wollte, auch wenn Vater die Nase rümpfte. Wir sind jetzt hier und bleiben hier, sagte er, was Russisch ist an dir, das ist vergangen, das ist vorbei. Aber er konnte mir am Samstag keinen Wunsch abschlagen, also stiegen wir nach dem Essen die Treppe rauf, ich blieb allein inmitten der vollgestellten Regale, griff nach irgendeinem Buch, setzte mich auf den Fußboden, das Buch auf dem Schoß, las den ersten und den letzten Satz, mutmaßte mir das Dazwischen zusammen, wählte mir Geschichten aus für meine Träume und Tagträume, bedankte mich artig bei der Frau, die ihre leise Stimme hinter aufgetürmten Bücherbergen verschanzte, und beim Hinabsteigen roch ich schon den samstäglichen Braten, zuerst den Kümmel, dann die Gurke, dann den Senf, immer in dieser Reihenfolge. Ich kiebitzte eine Weile an der Theke, Bestellungen im Akkord, zwei Scheiben Roggenbrot, dazwischen ein dicker Schmöker Pastrami, und je öfter wir herkamen, desto sinnlicher erschienen mir die aufgestapelten Fleischscheiben, das waren, wage es ja nicht zu lachen, meine ersten fleischlichen Gelüste; während Vater noch einige Minuten lang Kohl redete mit dem Ehemann der Buchhändlerin, auf Ukrainisch, das klang in diesem Diner wie ein amerikanischer Dialekt.«

Wir stehen vor dem Laden.

EISENBERG

»Das beste Pastrami-Sandwich meiner Stadt!«

Verkündet Boris.

»Der beste Humorist meiner Stadt«, erwidere ich mit etwas deplatziertem Lokalstolz, »und Rabbiner zudem.«

»Du Angeber. Ich biete dir ein Tauschgeschäft an: das beste Pastrami des Landes gegen seinen besten Witz.«

Drinnen gepriesene Fülle. Willkommen im Gelobten Land. Kishke und Knishe, vielfältig Eingelegtes, nicht nur Essiggurken und saure Zwiebelchen, auch Kwaschenaja Kapusta, aus Russland, Kislja Kapusta aus Pennsylvania, weißrot rotweiß, in Gläsern mit handschriftlichem Etikett.

»Einlegen, um aufzubewahren. Wie Erinnerung, nicht wahr. Überlebensnotwendig. Wo wären wir ohne die Erfindung der Lake. Eigentlich sind wir beide Einleger.«

»Worteinleger.«

»Lakengeber.«

Boris bittet um eine generöse Schicht Senf auf seine Brotscheiben. Mit triefender Vorfreude bleiben wir am Ausgang vor einem ausgekochten Spiegel stehen, der zur einen Seite hin die Kunden verschlankt, ihnen andererseits eine saftige anatomische Rechnung präsentiert.

»Wenn Mutter mitkam, das tat sie nicht oft, bestellte sie immer Zunge.«

»Zunge als Sandwich?«

»Eine besondere Spezialität.«

»Mutterzunge.«

»Sozusagen.«

Wir setzen uns auf eine Bank im Madison Square Park, ich beiße in das Sandwich, Rind, das nicht nach Rind schmeckt, verwirrend würzig, saftig garniert. Geschmacklicher Überschwang. Boris blickt mich erwartungsvoll an.

»Das beste Pastrami der Welt, wie. Meine intimste Verbindung zur jüdischen Kultur.«

Euphorie kann man nicht durch ausgewogene Geschmacksurteile bremsen. Ich nicke entzückt und kaue weiter.

»Du bist dran.«

»Lass mich erst mal essen.«

»Kannst du nicht zwei Sachen gleichzeitig?«

»Siehst du den Mann dort? Stell dir vor, er nimmt gerade sein Pessach-Mittagessen zu sich, er sitzt auf der Bank, genießt die bescheidene Gabe, die Stille, die er in sich spürt. Ein Blinder mit klopfendem Stock kommt des Weges und aus irgendeinem Grund, sei es, weil er das Essen gerochen hat oder weil er aus Gewohnheit stets auf dieser Bank rastet, setzt er sich daneben. Aus Höflichkeit reicht ihm unser Mann eine Matze. Der Blinde fährt mit den Fingern über die Matze, von links nach rechts, von oben nach unten, er ist verwirrt, das sieht man ihm an, er schweigt höflich, bis er nicht mehr an sich halten kann: ›Wer hat denn diesen Unsinn verfasst?‹«

Boris lacht, mit Verzögerung, aber ohne Zurückhaltung. Einige Vögel scheucht es auf und davon.

»So viel zu falscher Lektüre.«

»Oder zu Pastrami-Schmöker.«

»Es wird kühl, wir sollten weiter.«

Zu Fuß, bedächtig, wir haben Zeit. Boris hisst das purpurrote Segel seiner Kindheit, sportlich war er eine Niete (es treibt uns durch die 21. Straße), schulisch eine Kanone (die neunte Avenue hinab), seine Erwartung an das Leben schon früh geschärft, auf jedem Buchumschlag prangte sein Name, eine naive Sehnsucht aus heutiger Sicht, da er sich wünscht, seine journalistischen

Sprengsätze könnten anonym erscheinen, ohne an Wirkung einzubüßen. (»Zuerst davon geträumt, einen Namen zu haben, dann davon geträumt, keinen Namen zu haben. Was kommt als Nächstes?«). Zwischen Reminiszenzen verrät er mir in allen unnötigen Einzelheiten, wie das Rindfleisch eingelegt, getrocknet, gewürzt, geräuchert und gedünstet wird. Das Rezitieren des Rezepts dauert so lange wie die Zusammenfassung der Kindheit.

Wir treffen seinen ehemaligen Kommilitonen auf dem Dach eines Hotels namens Gansevoort (»Out-of-towners lieben es hier.«). Ich fühle mich vom Spaziergang belebt, Boris atmet schwer. Es ist sehr voll. Laute(r) Menschen, die überprüfen wollen, ob die In-Bar noch ›in‹ ist.

Der Mann, der uns mit einem Cocktail in der Hand (ein Glas voller Slime) begrüßt – nennen wir ihn Jim –, hat ein ordentlich eingerichtetes Regal zum Gesicht und ein Didgeridoo als Stimme. Er tastet sich beim Sprechen langsam, methodisch voran, so als wollte er kein Wort falsch setzen. Als könnte jede seiner Aussagen ein Gesetzestext sein. Seine Leidenschaft ist hinter Doppelordnern abgelegt.

Boris und Jim benötigen ganze drei Sätze, um die sozialen Erwartungen an ein Wiedersehen alter Kumpel zu erfüllen, bevor sie in unser Projekt eintauchen. Boris gibt eine zensierte Zusammenfassung unserer Mühen von sich, verschweigt jedoch – als hätte er es einstudiert – alle Aspekte, die uns oder unserem Gegenüber gefährlich werden könnten. Was übrig bleibt, ist eine anspruchsvolle, aber nicht außergewöhnliche journalistische Aufgabe, durchaus im Sinne des FinCEN. Jim, offenbar ein geübter Zuhörer, setzt Zwischenfragen wie Akupunkturnadeln.

Wenig später schenkt er uns klaren Wein ein. »Wir wissen, dass er seit etwa fünfzehn Jahren Immobilien in bar erwirbt. Ein seltsames Verhalten für den ›König der Schulden‹, für einen Mann, der sich laut eigener Aussage Geld mit dem Wissen ausleiht, dass er es mit Rabatt zurückzahlen kann. Für jemanden, dem es gelungen ist, alle Banken zu verprellen, außer einer. Eine solche Person zahlt auf einmal enorme Summen aus eigener Tasche, in einem Wert von insgesamt über 400 Millionen Dollar. Darunter unserer Kenntnis nach mindestens 14 Transaktionen, die bezahlt wurden, ohne einen Kredit aufzunehmen. Zur Gänze in bar.«

»Haben wir auf dem Bildschirm«, eifert Boris nach, »ein Anwesen in Schottland – cash. Zwei Villen in Beverly Hills – cash. Fünf Golfplätze an der Ostküste – cash. Ein Weingut in Virginia – cash.«

»Niemand tut so etwas. Niemand kauft Golfplätze für 80 Millionen Dollar in bar, das Risiko ist zu groß. Man sucht sich Mitinvestoren und leiht sich das Geld von einer Bank. Zumal bei anhaltend niedrigen Zinsen.«

»Wir stellen ähnliche Fragen.«

»Der Erwerb der Immobilien ist zwielichtig. Die Rentabilität wirft ebenso Fragen auf. Die Golfplätze in Schottland und Irland fahren enorme Verluste ein. Die Investitionen ergeben ökonomisch wenig Sinn. Wir operieren unter der Prämisse, dass das Geld von dritten Parteien stammen könnte.«

Boris schlägt vor, eine weitere Runde zu besorgen.

»Wie heißt das Zeug, das du trinkst?«

»Vergiss es, ich bin auf die Farbe reingefallen.«

»Wie kann man auf diese Farbe reinfallen?«

»Für jeden Geschmack eine andere Falle.«

»Was dann?«

»Ein einfaches Bier. Aus der Flasche.«

Mit den vollen Flaschen in den Händen lehnen wir uns über die Balustrade, den Blick auf die Straße gerichtet. Eine Gruppe von Geschäftiers strömt heraus, die Krawatte gelockert, der Gang übertrieben selbstgewiss, die Zigaretten glühende Flecken auf dem Asphalt. Stimmen heben an als Purzelbaum, enden als Bauchklatscher. Die einzigen zwei Frauen in ihrer Mitte verabschieden sich. Zum Abschied lassen sie sich umarmen.

»Meine Herren, halten Sie sich vor Augen: Wir haben es mit einer Person zu tun, die gestärkt aus jedem Scheitern hervorgeht. Eine Person, die sogar die schlimmste Immobilienkrise gut übersteht, mit Cash in der Hand und einem neuen Kreditrahmen von einer gewissen deutschen Bank. Wir wissen, dass in dieser Zeit Investoren aus Russland 86 seiner Immobilien erworben haben, ebenfalls in bar. Seine Abhängigkeit von russischem Geld wächst in den Jahren nach der Krise kontinuierlich. Wieso sage ich ›russisches Geld‹? Nicht aus gedanklicher Schlamperei, sondern weil seine Vertragspartner nicht unabhängig sind, sondern quasi Aktionäre des russischen Staates, unter Kontrolle des Kremls.«

Ein grelles Licht hallt durch die Straße, ein Licht, das alles verwischt, bis auf die Konturen. Mir schließt es die Lider. Als ich die Augen öffne, sind die rauchenden Männer auf dem Bürgersteig in weiße Kittel gekleidet, ein jeder ein langes Messer in der Hand, mit einem Ruck von oben nach unten durchtrennen sie etwas Unsichtbares, Blut schießt heraus.

Die Stimmen von Boris und seinem wolkenmarmornen Bekannten ziehen verzerrt an mir vorbei.

»Wieso habt ihr ihn nicht wegen Geldwäsche am Haken?«

»Geldwäsche ist rechtlich sehr spezifisch definiert. Es kommt auf die Herkunft des Geldes an. Wir müssten beweisen, dass es kriminell generiert wurde, bevor es legal investiert wurde. Wenn wir aber nicht wissen, woher das Geld kommt, können wir selbst evidente Geldwäsche nicht belangen.«

»Die Herkunft zu beweisen ist schwierig«, sage ich mit meinem Zweiten Gesicht.

»Fast unmöglich.«

»Das ist uns schon klar«, unterbricht Boris. »Hast du nicht einen Schleck für uns?«

»Er meint: eine Delikatesse.«

Jim blickt Boris prüfend an.

»Dokumente kann ich euch keine zukommen lassen. Das

würde mich den Kopf kosten. So viel will ich euch verraten: Wir wissen, dass einige russische Oligarchen für seine Kredite bei einer deutschen Bank gebürgt haben. Und was das heißt …«

»Gefesselt und gekettet.«

Das Geschehen auf der Straße erfordert meine Aufmerksamkeit. Jeder, der aus dem Hotel tritt, muss sich einen Metzgerkittel überwerfen. Dutzende schlitzen die Luft auf mit gespenstischer Pantomime. Ich begreife nicht, was ich sehe, ich höre, wie Boris das Wort Schieflage wiederholt. Mit betont langen Dehnungen.

»Ach was, Schieflage ist freundlich formuliert. Wir sind nur einen Dezimalpunkt vom völligen Scheitern entfernt. Einen Dezimalpunkt! Weniger als ein Prozent der illegalen Finanzströme weltweit wird geahndet. Obwohl Wirtschaftskriminelle mehr Schaden verursachen als alle Dealer und Diebe zusammen genommen. Sie stehlen fünf Prozent unserer Wirtschaftsleistung. Laut Schätzungen, selbstverständlich, bei uns herrscht die gepflegte Schätzung. Für die Strafverfolgung werden kaum Bundesmittel zur Verfügung gestellt. Wer heutzutage als Geldwäscher erwischt wird, ist entweder unfassbar dumm oder hat unglaublich viel Pech.«

* * *

Wir streifen durch die nächtlichen Straßen des südlichen Manhattans, schweigend. Das Bild der Schlachterei hängt mir nach. Solche Visionen verdanke ich meiner Großmutter. Hat sie sich je daran gewöhnt? Boris bleibt vor einem Gebäude stehen. Mehr als fünfzig Stockwerke rechtwinkeliger postmoderner Wolkenkratzerei. Die US-Zentrale der uns wohlbekannten deutschen Bank. Wir haben Wall Street erreicht. Er erwähnt den Großvater von Schiefer Turm, ein solider Pfälzer mit Vornamen Friedrich, gelernter Barbier, der nach einigen Aufbrüchen und Abwegen zu seiner angestammten Profession zurückkehrte und just an dieser Stelle das Haar der Börsenmakler schnitt.

»Was für ein Zufall«, sagt Boris mit heftigem Kopfschütteln, als sei ihm dieses kleine Wunder der Zusammenhänge gerade eben aufgefallen. Anstelle des altväterlichen Friseurladens erhebt sich die Bank, die dem Enkel als einziges Finanzinstitut auf Erden unerklärlich hohe Summen geliehen hat.

»Wann immer Schiefer Turm seine Schulden nicht mehr zurückzahlen konnte, hat sie ihm noch mehr Geld geliehen. Stell dir vor, das gesamte Finanzwesen würde so funktionieren.«

Ich kann mich nicht von der Vorstellung lösen, wie Großvater Friedrich die Schnauzer der Spekulanten stutzt.

»Seit 1998 mehr als zwei Milliarden Dollar. Sie leiht ihm Hunderte von Millionen Dollar, während sie gleichzeitig russische Milliarden wäscht. Als er seinen Amtseid leistet, schuldet er noch knapp 300 Millionen.«

Erhielt der Barbier Tipps von den Brokern? Anstelle eines Trinkgelds?

»Eine Flut, von Moskau nach London, von London nach New York, von New York ins steuerfreie Nirwana. Mirror-Trading mit russischen Bluechip-Aktien, ich werde dich mit den Details nicht langweilen, eine höchst profitable Angelegenheit, die Moskauer Tochtergesellschaft erzielte in manchen Jahren Gewinne zwischen einer halben und einer Milliarde Dollar. Als sie erwischt wird, muss die Bank knapp eine halbe Milliarde Strafe zahlen. Unterm Strich eine lohnende Übertretung.«

»Wissen wir, wer auf russischer Seite beteiligt war?«

»Das ist die Crux. Niemand identifiziert. Soll geheim bleiben. Aber eins ist klar. Es war entweder Teil eines quid pro quo oder unbekannte Dritte haben für diese Kredite gebürgt. Und genau das hat unser Freund Jim heute Abend bestätigt.«

»Mansamusa!«

»Du sprichst meine Sprache.«

* * *

Weil ich zum ersten Mal seit Wochen Alkohol getrunken habe, schlafe ich tief in den Vormittag hinein und blicke mit schwergläubigen Augen auf die Uhr. Schlechten Gewissens eile ich in unseren Strategieraum. Boris empfängt mich mit einem Grinsen, wie ein Kater, der die saftigste Maus gefangen hat und den Schmaus kaum erwarten kann. Er schläft offenbar unabhängig von den Umständen wenig. Er zeigt mir ein russisches Dokument, einen Brief an Mikhail Iwanowitsch, geschrieben von Wladimir Krjutschkow, den ich fast vergessen habe. Der rehabilitierte KGB-General biedert sich darin dem jungen Präsidenten an, bietet ihm seine Unterstützung an, weist auf seine besonderen Kenntnisse und Kompetenzen hin. Und aus mir unverständlichen Gründen flicht er einen Hinweis auf den Sänger Iossif Kobson ein.

»Mir war bekannt, dass Krjutschkow ein häufiger Gast im Kreml war, gegen Ende seines Lebens. Hat den Präsidenten oft genug öffentlich gelobt und die Sicherheitsdienste ermahnt, ihn nach Kräften zu unterstützen. Aber das hier, das scheint die erste Kontaktaufnahme zu sein.«

»Und was hat Kobson damit zu tun?«

»Das ist ein Schibboleth.«

»Verstehe ich nicht.«

»Uneingeweihte wie du denken, Kobson sei die ölige Stimme der Sowjetunion.«

»So ungefähr.«

»Mit neun singt er in einem Kinderchor vor Stalin, später wird er Breschnews Lieblingssänger. So kennen ihn alle. Die verlässlichste Unterstützung der offiziellen Ideologie in Tönen, bis hin zum Angriffskrieg gegen die Ukraine, stets vollkehlig chauvinistisch, und zum Dank ab in den Obersten Sowjet, rauf in die Duma.«

»Ich hätte es nicht besser zusammenfassen können.«

»So ein молокосос wie du fällt rein auf die Erscheinung, auf den kastenförmigen Smoking, auf den Zuckerrohrbariton, auf die dorischen Augenbrauen und das Toupet, das wie ein Deckel auf 'nem Kochtopf sitzt.«

»Der Kopf ist ein Topf?«

»Alle Achtung. Als du hergekommen bist, konntest du gedanklich deine Zehen kaum berühren, jetzt machst du locker einen Spagat.«

»Verstanden. Kobson ist mehr als nur ein Sänger.«

»War. Er ist tot.«

»Der unsterbliche Kobson?«

»Ja.«

»Wann denn?«

»Vor einigen Monaten. Zeit für eine Panihida.«

»War er nicht Jude?«

»Er war zuvorderst russischer Patriot, der seine Mafia-Kontakte intensiver pflegte als Frankie Boy, sein Bruder in Stimme. Mitte der neunziger Jahre wurde ihm die Einreise in die USA verweigert, wegen Geschäftsbeziehungen zu Semjon Mogilewitsch, wegen seiner Verwicklung im Drogen- und Waffenhandel.«

»Kaum zu glauben. Dr. Schnulze und Mr. Dealer.«

»Wenn du mir nicht glaubst …«

Boris ruft ein weiteres FBI-Dokument auf (geheim, noforn): Kobson sei der Spiritus rectus der russischen Mafia, hoch angesehen aufgrund seiner Kontakte, seiner Klugheit und seiner Fähigkeit zu helfen, wenn jemand in Schwierigkeiten geriet. Nicht jeder komme in den Genuss seiner Hilfe, nur hochrangige Gangster. Er gehöre keiner bestimmten Bratva an, weswegen er dazu prädestiniert sei, Streitigkeiten zwischen verschiedenen Gruppierungen zu schlichten. Er sei zweifellos einer der einflussreichsten Kriminellen des Landes. In der Folge werden seine engen Kontakte zu Taiwantschik und Japontschik beschrieben.

»Akzeptierst du, dass Mikhail Iwanowitsch mindestens so gut über sein eigenes Land Bescheid weiß wie der FBI?«

»Das lasse ich gelten.«

»Dann wird es dich interessieren, dass er vorletztes Jahr persönlich bei einem Galakonzert zu Kobsons 80. Geburtstag präsidierte und den Jubilar zum Nationalheiligtum erklärte.«

»Deswegen der Hinweis.«

»Ein Schibboleth, wie ich schon sagte. Komm, wir gönnen uns mal ein Liedchen. Ich hab vorhin Vater angerufen und ihn um DJ-Rat gebeten. Er hat eifrig geflucht, bis ich ihm erklärt habe, dass es für einen guten Zweck ist …«

»Nämlich?«

»Deine musikalische Ausbildung. Er schlug И вновь продолжается бой vor, das passe so gut zur Gegenwart: ›Und aufs Neue wird der Kampf geführt!‹«

Kommando. Los.

Ba-tail-lon ba-tail-lon: *Die Nachrichten fliegen in alle Welt / Glauben Sie uns, Väter / Es wird neue Siege geben / Es erheben sich neue Kämpfer!* Ba-re-ban ba-re-ban. *Und der Kampf geht weiter / und das Herz pocht ängstlich in der Brust. / Und Lenin ist so jung / und der junge Oktober steht bevor!*

Stab

Schlag

Staffel

Stock.

Und eine letzte Zeile, die in den Solarplexus des Gottvertrauens schlägt: *Das Leben erbarmt sich nicht der Wahrheit.*

PALM BEACH, US-AMERIKANISCHE JUNGFERNINSELN, EIN FLUGHAFEN HIER, EIN FLUGHAFEN DORT

Seit Emi hereingekommen ist, wirkt unser Raum größer.

Sie hockt sich auf den Boden, schüttelt sich den Helm aus dem Haar. Boris sänftigt seine Stimme, sie spricht leise. Sie ist schlanker als eine Modigliani-Statue. Meine Kopfschmerzen sind wie weggefegt. Neckereien, Frotzeln zwischen Menschen, die sich im Vertrauen wiegen. Boris blüht auf, sie ein Kopf größer, ich vergessen bei ihrem Spiel der Anspielungen. Weswegen ich mich aufs Betrachten verlege. Ich richte meinen Blick auf ihre langen Finger, die sich auf den Arm von Boris legen, auf ihre Cowgirl-Stiefel, ornamentiert mit Keiichi Tanaami-Farbklecksen, auf ihren Oberkörper, der beim Lachen nach hinten kippt. Sie beugt sich vor zum nächsten Austausch studentischer Souvenirs (ein College namens Dartmouth wird erwähnt).

Aber ihre Augen lachen nicht. Sie sind auf Wache abgestellt.

Sie ziehen sich gegenseitig auf über den Abend ihres Kennenlernens. Zwei unterschiedliche Versionen, wie könnte es anders sein. Es war bei einer Party im Gebäude von Kappa Delta Epsilon (bei Phi Delta Alpha), auf den unteren Stufen einer Treppe hinauf in den ersten Stock (auf den oberen Stufen hinab zum übervollen Feierraum), im zweiten Jahr (im dritten); einig sind sie sich nur, dass Boris zu Emi hinaufschauen musste, sie die Unnahbare, er der Schüchterne, bei einem jener Saufgelage am Wochenende, bei denen das Gefühl geschöpft wurde, man würde leben, in vollen und vor allem tiefen Zügen, nach einer Woche der mentalen Schinderei, bis zur Erschöpfung. Niemand traute sich, die von Bewunderinnen umringte Emi anzusprechen. Es war zum Brüllen komisch, die größte Mutprobe der Football-Kerle, dich im Food Court anzuquatschen, nach 'nem Encounter mit dir schrumpften denen die Muskeln (so ein Blödsinn), unsere ›Eminenz‹ (so hat mich niemand genannt), von wegen, hinter deinem Rücken wucherte der Spott. So geht es weiter, im neckischen Stakkato. Wieso hat Boris sie angesprochen, damals? Ohne Absicht, angeblich, wie jemand, der die Straße an einer beliebigen Stelle überquert. Schwer zu glauben, weswegen Emi ihm unterstellt, er habe sich profilieren wollen vor den anderen Jungs; das habe er nicht nötig gehabt (von wegen, alle Jungs in dem Alter haben es nötig). Unstrittig ist, dass ein Gespräch zwischen zwei Eigenköpfigen folgte. Bald saßen sie täglich nebeneinander, auf der Treppe, in der Bibliothek und im Café vor der Bibliothek (sie können sich nicht einigen, wie es hieß). Sie bestärkten sich gegenseitig in ihren schon etwas abgestoßenen Idealen, zogen her über den geistigen Hochleistungssport der anderen Studis, die Bildungsgewichte stemmten, um nach ihrem Abschluss Unternehmensberater oder Investmentbanker zu werden.

Mit einem Nebensatz wird Emi ernst.

»Wer ist dieser Typ?«

»Ich habe euch doch schon vorgestellt.«

»Was macht er hier? In Pantoffeln auch noch.«

Das ist der erste Satz, den Emi an mich richtet. Ich ahne, wieso selbst Linebacker sie gemieden haben.

»Wir arbeiten zusammen.«

»Du arbeitest mit jemandem zusammen? Bist du etwa zu gemeinnützigem Dienst verurteilt worden?«

»Wir sind ein Team.«

»Boris spielt Doppel, ich fass es nicht.«

»Wir haben ein ziemlich großes Drama am Hacken, und ich glaube, es gibt Überlappungen mit deiner Geschichte.«

»Musst schon mehr Butter bei die Fische geben.«

Boris erzählt Emi zu meinem Erstaunen alles.

»Wow.«

»Nicht wahr, wie.«

»Du willst, dass wir unsere Ressourcen bündeln?«

»Uns austauschen.«

»Ich kenne den da aber nicht.«

Emi scheint unwillig, meine Anwesenheit zu akzeptieren.

»Ausgehend von dem, was wir bis dato wissen ...«, versuche ich zaghaft mein Glück.

»Ich habe so meine Erfahrungen mit Leuten, die etwas wissen und meinen, viel zu wissen, aber nicht genug wissen, um tatsächlich etwas zu wissen.«

Boris nickt, mit staatstragender Miene.

»Mit solchen Menschen hatten wir auch mal Bekanntschaft. Inzwischen gehen wir nur noch miteinander um.«

Emi beäugt mich skeptisch.

Boris lässt ihr Bedenkzeit.

»Vorschlag: Ich zeige euch erst einmal den Rohschnitt des Films, zur Einführung reicht's, danach schauen wir, ob es Überschneidungen gibt.«

In den letzten Jahren habe ich 88 Frauen interviewt. Manche von ihnen haben sich filmen lassen, manche weigerten sich, wollten anonym bleiben.

Alle waren minderjährig, als sie einen Mann namens Geoffrey Wasserstein kennenlernten.

Die meisten von ihnen sind bis zum heutigen Tag traumatisiert.

Eine Kamerafahrt durch Palm Beach, Florida: Hecken und mexikanische Gärtner, Dornen und Schwielen, ein gelber Schulbus, ein Mädchen mit hochgezogenen Socken und buntem Ranzen steigt ein. Emis Stimme: »Stell' dir vor, du bist noch jung, schön und unschuldig, voller Träume, von einem Leben in Glanz und Glorie«, der Bus fährt an, entschwindet. Eine Kamerafahrt, karibische Palmen und Sumpf-Magnolien (Magnolia virginiana), der Bus hält, WELCOME ABOARD lautet die Endhaltestelle, ein Mädchen steigt aus, sie trägt hautenge Jeans und Nagellack, sie blickt sich etwas verloren um. »Wann wird der Prinz kommen? Wann wird dich jemand in einem Cabrio über die Brücke in jenen Teil der Stadt fahren, wo täglich Träume wahr werden?« Eine Kamerafahrt vom Wasser aus, vorbei an Villen, die sich selbst übertreffen, kein Mensch zu sehen, eingepflanzter Luxus, so nah und doch so fern. »Stell dir vor, du trägst jeden Tag dasselbe Outfit zur Schule, abends wäschst du es im Spülbecken und hängst es auf zum Trocknen über rostigem Sperrmüll im Hinterhof. Stell dir vor, die Schule ist nur Ablenkung von deinem Job am Nachmittag, du arbeitest für einen Tritt unterm Mindestlohn, an einem Ort, der nach ranzigem Öl stinkt, dein Onkel hat seinen Zeigefinger in dich reingesteckt, du treibst dich stundenlang auf den Straßen herum, wenn dein besoffener Vater zu Hause alles kurz und klein schlägt.« Kamerafahrt durch einen Stadtteil des Unfertigen, wo Leben herumliegt wie verbrauchte Ware, die nicht ersetzt werden kann, alte Kühlschränke mit offenen Türen, Mikrowellen und Toaster. »Stell dir vor, eine elegante Frau spricht dich an, mit einem Anklang aus fernen Palästen, umschwärmt dich, lädt dich ein, morgen mal vorbeizukommen, um auf die Schnelle zweihundert Dollar zu verdienen, sie werde sich um dich kümmern, fürsorglich, diese vertrauenserweckende, schicke Dame mit dem aristokratischen Akzent. Und all das für eine einfache Massage.«

Eine Villa.

Ein schmiedeeisernes Tor.

Ein Fenster.

Undurchsichtiges Glas.

»Auf der Liege liegt dein Wohltäter. Er wartet auf deine Berührungen. Er dreht sich um, er ist nackt.«

Ein Mädchen sieht einen kleinen schwarzen Hund, der sich streicheln lässt, der es genießt, gekrault zu werden, sie blickt auf, vor ihr ein einnehmendes Paar. »Er mag dich«, sagt der Mann, »er mag nur wenige«, sagt die Frau. »Es gab in meiner Kindheit einen Wunschbrunnen«, so das Mädchen, »da stand ich am Abend, beugte mich vor und ließ meine Wünsche reinplumpsen.«

Ein Mann in ergrauten Jahren betritt eine Boutique, lässt seine Hände gleiten über Roll-Up-Shorts, Miniröcke, kragenlose Blusen aus Leinen und rückenfreie Tops. Er kauft alles in Größe S. Er ist in Begleitung von fünf Mädchen. Sobald er die Rechnung bezahlt hat, bittet er die Verkäuferin, die Einkaufstaschen den Mädchen zu überreichen.

»Als Erstes fragte er mich: Hast du einen Vater? Nein, der ist abgehauen. Er schien sehr zufrieden mit meiner Antwort.«

Eine nicht verständliche piepsige Stimme, ein plapperndes Mädchen, das sich Locken dreht. Das Bild verschwimmt, die Stimme einer erwachsenen Frau schleppt sich heran: »So war es beim ersten Mal. Beim zweiten Mal holte er einen Vibrator hervor, dann zog er mein Höschen runter …«

Über ein südländisch aussehendes Gesicht, offenbar Mr. Wasserstein, gleiten

Multimillionär   minderjährige Mädchen
  hinter den Mauern seiner Villa
      bis zu dreimal täglich
  exzentrischer Hedgefonds-Manager
      sexuelles Pyramidensystem
 verurteilt zu einer kurzen Gefängnisstrafe

mächtige Freunde   ein ehemaliger Präsident
der amtierende Präsident
ein Prinz aus britischem Königshaus   Sexpartys
Manhattan   New Mexico   Karibik
auf seiner Privatinsel in der Karibik

Little Saint James, Sichelstrand, eine asphaltierte Straße von einem Ende der Insel zum anderen, vom Helikopterlandeplatz zu den verschiedenen Anwesen. Auf drei Seiten Hügel, vier Halbinseln wie ausgestreckte Glieder. Acht Mädchen auf Jetskis, umrunden ein Segelboot, sie winken. So fröhlich.

Ein Lotse vom Flughafen in Saint Thomas blickt entschieden in die Kamera. »Haben wir gesehen, haben wir immer wieder gesehen, sein Gulfstream landet, und er steigt aus, und an seiner Seite, wie soll ich es sagen, kinderweibliche Gestalten, verstehen Sie, und wir wunderten uns, dass er sich so frei bewegen konnte, erst recht später, als er schon mal verurteilt war, wie konnte das sein?«

Der Herr habe viel getan für die örtliche Gemeinschaft, so ein anderer Mann, er habe fünfzig Computer gespendet, die ein lokaler Politiker an Jugendklubs verschenken konnte. Er habe zusätzliche Programme an Privatschulen finanziert. Er habe Stipendien für einen Schönheitswettbewerb sowie eine Wissenschafts- und Mathematikmesse für Kinder gesponsert. Er habe dem Gouverneur viel Geld für seinen Wahlkampf gegeben und dessen Frau fest angestellt. All dies geschah auf den Jungferninseln.

Fotografien von Prominenten. Aufnahmen von Wohltätigkeitspartys. Die einen posieren, die anderen lassen es über sich ergehen. Eine Aufnahme wechselt die andere ab, scheinbar ohne Belang, bis mir auffällt, dass Wasserstein immer wieder aus dem Hintergrund blickt, nie entspannt, nie in Schale geworfen, kein Objekt des Neids, eher ein Strippenzieher, der mit einem Kontrollblick überprüft, ob alles richtig eingefädelt ist, und manchmal lehnt sich seine aristokratische Gehilfin ins Bild, meist lugt eine Gesichtshälfte von ihr hinter dem Rücken berühmterer Gäste hervor.

Emis Stimme: »Wer ist diese freundliche, charmante Frau, die unbekannten Mädchen ein Gefühl der Sicherheit vermittelt. Die das herrschaftliche Haus mit den Worten verlässt: Ich muss Mädchen für Geoffrey besorgen. Diese Tochter eines Tycoons mit ungewöhnlichem Vornamen und falschem Nachnamen, die viel Gutes tun wollte für unseren Planeten?«

Die Stimme der aristokratischen Dame: »Wir alle sind Bürger von TerraMar, wir sind Teil einer globalen Gemeinschaft. Unsere Organisation möchte unsere Beziehung zu den Ozeanen stärken, mit Hilfe unserer digitalen TerraMar-Pässe. Sie werden einen digitalen Pass mit Ihrem Namen und Ihrer persönlichen Nummer erhalten, dass wird Ihnen ermöglichen, alle Fortschritte beim Schutz der Ozeane mitzuverfolgen. Es gibt an die 1,5 Millionen Meeresarten. Werden Sie zum Botschafter einer dieser Arten. Sponsern Sie ein Stück Meer.«

Die Meerestierschützerin hält einen Vortrag bei einer TED-Veranstaltung. Sie ist wieder auf Fotografien zu sehen, mal neben Arianna Huffington, mal neben Martha Stewart, sie lächelt an Elon Musks Seite auf der Oscar-Party von *Vanity Fair*. Sie wirft sich für Wohltätigkeit in Pose, inszeniert sich als Exhibitionistin, der Trenchcoat weit genug geöffnet, um einen Bikini aus amerikanischer Flagge freizulegen, die Dame als Domina – ich bin ein sexuelles Wesen, und niemand kann mich aufhalten –, sie tanzt auf einer Nutten-&-Kuppler-Kostümparty, in weißer Perücke, grellem Top und viel nackter Taille, eine breit grinsende Karikatur der Straßenhure. ER daneben, nicht verkleidet, ein Freier, im Alltag, im Karneval, ein Freier, der sich alles nehmen kann, der sich alles herausnimmt.

»Wir flogen in die Karibik. Auf der Insel wurde ich gleich zu ihm geschickt, zur Massage.«

Die Frau unterbricht sich, blickt in die Kamera, wiederholt

das Wort »Massage«, während sie Anführungszeichen in die Luft setzt.

»Es gab Tage, an denen er mich dreimal zu sich rief. Nicht nur mich, ich war nicht allein auf der Insel. Ich sah ein blondes Mädchen, das war ein paar Jahre jünger als ich. Es wirkte so verloren. Ich schwamm im Meer, sie saß auf einem Paddelbrett … ich wollte etwas zu ihr sagen, du musst hier weg, oder so, ich habe es nicht getan. Wir sollten immer in der Nähe des Hauses bleiben, um verfügbar zu sein, falls er uns brauchte. Er oder einer seiner Freunde, wenn er Besuch hatte, er stellte uns manchen seiner Gäste zur Verfügung. Er beschäftigte sich den ganzen Tag mit uns. Er musste drei Orgasmen pro Tag haben. Wie Mahlzeiten.«

Emis Stimme: »Diese Frau reichte Zivilklage ein gegen Wasserstein, seine Vertraute sowie drei seiner Assistentinnen. Der Fall wurde außergerichtlich beigelegt. Wie andere Gerichtsfälle auch. Schweigegeld in unbekannter Höhe.«

Aussage reiht sich an Aussage.

Der Film dauert.

Schon mehr als eine Stunde.

Ein Mann wird beschrieben, ein schwarzes Loch umkreist. Unmöglich, einen solchen Menschen auf den Punkt zu bringen.

Eine Frau: »Er war ein Meister im Austesten von Grenzen. Er hat mich erst beim dritten Treffen berührt. Davor masturbierte er vor mir, er benutzte irgendein Sexspielzeug, ich fühlte mich unwohl. Er ist nur so weit gegangen, wie er es für möglich hielt.«

Eine andere Frau: »Er sprach väterlich mit mir. Er wolle mir helfen, er wolle mir eine Ausbildung, eine Karriere ermöglichen. Er bot an, eine teure Behandlung für meine Schwester zu bezahlen. Wenn er mich sah, begann er zu zittern, so sehr wollte er an mich ran. Das hat mir den letzten Nerv geraubt.«

Eine Dritte: »Er wollte nie eine Prostituierte haben, es

ging ihm nicht um Sex, es ging ihm darum, dass er uns dazu brachte, etwas zu tun, was wir ansonsten nicht tun würden, was wir nicht tun wollten. Es ging ihm darum, unseren Willen zu brechen.«

Noch eine Frau: »Er verspricht dir ein Visum und die Aufnahme ins Fashion Institute. Er bringt dich unter in einer Upper-East-Side-Wohnung, und bevor du dich versiehst, kontrolliert er jeden Aspekt deines Lebens, dein Essen, deine medizinische Versorgung, deine körperliche Erscheinung. Er achtet auf dein Gewicht, er befiehlt seinem Koch, er soll dir nur einige Gurkenscheiben und eine Tomate geben. Du sitzt hungrig am Tisch und siehst den anderen beim Essen zu. Du wirst depressiv, du wirst zu einem Psychiater geschickt, der verschreibt dir starke Medikamente – und ER bezahlt alles. Ein Gynäkologe untersucht dich auf sexuell übertragbare Krankheiten. Ein Zahnarzt hellt deine Zähne auf. Ein Arzt gibt dir Xanax. Welcher vernünftige Arzt gibt einem Mädchen Xanax? Und wenn du in seinem schönen Haus mitten in Manhattan die Butler und Köche und Assistentinnen siehst, all diese netten Menschen … wirkt es so anständig, so normal.«

Eine weitere Frau: »Ich wurde zu einem Psychiater geschickt, dem habe ich den Missbrauch anvertraut. Er hat mich auf Lithium gesetzt.«

Und noch eine: »Da sind all diese unsichtbaren Ketten. Du kannst nicht weglaufen. Du darfst es niemandem sagen. Da sind all die Drohungen. Keiner hält dir eine Waffe an den Kopf. Nein. Sie benutzen einfallsreiche Drohungen. Sie sagen, sie wüssten, wo mein kleiner Bruder zur Schule geht.«

Emis Stimme: »Wasserstein hat über die Jahre hinweg geprahlt, er sei immun gegen Verfolgung und keiner könne an sein Geld rankommen!«

Es gibt Palm Beach West – es gibt Palm Beach Proper.

Und nichts verbindet die beiden (bestimmt nicht die drei Brücken).

Bis Himmel und Hölle stillstehen.

Eine Anzeige.

Eine polizeiliche Untersuchung.

Die Beweise türmen sich. Der Kinderschänder wird endlich der Gerechtigkeit zugeführt werden.

Ein Polizist: »Nach sechsmonatiger Ermittlung bemerkten wir eine Änderung in der Einstellung der Staatsanwaltschaft. Auf einmal zweifelte sie die Glaubwürdigkeit der Zeuginnen an, wandte sich von dem Fall ab, erteilte uns keine weiteren Genehmigungen, behinderte die Untersuchung, ja, sie haben nicht einmal zurückgerufen. Gleichzeitig bemerkten wir, dass die Strafverteidiger bis ins letzte Detail über unsere Untersuchung informiert waren.«

Der Staatsanwalt: »Wir wurden von seinen Anwälten ständig unter Druck gesetzt.«

Die Anwälte (Archivmaterial aus ruhmreichen Tagen):

FOTO 1: Jay Lefkowitz, Mitarbeiter des Weißen Hauses unter Präsident George W. Bush; zeitweilig Sonderbeauftragter für Menschenrechte.

FOTO 2: Roy »Professor« Black, Strafverteidiger, berühmt dafür, einen Spross der Kennedy-Familie von einer Anklage wegen Vergewaltigung freibekommen zu haben.

FOTO 3: Gerald Lefcourt, 1993 von seinen Kollegen zum US-amerikanischen Strafverteidiger des Jahres gewählt. Sitzt im Vorstand der Foundation for Criminal Justice, die von Wasserstein eine Spende in Höhe von 250 000 Dollar erhielt.

FOTO 4: Alan Dershowitz, Juraprofessor in Harvard, Strafverteidiger von O. J. Simpson, Harvey Weinstein und dem Hare-Krishna-Guru Kirtanananda, der 1991 wegen Betrug und Anstiftung zum Mord verurteilt wurde. Das Berufungsgericht hob das Urteil auf, weil Beweise für Kindesmissbrauch die Jury negativ beeinflusst hätten. Jahre später stellte eine interne Untersuchung fest, dass er zwei Jungen sexuell belästigt hatte.

FOTO 5: Kenneth Starr. Unabhängiger Ermittler in der Untersuchung gegen Präsident Bill Clinton, die zu einem Amtsenthebungsverfahren führte. 2013 setzte er sich öffentlich für einen pensionierten Lehrer ein, der fünf Schülerinnen sexuell belästigt hatte: »Gemeinnützige Arbeit wäre eine viel bessere Strafe, als ihn im Gefängnis schmoren zu lassen.« Der Lehrer wurde zu 43 Jahren Haft verurteilt. 2016 als Präsident der Baylor-Universität entlassen, weil er Berichte über Vergewaltigung und sexuelle Gewalt missachtet hatte, die von sechs Studentinnen vorgebracht und im Laufe der Untersuchung bestätigt wurden.

Emis Stimme: »Schritt für Schritt gibt der leitende Staatsanwalt nach, beugt sich den Forderungen der Rechtsanwälte, als wäre das Recht allein auf ihrer Seite. Die Opfer werden marginalisiert, die Medien ausgeschlossen. Die Staatsanwaltschaft schließt eine außerordentliche Vereinbarung ab, mit der das Ausmaß von Wassersteins Verbrechen und die Anzahl der beteiligten Personen verschleiert werden soll. Wasserstein bekennt sich der Prostitution in zwei Fällen schuldig, in einem davon mit einer Minderjährigen. Seine Strafe: 18 Monate im Bezirksgefängnis. Die FBI-Untersuchung wird eingestellt. Die Vereinbarung gewährt ›allen potenziellen Mittätern‹ Immunität. Sie bleiben anonym.«

Wer hat den Kinderschänder geschützt?

Welche Interessen standen hinter dieser Farce?

Der Film schmerzt in den Eingeweiden.

Emis Stimme: »Die Vereinbarung wurde vom Gericht genehmigt und besiegelt, somit gesetzeswidrig vor den Opfern geheimgehalten. Wasserstein wurde in einem privaten Flügel des Palm Beach County Stockade untergebracht. Ihm wurde erlaubt, das Gefängnis sechs Tage die Woche für zwölf Stunden am Tag zu verlassen, um in einem komfortablen Büro seiner Arbeit nachzugehen und weiterhin Mädchen zu misshandeln. Nach dreizehn Monaten wird er entlassen.«

Ein letztes Mal kommt der Täter ins Bild. Eine Fotografie, auf der er einige Meter vor einem Mädchen mit lockigen Haaren steht, das mit der grauen Wand zu verschmelzen versucht. Auf seinem Gesicht Raubtierfrieden, auf dem Gesicht des Mädchens kaum unterdrückte Panik.

»Wir waren bei ihm zu Hause eingeladen und unvermittelt sagt er uns, wir könnten, wenn wir ihn googeln sollten, zu dem Schluss gelangen, er sei ein schlechter Mensch, aber das, was er getan habe, sei nicht schlimmer, als einen Bagel zu klauen.«

Das sagt ein Bekannter von Geoffrey Wasserstein.

»Ich bin nicht pädophil. Das ist jemand, der Sex mit Kindern hat, so was habe ich nie getan.«

Das sagt Geoffrey Wasserstein.

Der Film dauert.

Stunden.

Boris traut sich nicht, eine Pause vorzuschlagen.

Mein Bein ist eingeschlafen.

Alles ist konkret, meist vorgetragen von Frauen mit ausgewaschenen Gesichtern, unerträglich konkret, von Frauen mit festgenagelten Augen, deren Blick zu oft zur Erinnerung geschleppt wurde.

»Die Aussagen sind natürlich stark gekürzt«, erklärt Emi. »Vielleicht hilft es euch, einige der Interviews vollständig zu sehen?«

Was für eine Arbeit. Emi hat Zehntausende Dokumente studiert. Sie hat die betroffenen Frauen kontaktiert, ihr Vertrauen erworben. Viele von ihnen sprachen zum allerersten Mal über den Missbrauch vor laufender Kamera. Unvorstellbar, woher Emi die Kraft genommen hat, sich jahrelang mit diesem Thema zu beschäftigen.

»Und, was sagst du?«

Direkt an mich gerichtet.

Ich schweige, länger als höflich.

»Was ist das für eine Welt, in der sich sofort jemand findet, der einen nicht existierenden Kinderschänderring zerschlagen will, aber jahrzehntelang niemand, der gegen einen derart offenkundigen Missbrauch vorgeht?«

Emi verabschiedet sich mit einer kameradschaftlichen Umarmung.

IN DER NÄHE VON MIAMI,
IN DER NÄHE VON ANTALYA

Boris hat Freude daran, mich schon früh am Morgen aufzu-
ziehen. Wenn der Kaffee noch mehr Geruch als Geschmack ist.
Er schreit auf, trommelt auf den Tisch, ein ›V‹ für Victory und
die Faust für einen K. o.-Schlag, er strahlt mich an mit seinen
Espressoaugen (diesen Vergleich habe ich von Emi übernom-
men), ich springe auf und stehe sogleich neben ihm, mit der
Erregung eines Jägers blicke ich auf den Screen …

Bericht des Miami Office of US Immigration and
Customs Enforcement
Betreff: Schmuggel von bedrohten Tierarten

»Ich sag nur Boa constrictor.«
Boris gluckert in sich hinein.
»Du bist ein Depp.«
»Der Name hat mich als Kind total fasziniert. Constrictor!
Das schnürt einem doch gleich den Hals zu.«
»Ich habe keine Zeit für deine Schlangereien.«
»Pythons sind auch nicht schlecht, die Namen musst du
dir mal in den Ohren zergehen lassen: Blutpython, Tigerpy-
thon, Königspython, Felsenpython, Netzpython. Fertig ist das
Gedicht.«
»Du bist ein Oberdepp.«
Den Streich lasse ich nicht auf mir sitzen. Mit Schlangen

kann man nicht nur Zigarettenetuis überziehen (mit der Haut der südlichen Madagaskarboa, nicht schön, aber selten), sondern auch Geschichten erzählen. Das werde ich Boris unter die Nase halten. Deswegen, allein deswegen, vertiefe ich mich in diesen Bericht eines Mitarbeiters des Fish and Wildlife Service, dessen Empörung zwischen den Zeilen seines professionellen Protokolls zu spüren ist. In Port Everglades wurde eine auf einem Containerschiff eingeführte Jacht routinemäßig durchsucht. Gefunden wurden neben dem erwähnten Zigarettenetui einige mit Python- und Anakondahäuten gepolsterte Barhocker, ein in Elefantenhaut eingeschlagener Humidor, sieben geschnitzte Elefantenzähne, einige Jaguarfelle, ein mit Zebrafell überzogenes Kinderbett, der Kopf eines bengalischen Tigers sowie die fein präparierten Kadaver von 29 verschiedenen, allesamt vom Aussterben bedrohten Tieren.

Die Rückkehr von Noahs Arche als Mumienkabinett.

Schmuckstücke oder Plunder?

Das war nicht irgendeine Jacht, das war die *Mystère*, ein 50-Meter-Luxustraum. Der Eigentümer: Tamir Sapir.

»Gotcha!«, sage ich zu Boris. Seine hochgezogenen Augenbrauen müssen sich gedulden. Umständlich ausführlich erzähle ich ihm von den etwa 150 000 fremdländischen Pythons in den Everglades, ausgesetzt von naiven Haltern, die überfordert waren, als die anfänglich niedlichen Reptilien zu gigantischen Monstern auswuchsen. In den schwül-warmen Everglades (ich persönlich finde sie zu insektenintensiv) vermehrten sich die Neuankömmlinge rasant, fraßen sich bald durch die gesamte örtliche Taxonomie.

»Ich ergebe mich.« Boris hängt in den Seilen. »Bitte keine Pythons mehr.«

Den Schlangen sei Dank. Ihretwegen habe ich nach weiteren Informationen über die *Mystère* gesucht, dem »schönsten Privatschiff der Welt«, mit 16 Suiten, einer Goldtreppe, einem Kino, einem türkischen Bad und einem Hubschrauberlandeplatz. Sie taucht gelegentlich im Internet und eines Tages vor Antalya auf, zur Feier des zweiundfünfzigsten Geburtstages von Tevfik Arif (Mr. Bayrock), einem Fest, dem mehrere buchweit bekannte Figuren die Ehre erwiesen, darunter Alexander Maschkewitsch auf seiner *Lady Lara*, die mit ihren 90 Meter Länge die *Mystère* klein aussehen lässt. Unter Oligarchen ist die Größe der eigenen Jacht überaus bedeutsam. *Lady Lara* ist nicht nur lang, sie ist auch kaum einzuholen, sie trägt einen Helikopter an Bord, einige kleine U-Boote, Flugabwehrraketen. Eine schwimmende Festung samt SWAT-Team.

Die Gäste kamen aus aller Welt, aus St. Petersburg, von der Côte d'Azur, aus der Ukraine und Israel, aus Moskau, sie reisten an mit Jacht und Privatjet. Unter ihnen ein Eishockeystar, ein Drei-Sterne-Koch sowie der türkische Ministerpräsident Recep Tayyip Erdoğan. Nicht alle aus der erweiterten Bayrock-Familie konnten persönlich anwesend sein, weswegen spät am Abend ein Millionär aus Manhattan seine Aufwartung per Videokonferenz machte. Das vertraute Bild von Schiefer Turm erschien auf einem großformatigem Screen, vor dem sich die Gäste versammelt hatten.

»Tevfik ist mein Freund.« Schiefer Turm schenkte den Versammelten ein breites Grinsen.

»Lasst uns auf Tevfik anstoßen!«

Die Gläser klirrten kristallen.

»Wir haben Großes vor, mit Tevfik und Tamir, wo seid ihr, ihr Gauner, das wird ein Deal, wie ihn die Welt noch nicht gesehen hat, lasst uns auch darauf anstoßen: Auf Geld und Weltfrieden!«

»Auf Geld und Weltfrieden!«

Rotorblattwirbel, am Horizont wird ein Teppich ausgeklopft, das Klopfen erreicht innerhalb von Augenblicken die Reling, eine Hubschraubereinheit der türkischen Militärpolizei stürmt die Jacht. Nicht bei diesem Fest, sondern einige Jahre später. Die Gäste allesamt im Bett, mit ›Models‹ aus Russland und der Ukraine, einige von ihnen minderjährig. In jedem der Räume Dutzende von Kondomen. Der Staatsanwalt erklärt der Presse, die Jacht sei wiederholt für sexuelle Eskapaden benutzt worden. Arif und Maschkewitsch werden wegen des Verdachts auf Menschenhandel und Prostitution verhaftet. Arif in der Folge unter mysteriösen Umständen freigesprochen, Maschkewitsch nie angeklagt.

Boris übernimmt die weitere Erzählung.

»Was wir über Arif noch anmerken müssen. Dieser in Kasachstan geborene Türke mit muslimischem Namen ist einer der größten Spender der Chabad von Port Washington, Long Island, er hat so viel gespendet, er wurde in deren Chai-Kreis aufgenommen.«

»Ich verstehe kein Wort.«

»Wirst du, wirst du.«

»Woher weißt du so was?«

»Bei der Chabad kenn ich mich aus. Meine Schwester ist bei denen höchst aktiv.«

»Du hast eine Schwester?«

»Traust du mir keine Schwester zu?«

»Du hast ein besonderes Talent, mit deinen Segnungen hinterm Berg zu halten.«

»Meine Schwester ist keine Segnung, sondern orthodox. Na ja, zumindest tief gläubig. Und über deine Familie weiß ich gar nichts, außer dass der mazedonische Großvater den politischen Durchblick hatte und die Großmutter hellsichtig war.«

»Und was ist Chabad?«

»Die So-fromm-wie-möglich-Schule. Wenn du nicht alle Gebote einhalten kannst, halte so viele ein, wie du kannst. Eine chassidische Sekte. Meine Schwester aber, die nimmt's nicht so locker, die ist mer frum vi der Rebbe, die pilgert regelmäßig zum Grab von Menachem Schneerson nach Queens, zum Grab des Messias, wie sie glaubt. Und wen trifft sie dort, das erzählt sie mir auch noch stolz: die Tochter und den Schwiegersohn von Schiefer Turm. Die beten am Grab des Messias für einen Wahlsieg, mit Erfolg, weswegen meine Schwester nun überzeugt ist, dass Gott Schiefer Turm auserwählt hat, so wie schon Mikhail Iwanowitsch zuvor.«

»Wie bitte.«

»Gott wirkt auf unerfindlichen Wegen.«

»Der höchste Verschwörer.«

»Er hat zwei Oligarchen rekrutiert.«

»Wer jetzt?«

»Du musst wirklich besser aufpassen. Gott rekrutiert Mikhail Iwanowitsch und der wiederum zwei Vertraute, Roman Abramowitsch und Lew Lewiew, damit die eine religiöse Organisation namens ›Föderation der jüdischen Gemeinschaften Russlands‹ gründen, um alle Gemeinden unter der Leitung von Chabad und des ihm treu ergebenen Rabbiners Berel Lazar zu vereinen. Die Chabad-Anhänger bildeten zwar nur einen kleinen Teil der russischen Juden, aber die neue Organisation erhält reichlich staatliche Unterstützung, restauriert Dutzende von Synagogen, baut im ganzen Land Gemeindezentren. Kaum haben Abramowitsch und Lewiew den neuen Rabbiner auserkoren, wird er vom Kreml als Oberrabbiner Russlands anerkannt. Seitdem erscheint er bei öffentlichen Veranstaltungen häufig an der Seite von Mikhail Iwanowitsch.«

»Es gab doch schon einen Oberrabbiner?«

»Natürlich, vom Russischen Jüdischen Kongress auch anerkannt. Der hat sich mächtig beschwert, hat ihm wenig geholfen. Durch diesen Coup stand der Verband der Jüdischen Gemeinden Russlands dem Kreml sehr nahe.«

»Und was hat der davon?«

»Der Rabbiner Lazar bellt höchst verlässlich. Gegen Freunde und Glaubensbrüder, wenn nötig. Und er trillert vom Balkon des Kremls, es entspreche nicht dem jüdischen Weg, die Regierung in Frage zu stellen.«

»Da sage ich nur ein Wort: Constrictor.«

»Siehst du, wie weit uns Boas und Pythons bringen, du Kleingläubiger, du.«

»Zurück zur Arbeit.«

»Wir sind schon mitten drin. Ich erklär dir mal die Zusammenhänge. Der Lewiew, der ›König der Diamanten‹ und einer der größten Geldgeber der Chabad, hat höchst interessante Geschäfte mit dem Schwiegersohn von Schiefer Turm betrieben. Einen Monat bevor dieser seine Kandidatur für die Präsidentschaft ankündigt, verkauft er dem Schwiegersohn vier Stockwerke im ehemaligen Gebäude der *New York Times* für läppische 296 Millionen Dollar, viel weniger als das, was er knapp zehn Jahre davor dafür bezahlt hat, und die Windelmänner von unserer deutschen Bank erteilen dem Schwiegersohn daraufhin einen extrem großzügigen Kredit in Höhe von 285 Millionen Dollar. Der Schwiegersohn versäumt es, dieses kleine Darlehen anzugeben, als er der Regierung beitritt.«

»Was sagt deine Schwester dazu?«

»Die hört sich an, was ich ihr so erzähle, zum Beispiel was Felix Sater auf dem Kerbholz hat, immerhin wurde er 2014 von ihrem Chabad-Haus zum ›Mann des Jahres‹ gewählt. Mir gegenüber reagiert sie nicht, aber bei nächster Gelegenheit stellt sie ihren Rabbiner zur Rede: Stört es Sie nicht, von solchen Leuten Geld anzunehmen? Weißt du, was der antwortet? Heilige gibts im Himmel. Wer hier ist, ist kein Heiliger. Nicht ich, nicht du, und der Spender auch nicht.«

»Kurz und bündig.«

»Ende der Durchsage.«

IM NEUNTEN KREIS DER HÖLLE

Zu Beginn ihrer Recherche überreichte ein Ermittler aus Palm Beach Emi zweihundert Stunden Filmmaterial. Später, viel später ergatterte sie eine Kopie von Wassersteins berüchtigtem schwarzen Notizbuch. Von wem, will sie uns nicht verraten. Darin Adressen. Von Mächtigen und Geknechteten. Ein italienischer Graf neben einer kalifornischen »Masseuse«. Ein saudischer Prinz neben einer tschechischstämmigen Pilotin, Milliardäre, die im Hintergrund agieren, und Juraprofessoren, die höchst öffentlich vor Gericht argumentieren. Minutiös verglich sie diese Angaben mit den teilweise zugänglichen Protokollen seiner Flugreisen: Datum, Flugzeug (B 727–314), Flugzeugnummer (N908JE), Ort des Abflugs und der Ankunft sowie die Zahl der Landungen, unter »Bemerkungen« die jeweiligen Passagiere, mal Initialen (GW), mal weibliche Vornamen, mal die Nachnamen von Milliardären, Politikern und Nobelpreisträgern.

»Das zusammenzutragen hat mich Monate meines Lebens gekostet.«

Was also ist wahr an den schrecklichen Gerüchten, die Mr. Welch zu Ohren gelangt sind, weswegen er schwer bewaffnet in seinen Jeep stieg und nach Washington, D.C. fuhr?

Hillary Clintons Name taucht überhaupt nicht auf. Dafür jener ihres Ehemannes umso häufiger. William Jefferson Clinton unternahm 26 Reisen mit Wassersteins speziell ausgestatteter Boeing 727, um in Afrika die Demokratie zu stärken, die Armut zu lindern und Aids zu überwinden. Begleitet von bekannten Schauspielern und weniger bekannten jungen Frauen. Eine von ihnen hat Wasserstein über Jahre hinweg Mädchen zugeführt. Ein Dutzend Flüge in Gesellschaft einer Mittäterin. In einer kleinen, gemütlichen Runde. Auf vier der Flüge heißen die Frauen (Mädchen?) »Janice« und »Jessica«, einmal reist eine Erotik-Schauspielerin mit nach Afrika, die vor Gericht ausgesagt hat – erst vor kurzem, wie uns Emi aufklärt –, dass sie von Wasserstein vergewaltigt wurde und unzählige Male Zeugin von Missbrauch war. Niemand weiß, was sich auf den langen Flügen zugetragen hat. Gab es Walt-Disney-Filme und Martinis? Lustige Stimmung, nette Unterhaltung? Fielen die blutjungen Frauen (Mädchen?) nicht auf? Gab es keine einzige Anzüglichkeit? Berührte Wasserstein, der sich dreimal täglich an Mädchen vergriff, keine einzige der jungen Passagierinnen? Ist dem hohen Gast nie zu Ohren gekommen, dass Wassersteins Jet unter Fluglotsen und Journalisten »Lolita Express« genannt wurde? Und wieso verzeichnet das schwarze Notizbuch 21 Kontaktnummern und E-Mail-Adressen des 42. Präsidenten der Vereinigten Staaten? Wieso war es wichtig, dass Wasserstein ihn jederzeit überall erreichen konnte?

»Keine der Frauen hat ihm sexuelles Fehlverhalten vorgeworfen«, sagt Emi, »deswegen habe ich diesen Zusammenhang nicht weiter verfolgt.«

Wir setzen uns vor den Bildschirm. Widerwillig. Der vorgestrige Tag hängt mir noch nach. Niemand wird diesen Film sehen wollen, geht mir durch den Kopf, während ich eine weibliche Stimme sagen höre: »Ich erinnere mich, dass ich Geoffrey gefragt habe, was Bill Clinton hier macht. Er lachte und sagte: ›Jetzt schuldet er mir einen Gefallen‹. Viele schuldeten ihm einen Gefallen.« Eine andere Stimme: »Wieso er all diese VIPs einlädt, habe ich ihn gefragt, und er hat geantwortet, weil sie mir danach etwas schulden, weil ich danach etwas gegen sie in der Hand habe. Er hatte in seinem Stadthaus überall Kameras installiert, ich bin mir sicher, er hat aufgenommen, was dort geschah. Ich habe gehört, wie er die Mädchen vor einigen seiner Gäste anpries: Die sind sauber, die werden regelmäßig getestet, die verhüten, ihr könnt euch das Kondom sparen.«

Clinton behaupte, so Emi weiter, seit dem letzten Flug vor vielen Jahren keinen Kontakt mit Wasserstein gehabt zu haben, aber die Madame mit dem aristokratischen Akzent war zur Hochzeit seiner Tochter eingeladen, sie lehnt sich unweit des Brautpaares ins Bild, sie frohlockt über den freudigen Anlass (und ihre eigene Unantastbarkeit).

»Mir scheint's, Clinton hat seinen Kumpel als globalen Taxidienst genutzt.«

»Nicht nur. Wasserstein hat zur Gründung der Clinton Global Initiative vier Millionen Dollar gespendet.«

»Konnte er sich keinen Charterflug leisten? Sich von einem vorbestraften Sexualstraftäter herumfliegen zu lassen, das macht sich doch nicht gut, wie?«

»Was ist, wenn all das, was Wasserstein getan hat, für Männer wie Clinton eine Petitesse ist, etwas befremdlich, etwas irritierend, aber nicht widerlich, nicht abscheulich? Was ist, wenn sie tief im Inneren so ein Verhalten gar nicht verurteilen?«

»Gemäß dem männlichen Motto: Wer ohne Begier ist, der werfe den ersten Stein.«

Wir schweigen.

Lange.

»Vor ein paar Jahren habe ich einen leitenden Beamten des Weißen Hauses interviewt, also einen ehemals leitenden Beamten, wegen einer anderen Geschichte. Der Name Wasserstein fiel. Ich weiß nicht mehr, in welchem Zusammenhang. Ich hatte gerade begonnen, mich mit ihm zu beschäftigen, aber das wusste der Beamte nicht. Er versicherte mir, Wasserstein sei ein guter Kerl, ein charmanter Typ. Nützlich zudem. Er kenne jede Menge reiche Araber, sogar den Kronprinzen von Saudi-Arabien, außerdem habe er clevere Ideen, was kreative Anleihen betrifft und so. Und dann, als Nachtrag, wie ein nebensächliches Addendum, hat er hinzugefügt: Zugegeben, er hat ein Mädchenproblem.«

* * *

Emi verweist auf weitere Verflechtungen, von denen wir wenig wussten (sie ist erstaunt, wie sehr wir uns von der Welt abgeschottet haben, um sie besser zu begreifen).

»Ein Märchen der besonderen Art. Ein englischer Prinz reist nach New York, Wasserstein stellt ihm ein Mädchen vor, der Prinz fragt, wie alt es sei, und alle lachen über die Frage, und die schicke Dame an seiner Seite bemerkt, das Mädchen sei schon zu alt für Geoffrey, er werde es bald eintauschen müssen.«

Boris und ich winken ab.

»Ein degenerierter Adliger, das ist ein sozialer Blinddarm, der sich regelmäßig entzündet. Interessiert uns nicht.«

Boris blättert Wassersteins schwarzes Notizbuch durch, metaphorisch gesprochen.

»Warte, warte, warte«, ruft er aus. »Was macht der denn hier?«

Er zeigt auf den Namen Steven Hoffenberg. Ich kenne nur einen Hoffenberg, einer der größten Betrüger aller Zeiten, nach langer Haftstrafe wohnhaft im Turm von Schiefer Turm.

»Derselbe?«

Boris beschreibt seine kriminelle Karriere in drei Sätzen. Emi bestätigt kopfnickend.

»Auf den muss ich im Film leider verzichten.«

»Können wir das vollständige Interview mit ihm sehen?«

Der wiedergeborene Hoffenberg, gekleidet wie Woody Allen an einem besonders schlechten Tag, wirkt vor der Kamera voller Reue, ein Sünder, der seine Verfehlungen feierlich hisst.

Er erzählt von seinen Verbrechen mit der Abgeklärtheit eines entkeimten Gewissens: »Wissen Sie, wer aus dem Schneeballsystem, das ich in Gang gesetzt habe, eine Lawine gemacht hat? Wasserstein! Er hat die Sache forciert, er wollte höher hinaus, immer höher, und ich, es schmerzt mich zu sagen, ich habe mich mitreißen lassen.

Seit 1987 kannte ich ihn. Ein gemeinsamer Freund, ein Waffenhändler, hat ihn mir vorgestellt. Er hatte Beziehungen und eine außergewöhnliche Persönlichkeit.

Er besaß ein Talent, dir das zu sagen, was du hören wolltest.

Er half Reichen, ihr Geld zu verstecken oder Geld zu finden, das sie verloren hatten.

Er lebte über seine Verhältnisse. Zeitweilig schlief er auf dem Sofa seines Anwalts.

Er folgte einem einfachen Prinzip: Wenn du in Schwierigkeiten bist, verdopple den Einsatz, steigere den Betrug.

Wir trieben Schulden ein. Das war unser Geschäft. Wir kauften Schulden, die andere Firmen abgeschrieben hatten, für einen Appel und ein Ei. Das brachte gutes Geld ein, aber nicht genug. Also verkauften wir Anleihen an Investoren, die allein durch die Außenstände gedeckt waren. Durch unsere vorgebliche Zuversicht, einen Großteil davon eintreiben zu können. Aber auch das reichte uns nicht. Wir begannen, Schuldner und Summen zu erfinden, mit Namen aus dem Telefonbuch, falsche Rechnungen auszustellen. Wir luden potenzielle Investoren ein, das war Wassersteins grandiose Idee, in unsere schick eingerichtete Zentrale. Ein ganzes Stockwerk bestand aus halboffenen Arbeitsplätzen, besetzt mit unseren geschäftigen Mitarbeitern. Kaum trafen die Investoren ein, begannen sie eifrig zu telefonieren, gelegentlich hörte man jemanden sagen: Wenn Sie nicht zahlen bis zum ... wir können gemeinsam einen Rückzahlungsplan erstellen ... das ist besser für Sie, haben Sie eine Ahnung, was ein Gerichtsverfahren Sie kosten würde? Die Besucher waren schwer beeindruckt, eine Hundertschaft von bissigen Eintreibern und zig Tausende von Schuldnern – was konnte da schon schiefgehen. Wir verdienten Millionen. Wasserstein schlug vor, zwei Versicherungsgesellschaften zu erwerben und deren Rücklagen zu plündern. Ich will mich nicht rausreden, ich habe gesündigt, aber er, er war in den dunkelsten Grotten des Geldwesens unterwegs, er war ein Meister der blinden Flecken und toten Winkel. Ein Schlammkriecher. Kurz bevor die polizeiliche Untersuchung abgeschlossen wurde, wenige Wochen bevor ich verhaftet wurde, verschwand er plötzlich. Hat ihn jemand gewarnt? Hat er mich verraten? Wie ist es ihm gelungen, spurlos zu verschwinden?

Ich weiß es nicht.«

So weit die Aussage Hoffenbergs.

»Glück oder Geschick?«, fragt Emi.

»Wo sind übrigens die Akten der Hoffenberg-Untersuchung?«

»In Brooklyn.«

»Du machst Witze.«

»Nein, ich weiß sogar, wo.«

»Die müsste man durchsehen.«

»Wer soll das denn machen?«

»Vor allem, wer soll's finanzieren?«

Wir gehen hinaus. Der frischen Luft wegen. Emi führt. Ihr scheint Wind nichts auszumachen. Boris und ich ziehen den Reißverschluss unserer Jacken hoch, beugen unsere Köpfe, ducken uns ein wenig. Sie hingegen bleibt aufrecht, ihr Regenschutz flattert im aufgeregten Kontrast zu ihrem ruhigen Gesichtsausdruck. Wir erreichen ein Lagerhaus in einem mir unbekannten Teil der Stadt.

»Dort sind sie, die Kisten mit den Unterlagen.«

»Wenn wir einbrechen …«

»Wir sollen einbrechen, um die Beweise für ein Verbrechen zu stehlen?

»So ungefähr.«

»Das ergibt keinen Sinn.«

»Ein Vergehen, das begangen wird, um ein größeres Verbrechen aufzuklären, ist gerechtfertigt.«

»Euer kleiner Disput geht völlig an der Sache vorbei. Da drin sind zehntausende Dokumente. Habt ihr eine Ahnung, wie es in meiner Wohnung ohnehin schon aussieht? Kisten und Kisten und Kisten, dieser Fall verdrängt mich aus der eigenen Wohnung, da ist bald kein Platz mehr für mich, versteht ihr?«

Wir müden Helden schweigen.

Emi und ich setzen den Spaziergang fort, Boris kehrt heim. Sie schlendert, schnellen Schrittes. So wie ich. Erzählt mir von ihren Anfängen als Dokumentarfilmerin, von ihren depressiven Anfällen. Von Aufwand, harter Arbeit und dem Frust, nicht herausfinden zu können, was hinter den Kulissen tatsächlich geschehen ist.

»Er wird nie einer gerechten Strafe zugeführt werden. Niemals. Mir bleibt nur die Suche nach Erklärungen.«

»Als Ersatz für die ausbleibende Gerechtigkeit?«

»So ungefähr.«

Die Sonne bricht hervor, das grelle Licht sticht uns in die Augen.

Ich möchte das Thema wechseln. Wenn ich nur wüsste, wie.

»Niemand begreift, was diese Frauen durchgemacht haben, nicht die Polizisten, nicht die Staatsanwälte, nicht die Öffentlichkeit. Eine der Frauen ist bei der ersten Begegnung in Palm Beach schon nach wenigen Minuten aus seinem Haus gerannt, sie wurde nicht missbraucht, und doch ist sie traumatisiert, bis zum heutigen Tag. Sie sitzt daheim und malt sich aus, was hätte passieren können. Sie kriegt den einen Tag, den einen Moment nicht mehr aus dem Kopf.«

»Komm.« Emi zerrt mich die Treppen der nächsten Subway-Station hinunter. Wir steigen irgendwo aus, ich passe nicht auf, weil ich auf jede Bewegung, jede Regung von Emi achte. Sie ist eine Fremdsprache, die ich so schnell wie möglich lernen möchte. Unsere Hände umklammern die Haltestangen, inmitten einer Kakophonie der Gerüche erhasche ich ihren natürlichen Duft.

Wir steigen irgendwo auf der Upper East Side aus.

Stehen vor einem Anwesen.

Schwere hohe Pforten.

»Zuerst dachte ich, hier leben mehrere Parteien, aber nein, er lebt hier allein, in der größten Privatresidenz Manhattans.«

»Wenig zu sehen.«

»Mach die Augen zu. Geh hinein. Die Eingangshalle ist mit Augäpfeln dekoriert, jeder einzeln gerahmt, aus England importiert, hergestellt für invalide Soldaten. Weiter hinein. Jetzt bist du im Marmorfoyer, neben dir eine gigantische Skulptur eines nackten afrikanischen Kriegers. Du gehst die Treppe hinauf. Der erste Stock ist dem Barock gewidmet. Auf jedem Stockwerk eine andere Epoche, bis zur Postmoderne unterm Dach. Du suchst das Badezimmer auf. Ich muss es dir zeigen, es ist unter der Treppe versteckt, es ist mit Blei ausgekleidet und mit mehreren Fernsehbildschirmen sowie einem Telefon ausgestattet ...«

»Darf ich die Augen aufmachen.«

Anstelle einer Antwort ergreift sie meine Linke – ihre Hand fühlt sich samten an –, führt mich durch hupende Finsternis. Eine Prüfung? Ich kneife die Augen zu. Solange ich sie geschlossen halte, wird sie meine Hand nicht loslassen. Mitspielen bedeutet, im Spiel zu bleiben. Der Verkehrslärm zieht sich zurück, aufgedrehte Kinderstimmen verdrängen aufjaulende Motoren.

»Streck die andere Hand aus.«

Ich berühre etwas Glattes und Kaltes, streiche über das Unvertraute.

»Kannst du erraten, was es ist?«

»Nur mit offenen Augen.«

Emi zieht mich ein wenig zur Seite, leitet meine Hand fast vertikal über eine hubbelige Oberfläche. Jetzt kann ich sie ohne

Ablenkung riechen (ich habe Gerüche noch nie beschreiben können).

»Ich hab's – das hier ist eine Nase und das ein Mund, oh, was für Zähne. Das muss eine Krempe sein, das wohl ein Hut.«

»Also?«

»Ein Mann mit Hut.«

»Also?«

»Eine Skulptur eines Mannes, der einen Hut trägt.«

»Jetzt solltest du die Augen öffnen.«

Vor mir Emis Gesicht, strahlend, zu beiden Seiten ihrer Mundwinkel feine Falten, hinter ihr zwei Jungs, die auf einen Pilz klettern, von diesem aus einen größeren Pilz erklimmen, von dort aus auf einen tischgroßen Pilz steigen, zu einem hockenden Mädchen.

»Alice?«

»Und der Hutmacher.«

»Ich ziehe den Hut.«

Emi vollführt einen Knicks.

»Zeit für Tee.«

»Mit Ingwerkeksen?«

»Ganz nach meinem Geschmack.«

Ich beginne zu summen. Ein Lied aus Kindertagen. Die Worte kehren zu mir zurück durch die Hintertür der Melodie.

»Es brillig war, die schlichte Toven.«

»Was ist das denn?«

»Lewis Carroll auf Deutsch.«

»Als Lied?«

»Eine Komposition meines Vaters.«

Ich singe weiter: »Wirrten and wimmelten in Waben.«

»Dein Vater war Komponist?«

»Eigentlich nicht. In seiner Freizeit vertonte er Nonsens-Gedichte, und die ganze Familie musste sie auswendig lernen.«

»Bringst du's mir bei?«

»Das kostet dich mindestens ein Dutzend Ingwerkekse.«

»Abzocker!«

»Nonsens sei Preis.«

* * *

Zurück zu Hause (so empfinde ich die Zentrale unseres Konsiliums inzwischen), breiten wir uns auf der Couch aus. Feinfühlig lässt Boris uns allein. Unsere Schultern berühren sich. Irgendwann auch unsere Hände.

Emi kann von dem einen Thema nicht ablassen.

»Seine Gäste, seine hochgebildeten, wohlhabenden und renommierten Gäste, all diese Wissenschaftler, Philanthropen, Kunstmäzene und Politiker, die bei ihm ein und aus gingen, sie haben ihm Legitimität verliehen. Einige von denen haben sich für ihn nach seiner Haft eingesetzt. Er kehrte als registrierter Sexualstraftäter nach New York zurück, und sie akzeptierten seine Einladungen, sie hofierten ihn, sie beratschlagten sich mit ihm, Titanen wie Bill Gates trafen ihn, besprachen mit ihm ihre wohltätigen Ambitionen.«

»Hältst du es für möglich, dass diese Leute nichts wussten?«

»Die Frage kannst du dir selbst beantworten. Stell dir vor, du hast ihn letzte Woche getroffen, er war wie immer umgeben von Frauen, heute triffst du ihn wieder, es sind andere Frauen um ihn herum, Frauen, denen du nicht ansiehst, ob sie über oder unter achtzehn Jahre alt sind, du sprichst mit ihm über Künstliche Intelligenz oder Quantenphysik oder einfach nur über Geld, während Mädchen hereinkommen und dich höflich begrüßen, bevor sie in ein anderes Zimmer verschwinden. Würdest du nicht wenigstens kurz überlegen, was sie dort machen? Wieso sie alle schön und hellhäutig und blond und blutjung sind? Im Dunkeln tappen nur jene, die absichtlich die Augen verschließen. Das sind die Schlimmsten. Die ihre Mitmenschen verraten, weil sie das offenkundig Böse tolerieren.«

Emi bittet mich, sie abzulenken. Ich erzähle ihr einige An-
ekdoten von Nasreddin Hodscha. Sie lacht, so wie man unter
Wasser Luftblasen von sich gibt.

Wir liegen nebeneinander.

Wir umarmen uns.

Als ich die Augen schließe, um sie intensiver zu spüren, sehe
ich die Frauen aus ihrem Film. Jedes einzelne Gesicht. Als sei ich
zum ewigen Hören ihrer Klagen verdammt. Mit nicht nachlas-
sender Abscheu. Es fühlt sich an, als wäre jeder weitere Schritt
in die Intimität eine Zumutung. Für uns beide. Ich verfluche
Wasserstein, ich verfluche jeden, der das Zärtliche zwischen
zwei Menschen entwürdigt.

NAWAHRUDAK ODER NOWOGRUDOK
ODER NOWOGRÓDEK ODER NOVGOROD

Nach einer Woche aufreibender Arbeit sind wir bei den Eltern von Boris eingeladen. Wir drei. Zum Abendessen. Seine quirlige Mutter entspricht meinen Erwartungen nicht im Geringsten. Sein Vater hingegen ist die präzise Summe der Andeutungen seines Sohnes. Seine Augen funkeln vor diebischer Vorfreude. Er kann es kaum erwarten, sich ins Gespräch zu stürzen. Während die Mutter sich letzten Vorbereitungen widmet, steht Boris hinter dem Rollstuhl seines Vaters, die Hände auf dessen Schulter. Distanziert konzentriert blicken sie auf die Hände der Mutter, auf die aufflammenden Kerzen, auf ihre ausgreifend kreisenden Arme, die im flackernden Licht Engel beschwören, die besseren Engel unseres Selbst. Als sie ihre Augen zudeckt, atme ich tief ein. Blicke in die eigenen Augen. Die Zeit dehnt sich aus. Meine Gedanken zerfallen zu Silben. Jenseits der Sorgen, die uns seit Monaten plagen, glimmt – überraschend – Zuversicht.

Ein freudvolles »Schabbat Schalom« der Mutter.

Umarmungen, verbindlich wie Unterschriften.

»Du bist mein Sonntag, mein Dienstag, mein Donnerstag«, sagt die Mutter.

»Du bist mein Montag, mein Mittwoch, mein Freitag«, erwidert der Vater.

Emi strahlt mich an. »Das sagen sie sich jede Woche.«

Zwischen den beiden ist eine beneidenswerte Intimität zu spüren.

Der Vater schlägt das Buch auf, das Boris ihm reicht.

Er rezitiert: »Alles hat seine Zeit. Geboren werden hat seine Zeit, Sterben hat seine Zeit … Krieg hat seine Zeit, Frieden hat seine Zeit.« Er gibt das Buch an Boris zurück, zusammen mit einem Umschlag.

»Was ist das?«

»Deine Mutter und ich haben beschlossen, dass es keinen wohltätigeren Zweck gibt, als deine Arbeit zu fördern, und da du seit Monaten an diesem neuen Projekt sitzt, hast du deine Reserven bestimmt bald aufgebraucht. Nimm es an.«

Mit vollem Mund beginnt Boris zu erzählen, Vater und Sohn sind zwei mit den Hufen scharrende Hengste. Es tut gut, sich in einem Raum ohne Geheimnistuerei aufzuhalten. Der Vater fragt nach, kommentiert, schüttelt den Kopf – nicht aus Überraschung. Gelegentlich fällt er ins Russische, worauf ihn seine Frau jedes Mal ermahnt, Emi wegen Englisch zu reden. Trotz seines Akzents verschmilzt an diesem segensreichen Tisch Russisch und Amerikanisch zu einer Einheit.

Steinewerfen hat seine Zeit, Steinesammeln hat seine Zeit

Je tiefer der Abend in die Nacht dringt, desto weiter zurück reichen die Erinnerungen … Der Vater betritt das Hotel Sovietski, dort sitzt der Mann, der ihm helfen könne, ganz hinten in einer Polsterecke, die Bar ist berüchtigt, Alkohol bis spät in die Nacht, in schummriger Atmosphäre. Hinter einer grandiosen Fassade sowjetischen Klassizismus' lungern Männer in Trainingsanzügen, grotesk verkleidete Schattenkrieger mit blumenkohligen Ohren und krummen Nasen, unter ihnen ein Zwerg, den der Vater von Boris so wenig beachtet wie all die anderen Statisten, er strebt schnurstracks mit dem Mut der Ausweglosigkeit auf die Ecke zu, wo ein Mann Hof hält, der wie ein dämonischer Zwillingsbruder von Buddha aussieht …

Töten hat seine Zeit, Heilen hat seine Zeit

»Und er fragt mich sogleich: Was hast du mir anzubieten?

Ich flüstere einige Namen. Er unterbricht mich schroff: Red laut und deutlich, wir sind hier unter uns. Das erschreckt mich noch mehr als die menschliche Garnitur um uns herum. Ich wiederhole laut die Namen. Er unterbricht mich erneut: So schlau wie du aussiehst, hast du die Namen bestimmt nicht aufgeschrieben. Aber jetzt kannst du sie notieren. Für mich. Das tat ich, auf der Innenseite einer Zigarettenschachtel. Weißt du, wie die Geschäfte hier ablaufen?, fragt er mich. Ich verneine. Du bekommst eine Anzahlung, du brauchst ja dringend Kohle, und wenn ich das Zeug losgeworden bin, kriegst du den Rest.«

Niederreißen hat seine Zeit, Bauen hat seine Zeit

»Wie werde ich den Rest bekommen, wir reisen in vier Wochen aus? Frage ich, und er sagt: Wir haben Leute drüben, kein Problem. Bekommst alles in sauberen Dollari.«

»Was waren das für Namen, die Sie aufgeschrieben haben?«

»Dawid Burljuk, Iwan Puni …«

»Und Vera«, fügt die Mutter hinzu, »die schöne Vera Ermolaeva.«

»Maler?«

»Was hast du denn gedacht?«

»Wir besaßen eine kleine Sammlung, die sich sehen lassen konnte.«

»Bei euch zu Hause hing ein Burljuk?«

»Im Kinderzimmer. Warf einen schweren Schatten auf meine erhitzten Träume.«

Weinen hat seine Zeit, Lachen hat seine Zeit

»Was hat der Mann denn geboten?«

»Wenig, viel zu wenig. Er rief den Kellner zu sich: Mikhas, bring mal 'ne Runde, vom guten Zeug. Wir feiern Geschäfte. Das war's. Später die Übergabe, Abschied auf Raten.«

Pflanzen hat seine Zeit, Jäten hat seine Zeit

»Es ist nicht gut gegangen. Wir waren der alten Heimat ausgeliefert. Dieses unselige Warten. Irgendwann habe ich geahnt, dass sich das Warten nicht lohnen wird, spätestens als ich von einem anderen Auswanderer hörte, dass auch er auf sein Geld wartet, natürlich ohne Namen oder Details zu nennen. Wir warteten alle.«

»Du hast dich viel zu lange an diese verrückte Hoffnung geklammert«, sagt die Mutter. »Du hast jahrelang dein mickriges Gehalt mit Erklärungen aufgebessert, wieso wir das Geld von dem Mann aus der Bar, von diesem dämonischen Buddha, eines Tages doch noch bekommen werden.«

»Was meine Eltern sagen wollen: Sie haben nie mehr was von dem Mann gehört.«

»Was er uns gegeben hat, das war kaum mehr als Proviant, den großen Rest hat er einbehalten, damit hat er, das haben wir einige Jahre später erfahren, eine Erdöl-Firma gegründet, Import-Export, sein Einstieg in die internationale Geldwäsche.«

»Ich vermute, Sie haben uns den Namen absichtlich noch nicht genannt?«

»Bingo!«

»Sohn, halte dich zurück. Jetzt bin ich dran.«

Schweigen hat seine Zeit, Reden hat seine Zeit

»Der Mann hieß Semjon Mogilewitsch.«

Emi und ich blicken uns fassungslos an.

»So also hat er sein Vermögen zusammengeklaut?«

»Als Helfer in Not, an den sich seine jüdischen Mitmenschen wenden konnten. Es war unmöglich, Wertsachen mitzunehmen oder zu verkaufen und das Geld legal aus dem Land zu schaffen. Auftritt Mogilewitsch.«

Aufbewahren hat seine Zeit, Fortwerfen hat seine Zeit

»So«, sagt Boris in alkoholverstärkter Tonlage, »schluck runter, was du im Mund hast, und halt dich am Teller fest: Es kommt noch besser. Der Kellner, der mit dem Rufnamen Mikhas, das war kein anderer als Sergej Michailow, der schmeckte sich in dieser schummrigen Bar in die Bratva ein. Was sagst du dazu? Mein Vater wurde im Hotel Sovietski bedient von dem späteren Boss der Solntsevskaya, laut Interpol die mächtigste kriminelle Organisation der Welt.«

Schwer zu sagen, auf wen Boris stolz ist, auf seinen Vater oder auf das Schicksal.

Klagen hat seine Zeit, Tanzen hat seine Zeit

»Wenn ich mir das vor Augen führe, schaut's so aus, als hätte mein Vater der russischen Mafia die entscheidende Anschubfinanzierung gegeben.«

»Ich schäme mich …«

»Wir hatten das Geld nötig.«

»Wir haben es immer noch nötig.«

Suchen hat seine Zeit, Verlieren hat seine Zeit

Ich darf Emi nach Hause begleiten. Sie lädt mich nicht ein, sie hält einfach die Tür auf. Ich schlinge meine Arme von Hinten um sie, während sie an einer aus Holzkisten improvisierten Bar etwas zusammenmischt. Als ich ihren Nacken mit meinen Lippen berühre, weiß ich, dass wir den Cocktail, den sie viel zu lange umrührt, nicht trinken werden.

»Was tust du da?«

»Hast du nicht aufgepasst? Umarmen hat seine Zeit, nicht Umarmen hat seine Zeit; Lieben hat seine Zeit, Hassen hat seine Zeit. Jetzt ist Umarmen dran, für einen guten Zweck.«

»Der da wäre?«

»Frieden auf Erden.«

Wir lachen.

Aus dem Lachen taucht Lust auf.

* * *

Nicht nur Schiefer Turms SWR-Akte ist prall, auch die seines Schwiegersohns. Wir haben ihn bislang zu wenig beachtet. Vielleicht, weil er einer Porzellanfigur ähnelt. Vordergründig ohne Makel, bis eine Prüfung Ware dritter Wahl offenbart.

Mit Hilfe des russischen Leaks lässt sich nachvollziehen, wie seine Geschäfte von langer Hand infiltriert wurden: Deals mit dem König der Diamanten und Freundschaften mit Menschen, mit denen man keine unverfänglichen Freundschaften haben kann. Behutsam gelegte Fallen, die nun – nach erfolgreicher Wahl von Schiefer Turm zum Präsidenten – zuschnappen sollen.

Mikhail Iwanowitsch schickt einen handverlesenen Gesandten, Banker und Spion (Absolvent der FSB-Akademie) in Personalunion: Sergej Gorkow. Sein offizielles Amt: Leiter der staatlichen Entwicklungsbank VEB, deren Büro in Manhattan laut den uns vorliegenden Akten kaum mehr als eine Spionagefassade ist.

Gorkow bereitet sich auf das Treffen minutiös vor. Seine Assistentin sowie ein ihm zugeteilter SWR-Agent sollen Vorschläge unterbreiten, wie er das Gespräch mit dem Schwiegersohn dank eines sorgfältig ausgewählten Mitbringsels »emotional positiv und einvernehmlich ausrichten« könne.

Die Assistentin schlägt ein Gemälde vor, das dem Geschmack des Schwiegersohns sowie seiner Frau (deren künstlerische Vorlieben sind amtlich dokumentiert) entspreche: Es handelt sich – ich traue meinen Augen nicht – um einen Ponomarenko, um eines seiner »Meisterwerke«, schon in seiner Größe von einem ganz anderen Format als meine Miniatur. Auch wenn Kunstwerke nicht verantwortlich sind für ihre Besitzer, nehme ich mir vor, meinen Ponomarenko bei nächster Gelegenheit abzustoßen.

Der Agent des SWR hingegen schlägt eine Gabe von symbolischer Bedeutung vor. Gorkow ist von der Idee begeistert. Der Aufwand ist allerdings erheblich. Es müssen Kontaktpersonen in Weißrussland zur Recherche in den Nordwesten des Landes geschickt werden.

Zu einer Buddelmission.

Der Agent hat seine Aufgabe gewissenhaft erledigt, die

Biographie des Objekts aufmerksam studiert, bis zurück in die Generation der Großeltern, die aus dem Mutterland stammten, die Großmutter, um genau zu sein, aus einem Städtchen namens Novogrudok. Dort ist sie aufgewachsen, weder reich noch arm, nicht gebildet, aber auch keine Analphabetin. Eine glückliche Jugend, bis die deutsche Armee einmarschierte. Die jüdischen Einwohner wurden im Gebäude einer landwirtschaftlichen Schule zusammengepfercht. Zwangsarbeit oder Hinrichtung. Die Überlebenden gruben einen Tunnel, krochen eines Nachts weit genug von den Wachen entfernt heraus und flohen in den Wald, mehrere Hundert von ihnen, wo sie sich dem Widerstand der Bielski-Brüder anschlossen.

»Wieder mal ein Bezug zu unserem Shtetl!«, ruft Boris aus. »Ist das nicht herrlich, wohin man auch blickt, kommt Brooklyn ins Spiel. Der eine Bielski lebte in einem Häuschen unweit von unserer Wohnung, mein Vater hat mich jedes Mal, wenn wir vorbeikamen, darauf hingewiesen und mir etwas über ihn erzählt. Er hat ihn sehr bewundert. Lass uns klingeln, schlug ich vor. Doch er: Du kannst nicht einfach so an der Tür eines Helden anklopfen.«

Die ausführliche Aktennotiz enthält eine skizzenhafte Geschichte des jüdischen Widerstands in jener Region, in den Jahren vor dem Juli 1944, als die Rote Armee auf eine Truppe von zwölfhundert Juden stieß, schicksalswild zusammengewürfelt aus Menschen, die an Arthritis litten, die ihre Kleinkinder auf dem Rücken trugen, die Zahnschmerzen erduldeten und Wunden mit Kräuterwickeln heilten, aus Kämpfern und Hinkenden, die mitten in den Wäldern Brot buken. Angeblich (auch Agenten wollen gelegentlich ein wenig erzählen) habe ein sowjetischer Kommandant riesige Töpfe vorgefunden, in denen Felle abgekocht wurden, um zu Leder verarbeitet zu werden, mitten im Krieg, während der Shoah, in einer weltabgewandten Lichtung. Das sei eines jener Details, die eine Großmutter ihrem Enkel erzählt haben könnte, fügt der SWR-Agent besinnlich hinzu, solche Erinnerungen würden das Objekt gewiss anrühren.

Also ab nach Nowogrudok (so die Schreibweise des russischen Agenten), nach Nawahrudak (laut dem weissrussischen Kontakt) – einmal heißt die Stadt Nowogródek.

Gorkow fährt bestens vorbereitet zum Treffen im Turm an der 5th Avenue mit dem Schwiegersohn (ein Treffen, das laut dessen eidesstattlicher Erklärung spontan am Vortag vereinbart worden sei!) und überreicht ihm eine Schatulle, darin auf Samt gebettet etwas Erde, sorgfältig ausgewählte und gesäuberte Erde, Luxuserde gewissermaßen, von der Scholle des heroischen Widerstands. Erde, von der sich die Wurzeln der Familie nährten, bevor sie entwurzelt wurden.

Gorkow und seine Zuarbeiter erwarteten sanfte Rührung.

Wie sehr sie sich täuschten.

Gorkow schreibt in seinem Bericht, der Schwiegersohn habe seinen Erklärungen kaum Beachtung geschenkt, die Schatulle beiseitegeschoben, keine Regung gezeigt, nicht nachgefragt, sich nur flüchtig bedankt. Er bezweifelt, dass die Gabe den erwünschten Eindruck hinterlassen habe.

»Im Gegenteil«, sagt Boris, »ich kann mich gut an dieses Detail erinnern: In der schriftlichen Aussage, die der Herr Schwiegersohn dem Geheimdienstausschuss des Senats vorlegte, beschwerte er sich, der Gesandte des Kremls habe ihm einen ›Sack voller Dreck‹ überreicht, aus ›Novgorod‹.«

Inzwischen hat sich Emi zu uns gesellt. Nicht nur aus professionellen Gründen, wie ich hoffe. Sie hockt sich auf den Boden, obwohl Boris den dritten Stuhl nicht weggeräumt hat. Sie schweigt, während wir uns über den Schwiegersohn unterhalten. Über Wohltätigkeitsveranstaltungen, bei denen er alle Hände der russischen Oligarchie herzlich geschüttelt hat. Über weitere dubiose Geschäfte, über seine Abhängigkeit von nebulösen Geldquellen. Sie fährt mit ihren Fingernägeln über den Teppich. Sie sagt etwas, so leise, dass wir es nicht zur

Kenntnis nehmen; als sie es wiederholt, schreit sie den Namen fast heraus:

»Nader!«

»Brauchen wir den auch noch?«, frage ich.

»Vor kurzem hätte ich nein gesagt, aber letzten Monat wurde er verhaftet, auf dem Weg nach Mar-a-Lago. Jetzt schaut die Lage anders aus.«

»Wie bist du auf den gestoßen?«

»Ich wollte herauszufinden, ob Wasserstein nur eine Ausnahme darstellte, das Unvorstellbare innerhalb einer versöhnlichen Normalität. Oder die Spitze eines Eisbergs. Naders Name tauchte auf. Nicht einmal, nicht zweimal. Häufig. Viel zu häufig. Es gibt erstaunliche Ähnlichkeiten zum Fall Wasserstein. Über mehr als drei Jahrzehnte hinweg hat er seinen Einfluss und sein Vermögen genutzt, um Jungen zu missbrauchen. Auch er war vorbestraft, wegen Besitz von Kinderpornographie. Auch er geriet ins Visier der Behörden, die Anklage wurde aus unbekannten Gründen fallen gelassen. 2002 saß er ein Jahr in der Tschechischen Republik ein, weil er einen Jungen sexuell missbraucht hatte. Er war geständig. Und auch in seinem Fall erklären nun alle, die mit ihm Umgang hatten, sie seien entsetzt, sie hätten nichts gewusst … Der Unterschied ist nur, dass er im Gegensatz zu Wasserstein dreizehnmal im Weißen Haus war, weil er eng mit dem Schwiegersohn zusammengearbeitet hat.«

»Ja«, sagt Boris, »sie haben gemeinsam den Riad-Gipfel geplant, da gab's bestimmt Dutzende von Treffen.«

»Wieso wurde er jetzt verhaftet?«

»Bei einer Durchsuchung seiner Festplatten fand man Videos von Kindern, einige von ihnen gerade einmal zwei Jahre alt, einige bei Sexualakten mit Tieren. Ihm wird zudem vorgeworfen, einen vierzehnjährigen Jungen aus Europa verschleppt und missbraucht zu haben.«

Wir schweigen.

»Ich ertrage den moralischen Gestank dieser Menschen nicht mehr. Wir müssen all dies möglichst schnell hinter uns lassen, bevor wir auch noch zu stinken beginnen.«

Emi sagt das mit einer solchen Entschiedenheit, wir begraben Nader umgehend auf dem kargen Friedhof der namenlosen Gräber.

MIDTOWN

Emi hätte einen anderen Film machen können. Einen, der auf dem Laufsteg der Eitelkeiten beginnt und mit einer schwungvollen Drehung in die Nacht schwärmt. Zu einer Party. Wo die Models von lasziven Zungen und freigiebigen Händen erwartet werden. Männer beäugen Langbeinige, die ihren eigenen Körper erst erahnen; nach Mitternacht erstarren sie zu Schaufensterpuppen, um mit durchschossener Erinnerung und pochenden Schmerzen zu erwachen. Zum Frühstück werden sie eine kleine Portion Scham löffeln und sich die erste Zigarette anzünden, während sie sich überlegen, ob sie zu Hause anrufen sollen – »Helft mir«, »Holt mich hier raus!« –, bis sie der Mut verlässt, sich von dem Übergewicht zu befreien, das auf ihnen lastet.

In diesem nicht gedrehten Film stapft ein jüngerer Schiefer Turm von Zimmer zu Zimmer, wechselt mit seinen Gästen Worte wie Visitenkarten, begrüßt das eine oder andere Model handfest und stellt es einem der Männer vor (»unser bestes Pferd im Stall«), der Humor grob wie eine Erektion. Das Mikrophon pirscht sich von hinten an ein Ledersofa heran … »die kann kein Wort Englisch, lass Taten sprechen, General Bonaparte«; auf den Tischen markieren Linien von Kokain eine Überholspur: freie Fahrt voraus.

Jemand, der vor Jahren über diese Branche ein Buch verfasst hat, gibt in diesem nicht existenten Film Geschichten über

Schiefer Turm zum Besten, die ihm während der Recherche zugetragen wurden, ohne dass er sie damals verwendet hätte. Wieso denn auch? Ein Geilgieriger unter vielen, Inhaber einer eigenen Agentur, ein Investor des eigenen Amüsements. So war es damals, als Schiefer Turm Partys in einer Suite seines Plaza Hotels veranstaltete, wo Debütantinnen ihren künftigen Vergewaltigern vorgestellt wurden.

Eine ganz gewöhnliche Zusammenkunft des »Lucky Sperm Clubs«.

In diesem Film müsste jemand »Muschi« sagen, ohne vulgär zu klingen, nein, im selben Tonfall wie er »Rolex« oder »Rolls-Royce« sagen würde. Muschi hier, Top-Qualität, Muschi dort, superfrisch. Jemand müsste scherzhaft schmeichelnd »Teenagerficker« sagen, bei einer dieser Partys mit der Elite des Laufstegs, bei der Schiefer Turm und Wasserstein, der in Jeans und mit verkniffenem Lächeln erschienen ist, am gläsernen Tisch der eigenen Sucht Platz nehmen. Wulstige Hände ziehen die Models auf den Tisch, brav stehen sie da, drehen Pirouetten, gewähren den Betuchten einen Blick unter den Rock, und wenn sie keine Unterwäsche tragen (kein Zufall), tauschen die Männer Kommentare über ihre Genitalien aus wie Anlagetipps.

In diesem Film der übersehenen Warnzeichen würde ein Fotograf von seiner Tätigkeit für einen gewissen Jean-Luc Brunel berichten, der eine steile Karriere hingelegt hat, vom Promoter zum Perversling: »Der Typ war ein abscheuliches Schwein. Die Mädchen, die mit ihm schliefen, erhielten die guten Jobs. Die Mädchen, die sich ihm verweigerten, wurden kaltgestellt, sie wurden kaum gebucht.« Es folgt die eidesstattliche Erklärung seiner ehemaligen Buchhalterin: Wasserstein habe Brunels Agentur eine Kreditlinie in Höhe von einer Million Dollar gewährt und für die Visa der Models bezahlt, die in die USA geschickt wurden. Des Weiteren bezeugt die Buchhalterin, eine kleine, seriöse Frau, der all dies zutiefst peinlich ist, dass die oft minderjährigen Models aus Südamerika, Europa oder

der ehemaligen Sowjetunion von Brunel unter Vorspiegelung falscher Karrierechancen nach New York gelockt wurden, um Wasserstein zu befriedigen, um an ausgesuchte Klienten weitergereicht zu werden.

In diesem Film, der nie gedreht werden wird, organisiert ein in Florida ansässiger Geschäftsmann Frauen für eine Party in Mar-a-Lago. Auf Wunsch von Schiefer Turm werden zwei Dutzend »Kalendermädchen« eingeflogen. Kurz bevor der Vorhang sich hebt, fragt der Geschäftsmann: »Wer kommt denn alles heute Abend?«

Die Antwort von Schiefer Turm: »Ich und Wasserstein.«

Der überraschte Geschäftsmann: »Das soll eine Party mit VIPs sein?«

»Wir sind VIP genug.«

Bei dieser Party laufen keine Kameras. Kurz darauf, das müsste der Film dokumentieren, schwärmt Schiefer Turm in einem Interview über seinen Kumpel: »Ich kenne Geoff seit 15 Jahren. Ein toller Typ. Es macht Spaß, mit ihm zusammen zu sein. Man munkelt, dass er schöne Frauen so sehr mag wie ich, und viele von ihnen sind ein bisschen jung.«

Nichts verbindet mehr als die gemeinsame Wertschätzung von Reichtum und Jugend, weswegen auch Schiefer Turm mehrmals Gast auf Wassersteins Flugzeug war.

Und schließlich müsste der Professor aus Harvard, der nach einigen zufriedestellenden Massagen in Wassersteins Verteidigungsteam dienen wird, zu Wort kommen: »Wenn Sie in jenen Tagen Schiefer Turm nicht kannten und Wasserstein nicht kannten, waren Sie ein Niemand.«

All das ist geschehen, und doch könnte Emi diesen Film nie drehen, nicht als Dokumentarfilm (aus Mangel an Material), nicht als Spielfilm (aus Mangel an Geld).

Der Film, den sie gedreht hat und der bald Wellen der nachgetragenen Empörung schlagen wird, enthält ein Echo des nicht zustande gekommenen Films: Eine Nachricht, die Jean-

Luc Brunel eines sonnigen Tages bei Wassersteins Haushälter für Geoffrey hinterließ:

»Habe eine Lehrerin für dich gefunden, sie wird dir Russisch beibringen. Sie ist 2x8 Jahre alt, blond. Der Unterricht ist kostenlos, und du kannst die erste Stunde heute schon nehmen, du musst sie nur anrufen.«

* * *

Weil wir die Nacht nebeneinander verbracht haben, wach und abtastend, halbwach und zärtelnd, tief schlafend im beruhigenden Atem einer sich andeutenden Verheißung, wirkt Emi am Morgen zutraulich, als hätte sie einen Panzer abgelegt. Sie glaubt, ich hätte mich aus feinfühliger Rücksicht zurückgehalten. Ich verschweige ihr, dass mich die Bilder aus ihrem Film gelähmt haben. Wir frühstücken Reste in der Küche. Ein wenig Cornflakes mit Orangensaft, einige Karotten mit Hummus (eine alte Angewohnheit, mein eigenwilliger Snack). Boris zieht sich mit einem amüsierten Gesichtsausdruck in unsere Kommandozentrale zurück: »Ich werf mal den Motor an. Wenn du nicht bald nachkommst, fahr ich weg.« Wir füßeln, oberhalb des Plastiktisches gestikuliert Emi überbordende Antwort auf meine Frage, was ihr die Kraft zu dieser Recherche im neunten Kreis der Hölle gegeben habe.

»Ich war wütend, ich war so wütend. Aber Wut reicht nicht aus. Wichtiger noch ist das Gefühl eines Mangels. Da draußen ist so viel Lärm, und trotzdem fehlt eine Stimme, und wenn eine Stimme fehlt, drückt sich die Welt unvollständig aus, das macht mich irre, das ist wie ein schief hängendes Bild, manche Menschen müssen es zwingend geraderücken. Wenn ich nur zuhören und nie reagieren würde, wenn ich nicht dafür sorge, dass Verschwiegenes hörbar wird, dass Geflüstertes laut und deutlich zu verstehen ist, würde ich eines Tages taub werden. Verstehst du das?«

»Das verstehe ich nur zu gut, aber woher nimmst du die Zuversicht, dass es gehört wird? An manchen Tagen – zugegeben, das sind die ganz schlechten Tage – habe ich das Gefühl, in einem vollen Stadion zu sein, alle schreien, die meisten irgendwas Geläufiges, meine Stimme fällt zu Boden wie eine Tüte Chips und wird zertreten von den Schlachtgesängen um mich herum.«

»Du wünschst dir dann, du könntest mitschreien?«

»Oder mich schleichen, hinaus, in den Stadtpark, ein Ruderboot mieten und aufs Wasser.«

»Darf ich mit?«

»Du sitzt in dem Café unter einer Weide und betrachtest das Dahingleiten eines schwarzen Schwans.«

»Bin mir nicht sicher, ob du genug Talent zum Dichten hast, aber ohne Zweifel bist du der romantischste Mann der westlichen Hemisphäre.«

Auch die ernsthafteste Unterhaltung muss gelegentlich unterbrochen werden. Wir sitzen uns gegenüber und füttern uns mit Küssen. Ein Messer fällt zu Boden. Wir lassen uns nicht stören.

»Du schuldest mir noch eine Antwort.«

»Woher die Zuversicht? Schwer zu sagen. Erfahrung wahrscheinlich. Was es braucht, ist eine einflussreiche Person, die dir glaubt. Eine angesehene Plattform. Ein Leitochse des Konträren. Jemand, der sich traut, ein neues Narrativ zu verkünden. Dem folgen einige Rinder, weitere schließen sich an, bis der Off-Beat, denn du schlägst, den braven Rhythmus der herrschenden Meinung durcheinanderbringt. Auf einmal suchen alle hinter der Lüge nach einer vertrauenswürdigeren Erzählung.«

»Das mag in einzelnen Fällen funktionieren, aber nicht grundsätzlich.«

»Das stimmt.«

»Der Off-Beat ist meist ein Alibi.«

»Wofür?«

»Für eine wirklich neue Musik.«

ORLANDO, FLORIDA

Es klingelt an der Tür. Boris blickt mich fragend an.

»Der Milchmann?«

»Die Zeugen Jehovas!«

Er kehrt mit einem FedEx-Päckchen in der Hand zurück.

»Für dich«, sagt er.

»Niemand weiß, dass ich hier bin.«

»Offenbar schon.«

Ein anonymer Absender.

Der Inhalt: Dokumente über einen gewissen Agenten des SWR. Der Mann trägt das Gesicht des Kunstjournalisten von der viennacontemporary.

Sein Name: Anatoli Kisljak.

Eine Warnung von DeepFBI.

Ein handschriftliches Post-it: »Beachte den Nachnamen.«

Wir verstehen sofort, worauf sie anspielt. Jeder, der die letzten Jahre nicht im Winterschlaf verbracht hat, kennt Botschafter Kisljak. Das Päckchen enthält das ungewöhnlichste Geheimdienstdokument, das mir je unter die Augen gekommen ist.

Ich fasse zusammen:

Botschafter Sergej Kisljak stammt aus einer ukrainischen Familie mit engen Beziehungen zum KGB. Die Familie lebte in einem bescheidenen Holzhaus in der Советская (Sowjetstraße). Während des Zweiten Weltkriegs nahm sein Vater an Operationen gegen ukrainische Nationalisten teil. Mehrfach entging er dem Tod um Sekunden oder Zentimeter. Viele in seiner Einheit starben. Nach dem Krieg schloss er sich dem Vorläufer des KGB an. 1949 hatte er das karrieredienliche Glück, der persönlichen Leibwache des Geheimdienstchefs Lawrenti Beria zugeteilt zu werden. Einige Jahre später hatte er das Glück, versetzt zu werden, bevor Beria verhaftet, vor ein Geheimgericht gestellt und erschossen wurde. Er hatte das Glück, nach West- und Südeuropa gesandt zu werden, kurz nach der Geburt seines Sohnes Sergej, so entging er den spätstalinistischen und poststalinistischen Säuberungen. Er hatte das Glück, in »angenehmen« Ländern dienen zu dürfen, in Griechenland, Portugal, Frankreich und Spanien. Sein Sohn hatte das Glück, im Ausland aufzuwachsen, fremde Sprachen exzellent lernen zu dürfen, was ihn dazu prädestinierte, mit Schulterschluss in den Diplomatischen, in den Geheimdienst aufgenommen zu werden und von 1981 bis 1989 in den USA tätig zu sein, zuerst bei den Vereinten Nationen, danach an der Botschaft in Washington, D.C., wo er das Glück hatte, als junger Agent unter zwei Meistern ihres Fachs namens Dubinin und Tschurkin zu dienen – den beiden Innenarchitekten der russischen Renovierung von Schiefer Turm. Das Dokument schließt mit dem Satz: »Wie der Vater so der Sohn, das Glück klebt ihnen an den Sohlen.«

Was sollen wir mit dieser Information anfangen? Der vermeintliche Nachname unseres Whistlerblowers deutet auf eine mögliche Verwandtschaft mit dem Botschafter hin, was nur noch weitere Fragen aufwerfen würde, aber in den Unterlagen fehlt hierfür jeglicher Beweis. Und wieso ist DeepFBI so erpicht darauf, dass wir dem russischen Whistleblower misstrauen, ohne die von ihm geleakten Unterlagen zu kennen? Die einzige Erklärung, die uns einfällt, sät Zweifel, Zweifel gegen DeepFBI: Sie will nicht, dass uns irgendetwas jenseits ihres Leaks beeinflusst. Und das ergibt nur Sinn, wenn sie die Unterlagen vorab doch kuratiert hat. Wir sollten, schlage ich vor, mehr über DeepFBI herausfinden.

»Wie stellst du dir das vor?«

»Ganz einfach, wenn wir sie das nächste Mal treffen, setzen wir einen Privatdetektiv auf sie an. Du kennst doch einen.«

»Nein«, sagt Boris entschieden, »wir werden mit Sicherheit William nicht in diesen Sumpf mit hineinziehen.«

Nach einigen längeren Gesprächen lässt er sich (teilweise) umstimmen. Wir suchen einen Privatdetektiv auf, in einer Kanzlei, die steril wie eine Zahnarztpraxis eingerichtet ist. Wir haben uns mit dem unauffälligen, übergewichtigen Mann über alles verständigt, als Boris erwähnt, es handele sich bei der zu observierenden Person um eine Mitarbeiterin des FBI. Die Stimmung ändert sich so schnell wie die Miene unseres Gegenübers. Niemand, sagt der Mann, würde einen solchen Auftrag annehmen, niemand. Mit einem flüchtigen Händedruck werden wir zur milchigen Glastür hinauskomplimentiert.

»Wieso hast du das erwähnt«, frage ich Boris.

»Er hätte es ohnehin rausgefunden. Ehrlichkeit erschien mir angebracht.«

»Tja, dann bleibt wohl nur William.«

In Williams Büro zeugt jede Ritze und jeder Riss von einem mühsamen Geschäft. Wir werden mit großer Geste und kleinen Plastikbechern bewirtet.

William hat ein Allerweltsgesicht, wenn die Welt chinesisch wäre. Er ist still, unaufdringlich. Im Stehen scheint er zu kauern, im Sitzen zu schrumpfen, so als bemühte er sich, seine Anwesenheit herunterzuspielen.

Er nimmt unseren Auftrag an, verlangt nicht einmal eine Anzahlung. Boris ist es weiterhin nicht recht. Er wirkt auf dem Heimweg bedrückt. Als hätte er nun das Zweite Gesicht.

* * *

Boris wird für zwei Tage verreisen (schwer zu glauben).

»Kann ich nicht absagen, seit Jahren bemühe ich mich um dieses Interview.«

Ich hätte ihn gern begleitet, allein schon, um diesem Raum zu entfliehen. Aber jeder Flug ist heutzutage ein lautes »Hier-bin-ich«. Und wir wissen nicht, ob jemand uns im elektronischen Auge hat. Überwacht zu werden ist unangenehm, noch unangenehmer ist es, nicht zu wissen, ob man überwacht wird.

»War ein hartes Stück Vorarbeit, über einen Mittelsmann, der stellte sich als Vermittler zu einem zweiten Mittelsmann heraus. Ein Gespräch wurde vereinbart, dann wieder abgesagt. So ging's hin und her. Jetzt haben sie's bestätigt, völlig unerwartet. Schlechtes Timing.«

»Vielleicht erfährst du ja etwas, was uns nutzt.«

»Bezweifle ich. Das ist kein hohes Tier. Dann bis morgen, wie …«

Spät am nächsten Tag lässt sich Boris in seinen Lehnstuhl fallen und stöhnt auf.

»Himmel, tiefliegender Himmel, was war das für eine Mischpoke, der Typ sitzt da, hinter seinem schweren Schreibtisch, seine Ringe sind schwer, seine Lider sind schwer. Alles an ihm ist Inszenierung. Ein Gangster, der sich als Gangster verkleidet. Früher Tätowierung, heute Kostüme. Hat sich dramatisch in Schale geworfen. Man fragt sich, welche Filmfigur er imitiert. Redet wie einstudiert. Kein Mensch hat einen derart starken russischen Akzent, den Zungenschlag muss man erst mal mit Wasser verdünnen.«

»Kapiert. Sag mir lieber, was er von sich gegeben hat.«

»Nicht viel. Eigentlich nichts, ich meine, keine Infos, der gibt nichts von sich, natürlich nicht, hab ich auch nicht erwartet, so einem rutscht nichts raus, darin sind solche Jungs besser als jeder Politiker, aber die Art, wie er sich gibt, die spricht Bände.«

»Irgendwas wird er gesagt haben?«

»Hat ein wenig davon erzählt, wie er herkam. Landete in

Miami, ist gleich nach Key West, aus irgend 'nem Grund. Hat sich den Ort angesehen: verdammt noch mal, wenn das nicht das Paradies ist. Schau dich mal um, die schönen Autos, die schönen Kleider, der schöne Himmel, die schönen Frauen, der schöne Strand. Er sieht einen Kerl in einen Ferrari steigen. Will ich auch, denkt er sich, so schnell wie möglich. Das hat er sich gleich am ersten Tag vorgenommen. Was sagst du dazu?«

»Der amerikanische Traum führt direkt ins Verbrechen. Wo habt ihr euch getroffen?«

»Klischee pur: In seinem Stripclub in Orlando. Spät am Abend wackelt ein Pornosternchen auf der Bühne herum, liegt da, mit gespreizten Beinen, vor ihr ein Dildo auf 'nem Spielzeugauto. ›Wer am meisten zahlt‹, erklärt mir der Typ, ›bekommt die Fernbedienung und darf nach Lust und Laune die Frau auf der Bühne fremdficken.‹ Hat er wortwörtlich gesagt, das Wort hab ich noch nie gehört. So war der Typ, über Sex offen und unverblümt, bei anderen Themen kurz angebunden. Mein Vorwand war, ich schreib einen Roman über Männer wie ihn, bin auf der Suche nach Eindrücken, nach Stimmung. ›Hier hast du Stimmung, so viel du willst, und wenn's nicht reicht, sorgen wir für noch mehr Stimmung. Hör dich um bei den Jungs vor der Tür, am Hinterausgang, red mit denen, aber stell keine Fragen, wer Fragen stellt, will zu viel wissen. Ich will dich nachher nicht von der Mauer kratzen müssen.‹ Die Raucher im Hinterhof, die haben nur Felgen und Titten im Kopf. Alles an denen war billig, unfassbar billig. Billige Hemden, schlechter Haarschnitt, Mundgeruch. Nichts zu holen, bis auf eine Geschichte, die einer von ihnen erzählt hat, um mich zu beeindrucken, so von Amateur zu Profi, der Kerl war mal Bodyguard bei einem Мистер Mischa, der spielte regelmäßig mit einem gewissen Señor Enrique Golf, 18 Löcher. Der Einsatz verdoppelt sich bei jedem Loch, das Spiel ausgeglichen, am letzten Loch geht's um sehr viel Kies. Señor Enrique schlägt seinen Drive in den Wald, die Bosse gehen den Ball suchen, die Bodyguards ihnen nach, kurz darauf hört man Señor Enrique rufen: Hab ihn, hab ihn gefunden. Мистер Mischa rückt ihm auf die Pelle: Du Betrüger, du! Das ist nicht dein Ball. Das weiß ich. Woher willst du das wissen? Weil *ich* deinen Ball hab, hier ist er, hab ihn gefunden und in die Tasche gesteckt, und du willst mich übers Ohr hauen, du Ratte, du.«

»Das war die Ausbeute deiner Recherche?«

»Mehr oder weniger.«

»Was für eine Zeitverschwendung.«

»Du unterschätzt mich. Ich habe den Kerl mit Patriotismus eingeseift, wir Russen und so, wie stark wir wieder sind, wie schlau, schlauer als die dummen Amis, und er nickt eifrig, und wir feuern uns gegenseitig an, so geht's 'ne Weile, ›in unserem Gewerbe sind wir auch die Besten‹, sagt er, ›die anderen reden zu viel, das ist deren Problem, richtige Männer reden nicht, beim Schweigen sind wir Spitze, keiner kann's mit uns aufnehmen‹. Es wurde spät und später, die Stimmung kumpelhaft, er hat mir sogar 'ne Frau angeboten, wir lassen Матушка Россия hochleben, wir jubeln, festen Schlucks, auch über Schiefer Turm, ›was haben wir den angeleimt‹, lallt er, ›der leckt unserem Boss die Stiefel, der ist sein Schoßhündchen‹, und so weiter, bis er auf einmal sagt: ›Der Fischer hat seine Finger dick in der Sache‹.«

»Welche Sache?«

»Die Präsidentschaft.«

»Welcher Fischer?«

»Der Düngemittelbaron.«

»Bist du sicher?«

»Ich hab auf dieses und jenes angespielt, da wurd's immer klarer.«

»Es gab bisher keinen Hinweis darauf?«

»Nichts, was uns aufgefallen wäre.«

»Da haben wir ja noch was zu tun.«

* * *

Als wir Emi von dieser neuen Entwicklung berichten, huscht ein seltenes Lächeln über ihr Gesicht.

»Jetzt überschneiden sich unsere Recherchen wirklich …«

»Wie denn das?«

»Sie verknoten sich sogar.«

»Möchtest du uns einweihen?«

»Anfang der 2000er Jahre beschließt Wasserstein, ein prunkvolles Anwesen in Palm Beach zu kaufen, im Norden der Insel gelegen, direkt am Strand. Es stand wegen Konkurs zum Verkauf. Zu dem Zeitpunkt sind Wasserstein und Schiefer Turm gute Kumpel. Schiefer Turm sucht gelegentlich Wassersteins Rat bei seinen chaotischen finanziellen Angelegenheiten. In diesem Fall wendet sich Wasserstein an Schiefer Turm, kurz nachdem er den Deal ausgehandelt hat, bittet ihn um eine Einschätzung des prächtigen, aber auch renovierungsbedürftigen Anwesens. Er hat Fragen zu einem möglichen Umbau, zur Verlegung des Swimmingpools. Schiefer Turm zeigt sich hilfsbereit. Als Wasserstein den Kauf abschließen will, erfährt er, dass jemand fünf Millionen Dollar mehr geboten und ihm das Anwesen unter der Nase weggeschnappt hat.

»Schiefer Turm!«

»Du versaust mir die Pointe.«

»Verzeih, dieses Überbieten hat mich mitgerissen.«

»Das Geschäft wurde finanziert von …?

»Unseren Freunden von der deutschesten aller Banken«, sagt Boris.

»Bingo!«, sage ich, ihn zitierend.

»Und wie heißt das Anwesen?«

»Lass hören.«

»Maison de L'Amitié.«

»Ein Hoch auf die Freundschaft!«

»Ich weiß nicht, ob zwei Männern, die ihr Ich mit ihrem Selbst verkleiden, Freundschaft schließen können.«

»Spulen wir einige Jahre vor. Wassersteins juristische Probleme eskalieren, Schiefer Turms Finanzen florieren. Dieselbe Villa, nie bewohnt, inzwischen teilweise von Schimmel befallen, wird für ein Vielfaches des Preises erworben von einem gewissen Dmitri Rybolowlew.«

»Der Fischer! 96 Millionen waren das, das weiß ich noch, der Betrag war absurd hoch, damals ein Rekordpreis. Mitten in der Immobilienkrise! Schiefer Turm hat 55 Millionen Dollar verdient, einfach so, wie durch ein Wunder.«

»Der Oligarch hat das Anwesen nie betreten, weder vor dem Kauf noch danach. Er hat das Gebäude irgendwann einmal abreißen lassen.«

Emi erhält von mir einen Kuss, von Boris einen Kaugummi. Wir müssen weiter recherchieren. Ich weiß nicht, wie lange noch. An manchen Tagen wache ich auf mit einem bitteren Geschmack des Widerwillens im Mund und einem einzigen sehnsüchtigen Wunsch: Desertieren.

»Zeit für Musik.«

Als hätte Boris meine Stimmung erspürt. Emi ist noch nicht vertraut mit seiner Marotte. Ich flüstere ihr eine Erklärung ins Ohr. Sie beginnt zu lachen.

»Ruhe bitte. Spiele Schufutinski.«

Kaum ertönt ein Synthesizer, beginnt Boris zu tanzen, soweit man im Sitzen tanzen kann. Zumindest wipfeln sich seine Finger auf.

Das Lied ist so unerträglich, ich bin nahe dran, die Zusammenarbeit mit ihm zu beenden. Eine kleine Drohung genügt.

»O.k., ich geb's ja zu, meine Mutter hört's halt gern, da bin ich ein wenig voreingenommen.«

»Wir brauchen etwas, um unser Innenohr zu reinigen.«

»Spiele La Minor.«

»Schon wieder ein Mann«, bemerkt Emi, als die Stimme eines Pflastertreters ertönt. Das flinke Akkordeon und meine ausgestreckte Hand versöhnen sie schnell, im Nu wippen wir, im Stand, tänzeln, wackeln mit den Hüften, drehen uns um die eigene Achse, schreien mit beim Refrain: »Murka«, ohne zu wissen, was es bedeutet.

Nachher erklärt uns Boris, Murka sei eine Räuberin, eine Outlaw, eine Bandenführerin. Mehr sagt er nicht, weil Emi mich auf einmal küsst, auf den Mund, mit Hingabe.

In meiner erregten Verlegenheit fällt mir nichts Besseres ein, als sie zu meiner Murka zu erklären. Emi und Boris lachen schrill.

»Macht ihr euch über mich lustig?«

»Und wie ...«

Das Lachen verebbt nur widerwillig.

Weitere Recherchen offenbaren, dass der Privatjet des Fischers mehrmals neben dem Flugzeug von Schiefer Turm geparkt war, am Flughafen in Charlotte, stundenlang, oder vier Tage zuvor in Las Vegas, lange genug, um sich abzusprechen, um etwas zu übergeben.

Was?

Ob wir das je herausfinden werden?

»Noch was Wichtiges«, sagt Boris. »Die erstaunliche Gemäldesammlung des Fischers. Angeblich hat er seinen Kunstgeschmack im Gefängnis verfeinert.«

»Weswegen saß er ein?«

»Mordverdacht. Auftragsmord an einen Konkurrenten. Er wartete fast ein Jahr auf den Prozess, bis der Hauptzeuge seine Aussage widerrief und die Anklage fallengelassen wurde. In seiner Zelle las er Bücher über Monet, van Gogh und Picasso. Kaum war er wieder auf freiem Fuß, begann er Kunst zu sammeln, wie ein Getriebener. Meisterwerke en masse. Werden alle außerhalb Russlands aufbewahrt. Sicher ist sicher. So. Und jetzt wird's rund! Ich werd euch nämlich verraten, wie mein Buch beginnt. Ihr seid die Allerersten, das jungfräuliche Publikum, aufgepasst, wir schreiten zur Uraufführung ...«

»Komm zur Sache, Boris.«

»Erste Szene: Auktion bei Christie's. Wir schreiben den

15. November 2017. Das zu versteigernde Gemälde ist von einem gewissen Leonardo da Vinci und trägt den Titel *Salvator Mundi*. Zum Verkauf freigegeben vom Fischer. Eine Versteigerung für die Geschichtsbücher. Der resolut dreinblickende Erlöser der Welt bringt 450,3 Millionen Dollar ein. Der Fischer selbst hatte keine vier Jahre zuvor läppische 127,5 Millionen gezahlt. Keiner konnte sich das Preistreiben erklären. Bis im Dezember bekannt wurde, dass der saudische Kronprinz der Käufer war – die Saudis leugneten das, aber heutzutage leugnet ja jeder alles. Große Verwirrung in der Kunstszene. Der Wahhabi will sich den Heiland an die Wand hängen? Ökumene in Mekka? Nein. Ein Fehler, ein verdammt teurer Fehler. Der Kronprinz hatte angenommen, dass er gegen die verhasste Herrscherfamilie von Katar bietet, die ja selbst eine beachtliche Kunstsammlung besitzt. Deshalb ist er so hoch gegangen. In Wirklichkeit boten nicht die Katarer mit, sondern der Herrscher von Abu Dhabi, sein Mentor und engster Verbündeter, der das Gemälde für seinen Louvre-Ableger haben und zudem unbedingt verhindern wollte, dass Katar es erhielt. Die Katarer haben aber auf das Gemälde gar nicht geboten, weil sie bezweifelten, dass Leonardo es gemalt hat. Als das Missverständnis aufgedeckt wurde, bot der Kronprinz dem Emir an, das Gemälde gegen seine Jacht Topaz zu tauschen, ein schlechtes Geschäft, würde man meinen, aber er wollte das Gemälde unbedingt loswerden. Seitdem ist es verschwunden.«

»Welcome to Oligarchija!«

»Endlich mal ein Buch, das ich lesen möchte.«

Später am Abend platzt Boris ins Wohnzimmer: »Ich stör euer Techtelmechtel ja ungern, aber … es gibt wichtige Neuigkeiten.«

* * *

196

DeepFBI hat wieder angeklopft. Sie ersucht dringend um ein Treffen. Boris informiert William. Das könnte unsere einzige Chance sein, DeepFBI zu beschatten. Wir treffen uns vor seinem Büro und gehen zu Fuß über die Manhattan Bridge (William ist Kettenraucher). William schweigt, aus Gewohnheit; Boris schweigt, vor Anspannung.

DeepFBI wirkte souveräner, als wir unter vier Augen sprachen. Die sprunghafte Redeweise, die Boris bevorzugt, scheint sie ein wenig aus dem Konzept zu bringen. Sie behauptet, uns brandneue und brandgefährliche Erkenntnisse überreichen zu müssen. Mündlich allerdings, ohne schriftlichen Beleg. Mein Misstrauen wächst. Über eine Eliteeinheit innerhalb des russischen Geheimdienstes, die auf Entführung, Sabotage und Mord spezialisiert sei: Die Einheit 29155, seit mindestens einem Jahrzehnt im Einsatz, den amerikanischen Diensten erst seit kurzem bekannt. Agenten der Einheit 29155, überwiegend zusammengesetzt aus Veteranen der Kriege in Afghanistan, Tschetschenien und der Ukraine, seien in verschiedenen europäischen Ländern tätig, ihre Operationen so geheim, dass nicht einmal die anderen Abteilungen von ihnen wüssten.

»Zählt man eins und eins zusammen, weist einiges darauf hin, dass dein russischer Whistleblower dieser Einheit angehören könnte.«

Wie sie zu dieser Schlussfolgerung gelangt ist, kann sie uns nicht schlüssig erklären. Es wirkt, als wiederhole sie, was ihr jemand eingeflüstert hat. Der Eindruck verfliegt. Sie spricht ungewohnt heftig. Wir sollen das Ergebnis unserer Arbeit bald veröffentlichen. So schnell wie möglich. Selbst, wenn noch einiges im Unklaren liegen sollte.

Wieso die Eile?

Im Inneren des Zeltes herrsche Angst.

Wir fahren mit der Subway nach Brooklyn zurück. William schickt uns bald schon über WhatsApp ein Foto von DeepFBI, wie sie an einer roten Ampel steht. Darunter ein mir unbekanntes Emoji.

Daheim machen wir uns frisch motiviert an die Arbeit. Wir müssen die unterschiedlichen Fäden unserer Recherche miteinander verknüpfen, zu einer stringenten Erzählung. Am nächsten Tag trifft Boris seinen Lektor, ich informiere meinen Verlag in Frankfurt. Wir vereinbaren eine Zusammenarbeit mit *The Intercept* und einigen führenden europäischen Tageszeitungen. Wir bereiten das Manuskript vor, die Verlage warnen ihre Rechtsabteilungen.

Der erste Bericht von William steckt voller Überraschungen. DeepFBI ist nach unserem konspirativen Treffen nicht in die FBI-Zentrale gefahren, sondern in ein unauffälliges Bürohaus, das mehrere Versicherungen, eine Abteilung von Thelema Capital sowie eine Firma namens Gotham Technologies beherbergt. Dort hat sie den restlichen Arbeitstag verbracht. Es war William nicht möglich, ihren genauen Aufenthaltsort festzustellen, weil ihm der Zugang zu dem streng bewachten Gebäude verwehrt war. Am Abend hat sie sich ein Taxi genommen, zu einem Mittelklassehotel. Da sie weder in der Bar noch im Restaurant anzutreffen war, hat William angenommen, dass sie einen der Hotelgäste in seinem Zimmer aufgesucht hat. Am nächsten Morgen saß sie allein am Frühstückstisch, wie der übernächtigte William durch die Glasfront erkennen konnte. Den restlichen Tag verbrachte sie mit privaten Besorgungen, schlenderte durch die Stadt, gönnte sich eine Maniküre/Pediküre. Ging ins Theater. DeepFBI als Touristin.

Merkwürdig.

»Hast du etwas über Gotham Technologies herausfinden können?«, frage ich Boris.

»Ein Sicherheitsunternehmen, mehr nicht.«

»Und Thelema Capital?«

»Kannte ich schon. Der Gründer ist ein Robin Hood unserer

Zeit, er nimmt von den Menschen, um es den Menschen zu geben.«

»Verstehe ich nicht.«

»Einer der guten Milliardäre, wie es so heißt, nutzt das Geld, das er auf den Finanzmärkten zusammenrafft, um progressive Anliegen zu unterstützen. Seit er sich aus dem Tagesgeschäft zurückgezogen hat, erwirbt er spendabel einen Heiligenschein.«

Kurz nach dem Eintreffen von DeepFBI – so ein erwähnenswertes Detail aus Williams Bericht – sei eine Limousine vorgefahren. Er habe für einen Augenblick das Gesicht des chauffierten Mannes gesehen. Er könnte schwören, es habe sich um Toby Stieber gehandelt, dem Gründer von Thelema Capital.

* * *

Es bleibt bei dem einen Bericht. William meldet sich nicht wieder. Boris telefoniert ihm vergeblich hinterher. Seine Sekretärin hat seit Tagen nichts von ihm gehört.

Dann der Tag, den ich seitdem verfluche. Eine Zeitungsnachricht. Eine Leiche sei gefunden worden, ein Privatdetektiv aus Brooklyn. Der Name. Das entsetzte Gesicht von Boris.

Meine Scham.

Unsere Ohnmacht.

Das Bedürfnis von Boris, die eigene Trauer durch Vorwürfe zu lindern. Ich verteidige mich heftig, um mich nicht innerlich selbst zu zerfleischen. Emotional ausgelaugt gehen wir uns einige Tage aus dem Weg, soweit das in einer Wohnung mit einer Küche und einem Bad und einem Wohnzimmer möglich ist.

Wir zwingen uns zur Arbeit, verharren in einem Vakuum des Schweigens. Selbst Emi kann nichts daran ändern. Sie ist eingebunden und ausgeschlossen zugleich. An manchen Tagen unterhalten wir uns nur mit zaghaften Zärtlichkeiten.

Ich würde das Wort ›Schuld‹ nie benutzen, aber es wiegt ein Stein schwer in mir, den ich nie loswerden werde. Jeder beru-

higende Satz, der mir durch den Kopf geht, entlarvt sich sofort
selbst.

Wir müssen etwas unternehmen.

Wir müssen DeepFBI zur Rede stellen.

Sie meldet sich nicht.

Sie wird sich nie mehr melden.

Es gelingt uns, über einen Kontakt Emis herauszufinden,
dass es eine FBI-Agentin mit diesem Gesicht, mit diesem grob
umrissenen Profil, nicht gibt und nie gegeben hat. Das also
hatte sie gemeint, als sie erwähnte, sie habe nicht die höchste
Security Clearance.

Die Whistleblowerin war Fake.

Und die Dokumente?

Wir streiten uns eine Nacht lang, ob wir die Medienpart-
ner und Verlage von dieser Entwicklung in Kenntnis setzen
sollten. Emi ist wie selbstverständlich Teil unserer Diskussio-
nen. Sie mahnt uns zur Skepsis. Wir sind uns sicher, dass die
Intel authentisch ist, dass sie jeder Überprüfung standhalten
wird. Die ungeklärte Identität der Whistleblowerin würde jede
Menge Fragen aufwerfen, vom Inhalt des Leaks ablenken, die
Publikation verzögern – relevant ist, was geleakt wurde, nicht
von wem.

Ganz wohl ist uns dabei nicht.

Wir müssen herausfinden, wer die Dokumente beschafft
und an uns weitergeleitet hat. DeepFBI hat bestimmt nicht
allein gehandelt.

MOSKAU

Die Aufforderung des SWR-Agenten, dringend nach Moskau zu reisen, kommt mir nicht ungelegen. Die Stimmung in unserem gepolsterten Zimmer ist vergiftet. Weiterhin machen wir uns gegenseitig Vorwürfe und ein jeder sich selbst. Emi versucht zu trösten, aber seitdem wir ein Paar sind, fremdelt sie ein wenig mit Boris.

»Ih kan hier nich weg.« Ich vertippe mich öfter als üblich.

»Sie müssen nach Moskau kommen. Es ist extrem wichtig.«

»Wieso?«

»Für ein wichtiges Dokument.«

Was er zunächst trocken konstatiert, wandelt sich im Laufe unseres Textens in eine beharrliche Einladung, schließlich in eine dringliche Bitte. Die Dynamik unserer Beziehung scheint sich geändert zu haben.

Zu dritt analysieren wir die Situation. Wir haben die geleakten Dokumente durchgearbeitet. Wir haben die Stränge unserer Erzählung geflochten. Wenn etwas Wesentliches hinzukommen soll, wäre jetzt der passende Zeitpunkt.

»Sag ihm nicht, wo du dich gerade aufhältst.«

»Hältst du mich für blöd?«

»Unterschätz ihn nicht.«

»Man kann auch den Fehler begehen, die Fähigkeiten des anderen zu überschätzen.«

Boris schlägt ein Treffen mit seiner Tante vor. Sie arbeite als

Rechtsanwältin in Moskau und sei hervorragend vernetzt. Weil sie kinderlos sei, habe sie Boris früh in ihr Herz geschlossen. Ihn mit Geschenken überschüttet, Bücher, meist auf Russisch, gelegentlich auch englischsprachige Ausgaben von Progress Publishers. Eingerissene Päckchen zu jedem feierlichen Anlass. Die progressive Klassik der Menschheit. Mit Lücken: Manch ein Bogen war doppelt enthalten, dafür fehlte der nächste Bogen (besonders ärgerlich, wenn sich die ersten 32 Seiten wiederholten). Das war häufig der Fall, so häufig, dass Boris sich zu fragen begann, ob es sich um eine besonders perfide Form der Zensur handelte, gekonnt versteckt hinter Schlamperei. Als Student hat er sich eines langen Nachmittags die Mühe gemacht, alle fehlenden Seiten zu fotokopieren, bzw. die entsprechenden Fotokopien in Auftrag zu geben, bei einer jungen Bibliothekarin, die sich über den Auftrag wunderte: Grin S. 17–32, Babel S. 25–48, Voltaire S. 65–96. »Ich möchte die ganze Geschichte erfahren«, erklärte er ihr, »ich habe meine Jugend mit fehlenden Seiten zugebracht.«

Ich werde die Tante kontaktieren.

Zuerst lande ich in Wien, um mir in der heimischen Wohnung Kraft und Kleidung zu holen. Die Stadt innerhalb des Gürtels wirkt von den politischen Stürmen unberührt. Wie eine urbane Wachsfigur. Ich tauche meine Glieder ins Vertraute, vierundzwanzig Stunden lang, ohne vor die Haustür zu treten, ohne den WLAN-Router einzuschalten. Die wichtigste Meditation heutzutage ist die digitale Entnabelung.

Boris hat mir auf dem kleinstmöglichen Stick eine Playlist zusammengestellt. Eine Versöhnungsgeste. Auf dem Flug nach Scheremetjewo höre ich ein dutzend Mal hintereinander Wladimir Wyssozkis *Moskau-Odessa* (eine ironische Ballade an die falsche Freizügigkeit). Versage mir ein zweites Bier. Versuche nachzudenken. Ohne Erfolg. Früher drehten sich die Gedanken im Kreis, heute erschöpfen sie sich in Copy-and-Paste.

* * *

Als Treffpunkt haben wir den Skulpturenpark neben dem Zentralen Haus des Künstlers vereinbart. Neuerdings steht eine geschwungene Schrift neben den Denkmälern, die von der einen Seite betrachtet ›Love‹, von der anderen ›Hate‹ schreibt, wobei der erste Buchstabe des Hasses und der letzte Buchstabe der Liebe wie ein Eurozeichen aussehen, weswegen dieses Ambigramm in ganz Europa ausgestellt wird, sogar inmitten abgehalfterter Sowjethelden. Während ich auf den SWR-Agenten warte, google ich die Künstlerin. Wir müssten, verkündet sie, zum Erhalt der europäischen Idee »den allgegenwärtigen Hass auf der Welt in Liebe umkehren«. Die übereinandergestapelten Schädel in der Wand hinter der Stalin-Statue schnauben verächtlich (Banalität ist fast so gefährlich wie Brutalität, murmelt der Gulag-Dichter Warlam Schalamow).

»Wie schön, Sie wiederzusehen. In meiner Heimatstadt zudem.«

Der Mann hat nichts von seiner Jovialität verloren.

»Sie haben sich umgeschaut? Sehr gut, sehr gut. Das hier ist unser Kehraus. So heißt es doch, oder? Mein Deutsch ist ein wenig eingerostet. Wer rastet, der rostet, diesen Ausdruck mochte ich sehr. Ich habe mich stets gefragt, was Entstalinisierung bedeuten soll? Man kann doch nicht etwas Essenzielles aus einem Volk entfernen. Stalin ist in uns drin. Das muss man nicht gutheißen, man sollte es aber anerkennen.«

Ich habe vorab beschlossen, ihn reden zu lassen.

»Gehen wir ein wenig herum. Wie kommen Sie voran mit der Arbeit?«

»Gut.«

»Haben Sie nicht gelegentlich Probleme mit der Übersetzung?«

Eine Falle? Oder der Beleg, dass er nichts von meiner Zusammenarbeit mit Boris weiß.

»Ich besitze gute Wörterbücher.«

»Wann werden Sie die Sache abschließen?«

»Sobald Sie mir das entscheidende Dokument geben.«

»Das werden Sie spätestens morgen erhalten.«

»Wie?«

»Warten Sie's ab. Mir fällt schon was ein. Danach können Sie an die Öffentlichkeit gehen. Der Zeitpunkt ist perfekt. Mit wem Sie medial kooperieren, ist mir egal. Ein Buch wird auch entstehen, oder?«

»Natürlich.«

»Sehr gut. Ich will Ihnen nicht reinreden, Herr Trojanow, aber wenn Sie Unterstützung benötigen, auch finanzieller Art …«

»Nein.«

»Sobald der erste Artikel erscheint, werden wir keinen Kontakt mehr miteinander haben. Wir müssen vorsichtig sein.«

»Wieso tun Sie das? Für wen arbeiten Sie? Für eine Gruppe von Oligarchen, gegen das herrschende Regime?«

»Mitnichten. Mich interessieren diese degenerierten Hedonisten nicht. Ich bin, wie ich Ihnen schon sagte, ein Patriot durch und durch. Und als solcher bin ich durchaus zufrieden mit dem Erreichten. Der Westen dachte, mit dem Ende des Kalten Krieges sei der Wettkampf vorbei, sie haben den Respekt vor uns verloren. Respektiere deinen Gegner! Das ist das Erste, was wir beim Sambo gelernt haben. Wir haben viel erreicht. Darauf können wir stolz sein. Aber die Risiken sind hoch, zu hoch. In letzter Zeit übertreibt es unser Präsident. Der Erfolg dieser Operation, die er für die erfolgreichste in der Geschichte der Geheimdienstarbeit hält, ist ihm zu Kopf gestiegen. Es gibt eine Fraktion im Kreml, die ihn vor den negativen Auswirkungen warnt, aber er will davon nichts wissen. Es ist seine historische Mission. Er bildet sich ein, er habe das amerikanische politische System in eine Krise gestürzt, die noch lange andauern wird. Das ist größenwahnsinnig. Selbst in dieser Krise sind sie uns haushoch überlegen. Außerdem sind sie nicht unsere natürlichen Feinde.«

»Sondern?«

»China! Das muss doch jedem völlig klar sein. Die Chinesen streben die globale Dominanz an. Wie wollen wir Sibirien vor ihnen schützen? Wir streiten uns um denselben Kuchen. Außerdem sind uns die Amerikaner kulturell näher, Christen wie wir, Nachfahren der Römer. Beseelt von Europa, aber nicht in Europa gelegen, so wie wir auch. Wir sollten Verbündete sein. Wir sind natürliche Brüder. Genug geplaudert. Zeit, auseinanderzugehen. Übrigens, Namen sind Schall und Rauch, so sagt man auf Deutsch, nicht wahr? Ich habe herausgefunden, dass es sich bei Ihrem Namen um ein Pseudonym handelt. Keine Sorge. Ihr Geheimnis ist bei mir sicher aufgehoben.«

Ich bleibe verwirrt zwischen bronzenen Bonzen stehen. Wie kann er das wissen? Das hat in den dreißig Jahren meiner publizistischen Arbeit noch niemand herausgefunden.

Aus einem einfachen Grund: Mein Name ist kein Pseudonym.

* * *

Etwas stimmt nicht. Ich spüre es. Alle Lichter sind an. Das Zimmer ist klinisch ordentlich. Mein Rucksack liegt wie gehabt auf dem Stuhl. Im Badezimmer mein Necessaire auf der Ablage (habe ich es da hingelegt?). Als ich mich zum Becken begebe, sehe ich zu meiner Rechten zwei hellblaue Flecken auf dem weißen Waschtisch. Daneben ein Doppeldöschen mit einem großen »L« und einem großen »R« auf den Deckeln. Mein zweites Paar Kontaktlinsen (für Weitsicht) ist dem Döschen entnommen worden. Die beiden Linsen liegen genau in der Entfernung zweier Augen voneinander. Ein merkwürdiges Gefühl, von den eigenen Kontaktlinsen angestarrt zu werden. Ich kehre ins Wohnzimmer zurück. Mein Tablet liegt neben dem Fernseher, was mir an sich nicht verdächtig erscheint. Als ich es einschalte, erscheint nicht wie üblich ein Stillleben von

Schiele, sondern ein fröhlich-buntes Gemälde: Stalin umgeben von weißen Blumen und roten Fahnen. Ansonsten ist, soweit ich es auf die Schnelle überprüfen kann, nichts gelöscht, nichts entwendet worden. Dank dem gütig lächelnden Stalin begreife ich, dass ich Opfer einer *Demonstratiwnaja sleschka* geworden bin, einem altbekannten Mittel des KGB und seiner Nachfolger, ein unter Beobachtung stehendes Objekt in Angst zu versetzen, indem in sein Intimbereich eingedrungen wird. Einige mehr oder weniger delikate Hinweise auf diesen Einbruch reichen aus. Eine minimalistische Version von Einschüchterung. Die Eindringlinge haben zudem ein Taschenbuch zurückgelassen, das auf dem Nachttisch liegt, unter meiner Ausgabe von Daniil Charms *Fälle*. Beim Durchblättern fallen mir gelb markierte Textstellen auf. Einer der farbunterlegten Sätze lautet: »Gehe stets davon aus, dass dich dein Eindruck täuschen könnte; bilde dir nicht vorschnell ein, du hättest den Fall gelöst.«

Entweder eine grobschlächtige Nachricht des SWR-Agenten. Oder eine Warnung seiner Kollegen. Ich habe keine Möglichkeit, ihn zu konfrontieren oder zu informieren. Ich verrücke alles in dem Zimmer, um die gefühlten Spuren des Eindringens zu verwischen. Erst danach kann ich mich entspannen, ein wenig. Ich schlafe unruhig, unterbrochen von langen Wachphasen, die Fernbedienung trägt mich durch die Stunden des Wolfs. Am nächsten Tag übergibt mir die Rezeptionistin einen Umschlag, darin eine Konzertkarte. Der Absender anonym, die Sängerin wohlbekannt. Die Sauerkraut kochende Großmutter pflegte das Radiogerät in der Küche stets lauter zu drehen, wenn Schanna Bitschewskajas Stimme ertönte. Meine Moskauer Bekannten waren mit ihrem Gesang aufgewachsen. Ihre Hinwendung zu patriotischer Spiritualität fanden sie befremdlich.

»Alles Reaktionäre wird heutzutage rehabilitiert«, seufzte die Mathematik-Lehrerin eines Abends, »nur weil die Bolschewiken es unterdrückt haben.«

»Früher Liebe, heute Vaterland. Ist das Fortschritt?«, bemerkte ihr Mann mit der ihm eigenen Lakonie.

Auch wenn ich die Sängerin vergessen hatte, sie lebt noch, und der Konzertsaal ist voll bis auf den letzten Platz. Schon mit dem ersten Lied wendet sie sich vertrauensvoll an Gott, er möge sich des gekreuzigten Russlands erbarmen. Ich verhalte mich möglichst unauffällig. Klatsche mit, wenn um mich herum geklatscht wird, lache bei der leisesten Andeutung eines Scherzes, wiege mich im vorgeschaukelten Takt, ergreife die Hand der älteren Frau zu meiner Linken, als *Wir sind Russen* erklingt, Hymne einer wiederaufgewärmten Ära. Der gesamte Saal erhebt zum Refrain seine mächtige Stimme: *Die engen Pfade führen uns zu Jesus, / Verfolgung, Haft und Tod kennen wir zu genüge. / Wir sind Russen, wir sind Russen, wir sind Russen. / Was immer geschieht, wir werden uns erheben.* Bei der vierten Strophe strömen der Frau neben mir die Tränen über das Gesicht. *Das Gerede mit dem Feind ist nun beendet, / Wir werden auferstehen mit neuem Tatendrang, / Russland, Ukraine und Byelarus / drei Slawenstämme, drei Recken.* Es durchschaukelt mich, die Stimmung seligtoll. Mit einem Trommelschlag wird mir die tiefere Absicht des SWR-Agenten offenbar: Ein starkes christliches Russland in enger Allianz mit einer starken christlichen USA, eine neue Weltpolitik weißer Überlegenheit, eine Hegemonie der Auserwählten Völker. Bei dieser grandiosen Vision steht die Plumpheit von Schiefer Turm und die Aggressivität von Mikhail Iwanowitsch eher im Weg. Zu meiner Verblüffung schreitet der Agent selbst auf die Bühne – Schanna scheint ihn erwartet zu haben –, seine ölige Stimme schmiegt sich heran zum warmen Duett, sein Gesicht unterlegt andere Gesichter, er ist drei Takte lang Kobson, eine Strophe lang Mogilewitsch, im Refrain – die Wangen der Chansonette und des Agenten schmiegen sich aneinander – ist er mal der Fischer, mal der König der Diamanten, *Und wenn wir die Welt mit blutigen Glocken füllen, / zur Morgenröte des russischen*

Siegs / werden wir mit Kreuzen und Ikonen / wieder krönen der Russen Zar.

Am Ausgang der Euphorie spüre ich etwas in meiner Jackentasche. Im Taxi traue ich mich, einen Blick auf zwei dünne Blätter zu werfen, beidseitig handbeschriftet, zweifach gefaltet. Es ist zu dunkel, um den Inhalt zu entziffern. Wo soll ich das Dokument lesen? Ich muss es loswerden, bevor ich das Land verlasse. Wo soll ich es abschreiben, übersetzen? Mir fällt kein anderer Ort ein als die Wohnung im neunten Stock einer Chruschtschowka. Mein einstiges Refugium. Mir ist klar, dass ich die Agenten, die mir auf der Fährte sind, nicht abschütteln kann. Sie sind Profis, ich Dilettant. Was können sie aber unternehmen, wenn ich mit dem buckligen Aufzug hinauffahre und an der Tür klingele? Als meine alte Freundin mich erblickt, wiederholt sie meinen Namen in schluchzender Kadenz. Sie verabschiedet einen Nachhilfeschüler (»von der Rente kann man nicht leben«), sie kocht Tee, sie macht mir keine Vorwürfe, dass ich mich drei Amtszeiten von Mikhail Iwanowitsch lang nicht gemeldet habe. Irgendwann muss sie hinaus, Brot und Milch kaufen, eine kranke Freundin versorgen. Ich bitte sie, aus sentimentalen Gründen in der Küche sitzen bleiben zu dürfen.

Ich weiß, dass es sich bei dem Dokument um den letzten Pfiff des Whistleblowers handeln wird. Eine finale Überraschung. Ein mächtiges Ausrufezeichen. Und doch bin ich auf den Inhalt des Dokuments nicht vorbereitet. Vor mir, auf einem kerbigen Küchentisch in einem durchgerbten Stadtteil, liegt die Abschrift eines Gesprächs, das in Helsinki stattgefunden hat. Unter vier Augen (abgesehen von der Dolmetscherin). Zwischen zwei Präsidenten. Zwischen Mikhail Iwanowitsch (MI) und Schiefer Turm (ST).

Der russische Präsident kam verspätet an, er ließ den US-amerikanischen Präsidenten eine Stunde lang warten. Die beiden setzten sich nebeneinander, posierten für Pressefotos, äußerten sich kurz und unverbindlich, danach wurden die

Türen geschlossen und ein intimes, zweistündiges Meeting begann. Laut einem seiner Berater habe Schiefer Turm danach ausgesehen »wie ein geschlagener Hund«. Diese Formulierung machte die Runde. Selbst der Schwiegersohn wiederholte sie. Alle fragten sich: Was war drinnen geschehen?

Auf dem Tisch liegt ein Bleistift, das Ende abgenagt, die Spitze stumpf. Ich suche in den Schubladen nach einem Blatt Papier. Nichts. Neben dem Kühlschrank einige Kochbücher. Darin lose Blätter mit handgeschriebenen Rezepten, verschiedene Arten von Eingelegtem: Rotkohl, Gurken und Äpfel (»Ihr Apfelkuchen«). Die Rückseite jeweils unbeschrieben. Ich schließe die Augen (in meiner Nase der Geruch von Sauerkraut), um mir die beiden präsidialen Gesichter zu vergegenwärtigen, das eine Dank KGB und Botox ausdruckslos, das andere ein unfertiges Hochhaus, die Augen Neonröhren im Sichtbeton.

Während ich lese, schreibe ich ab.

GESPRÄCH ZWISCHEN ZWEI PRÄSIDENTEN

MI: Wie geht es Ihren Kindern?

ST: Muss schauen, dass sie versorgt sind.

MI: Sie machen das gut.

ST: Es ist wie eine Firma leiten.

MI: Und Ihre Finanzen? Was geschieht, wenn Sie abtreten? Wie sorgen Sie für sichere Verhältnisse?

ST: Wir machen so was mit Rechtsanwälten.

MI: Das erscheint Ihnen verlässlich genug?

ST: Jaja, damit sind wir gut gefahren. Darf ich Sie was fragen: Unsere Geheimdienste behaupten, Sie sind der reichste Mann auf der Welt, mehr als Gates und Bezos zusammen. Sie stehen aber gar nicht auf der Forbes-Liste …

MI: Ich habe gewisse Privilegien. Zugriff ist nicht dasselbe wie Eigentum.

ST: Was ist, wenn Sie nicht mehr an der Macht sind?

MI: Wir werden sehen. Es lassen sich immer Lösungen finden.

Reden wir noch ein wenig über unsere Kinder. Ich bin mit meinen hochzufrieden. Die eine Tochter forscht, um Krebs zu heilen, die bisherigen Resultate sind ermutigend.

ST: Gute Sache. Sehr gute Sache. Meine Tochter ist auch praktisch veranlagt, mit ihrem Mann zusammen könnte sie das Weiße Haus managen. Sie hat das Zeug, mich zu beerben.

MI: Sie ist schließlich Ihre Tochter.

ST: Als Präsidentin.

MI: Als Präsidentin?

ST: Jaja, das sollten Sie sich auch durch den Kopf gehen lassen, eine Dynastie, besser geht es nicht.

MI: Selbstverständlich. Aber manchmal machen sie dumme Sachen, unsere Kinder. Dann ist es gut, dass wir Väter die Sache wieder in Ordnung bringen können, und wenn der Vater nicht zur Stelle ist, braucht er Freunde, die ihm helfen. Sie können sich meiner Freundschaft gewiss sein.

ST: Dummheiten?

MI: Ich werde nicht zulassen, das dem Renommee Ihrer Söhne Schaden zugefügt wird.

ST: Was für Dummheiten?

MI: Wir sollten darüber nicht reden. Was ausgesprochen wird, geht nicht mehr weg. Das ist eine unangenehme Sache. Sie wissen, dass Sie sich auf uns verlassen können, das wissen Sie doch, wir haben es schon öfter unter Beweis gestellt.

ST: Schlimme Dummheiten?

MI: Wir sollten nicht urteilen. Die Öffentlichkeit ist ein gnadenloser Richter. Wir werden gemeinsam das Beste tun. Genug über unsere Kinder. Sie sind uns eine Freude, aber auch eine Last. Wie die Staatsgeschäfte. Die Lage ist etwas verfahren, finden Sie nicht auch? Wir sind zum Handeln gezwungen. Wir sollten zwei Hasen mit einem Schuss erlegen.

ST: Hasen? Was für Hasen?

MI: Ich verstehe Ihre Frage nicht.

ST: Sie sagten etwas über Hasen.

(Die Übersetzerin klärt das idiomatische Missverständnis auf.)

ST: Ach so.

MI: Wir müssen etwas Bewegung reinbringen. Sie sollten uns schwere Vorwürfe machen. Wegen Menschenrechten, zum Beispiel.

ST: Dann müssen Sie reagieren?

MI: Ich werde schweigen, aber jemand könnte durchblicken lassen, das berüchtigte Video mit Ihnen sei aufgetaucht.

ST: Das gibt es doch nicht.

MI: Natürlich nicht. Das ist das Schöne daran. Sie kanzeln uns ab, Sie drohen mit weiteren Sanktionen. Jemand publiziert das Video. Eine schlechte Fälschung, wie bald klar wird. Sie triumphieren, Sie haben den Beweis für – wie nennen Sie es noch mal – Fake News, Sie halten den ultimativen Beweis für Fake News in den Händen.

ST: Überall Fake News.

MI: Öffentlich wird nur, was Ihnen nicht gefährlich werden kann. Alles andere liegt sicher im Safe.

ST: Sicher?

MI: So sicher wie das Grab.

ST: Wie gehen Sie mit Fake News um?

MI: Ich lese keine Zeitungen.

ST: Ich auch nicht.

MI: Gelegentlich etwas Fernsehen.

ST: So wie ich.

MI: Fernsehen erzählt Geschichten besser.

ST: Weiß ich.

MI: Könnten Sie aktiver nutzen.

ST: Haben Sie eine Idee?

MI: Sie beherrschen dieses Metier so viel besser als ich. Wenn, dann könnte ich von Ihnen lernen. Wissen Sie, dass Sie von Ihrem eigenen Geheimdienst hintergangen werden? Der hat herausgefunden, dass sich die Ukraine in die letzten Präsidentschaftswahlen eingemischt hat, zugunsten Ihrer Gegnerin. Wieso wird das vor Ihnen geheim gehalten? Sie haben Feinde im eigenen Geheimdienst, das ist gefährlich, das dürfen Sie nicht zulassen.

ST: Ich werde sie vernichten.

MI: Zeigen Sie Kante.

ST: Ich werde sie zermalmen.

MI: So ist gut.

ST: Ich werde ständig angegriffen. Von all den Nichtsnutzen und Versagern. Das macht müde.

MI: Wenn Sie nicht mehr weiterwissen, müssen Sie den Tod ins Spiel bringen.

ST: Wessen?

MI: Den Tod an sich. Wer mit dem Tod konfrontiert wird, der will Sicherheit. Der will einen starken Mann. Selbst wenn der Tod von dem starken Mann ausgeht. Es ist ein Widerspruch im Menschen, schwer zu verstehen, aber nützlich.

ST: Braucht es das?

MI: Verstehen Sie mich richtig. Wenn wir den Tod einsetzen, senden wir eine Botschaft. So wie wenn ich Ihnen sage, dass Ihre Kinder in Gefahr sind. Das sind Botschaften, die gehört werden: Es gibt keine Sicherheit für jemanden, der uns verrät. Verräter leben nicht lange. Wir finden sie, wir suchen sie auf, wir werden uns mit ihnen einig. Wenn so etwas geschieht, wäre es Ihrerseits klug, nicht zu überreagieren. Sie stehen über so etwas. Sie haben nichts zu befürchten.

ST: Ich fürchte nichts.

MI: Recht so. Angst ist ein hinterhältiger Begleiter. Sagen Sie mir noch etwas über Ihre Tochter. Wissen Sie, als ich jung war, hieß es bei uns, die tschechischen Frauen seien die schönsten.

ST: Nicht schöner als …

MI: Viel schöner.

ST: Ich weiß nicht.

MI: Die allerschönsten! Und wenn ich Ihre Tochter sehe, bin ich davon überzeugt. Was für eine Haltung, was für eine Reinheit. Meine Töchter sind nicht so schön. Nicht annähernd. Wissen Sie, was mich beruhigt?

ST: Sagen Sie's.

MI: Meine Töchter machen keine Fehler.

Der Rest des Gesprächs ist trivial. Ich stecke die Seiten in einen Umschlag und werfe ihn in die Müllluke. Meine pensionierte Freundin wartet unten. Ich habe sie eingeweiht, so weit wie nötig. Sie soll den Umschlag im Keller verstecken. Und nach einigen Wochen an das Institut für Kulturwissenschaften in Wien schicken. Dem steht ein kluger Freund vor; er kann Russisch, er wird im Notfall wissen, was zu tun ist.

* * *

Da ich wahrscheinlich überwacht werde, verzichte ich auf eine Begegnung mit der Tante. Über Bande in Brooklyn verständige ich mich mit ihr. Sie rät mir, nach Beresniki zu reisen. Das liege jenseits des Urals, dort könne ich einen Mann treffen, der alles über den Fischer und seine Tätigkeiten wisse, einen alten Weggefährten. Sie werde veranlassen, dass ich am Flughafen in Perm abgeholt werde. Ich solle den morgigen Flug mit Победа buchen.

Auf dem Flug nach Perm höre ich ein weiteres Mal den Moskauer Barden mit der rauen Stimme. Den Refrain beziehe ich auf mich. Wort für Wort. *Ich muss hin, wo Sturm und Schnee jetzt weh'n / wo es morgen wieder Schnee gibt ohne Sinn. / Irgendwo ist es hell und klar, so schön / dort ist es gut, doch da muss ich nicht hin!*

BERESNIKI

»Der Neffe«, stellt sich der junge Mann vor, der mich vom Flughafen abholt. Er ist auf schweigsame Weise freundlich. Wir fahren nach Norden, drei Stunden lang. Ohne uns zu bewegen. Rundum eine weitgestreckte Tapete. Birkenwald. Moskitos. Birkenwald.

»Im Sommer viele Moskitos.« (Im Juli setzen sich die Mädchen der Stadt zwanzig Minuten lang in Shorts und T-Shirts den Bissen aus, in der Hoffnung, zum »leckersten Moskitomädchen« gekrönt zu werden, so erzählt der Neffe auf der Rückfahrt in einem Anfall von Gesprächigkeit.)

Dann ein Riss in der Tapete – die letzte halbe Stunde zu beiden Seiten der Straße rostige Halden, die vom Mond aus sichtbar sein könnten.

Die Bergwerke des Unternehmens Uralkali.

Dünger für die Welt.

Pottasche.

Wir halten auf einer freien Fläche voller Unkraut und Bauschutt. Wir rutschen eine Böschung hinab, zu einem Ruderboot aus zittrig-krummen Planken. Der junge Mann legt vorsichtig ab und zieht in langen Zügen auf ein Gebäude am anderen Ufer zu. Es ist kein See, den wir überqueren, und auch kein Fluss. Eher ein Wasserloch an falscher Stelle. Gekonnt weicht der Neffe einem Kamin aus, der in den Himmel ragt wie der Schnabel eines Reihers. Als wir uns dem Gebäude nähern, erkenne ich, dass wir noch weit vom Ufer entfernt sind und der zweite Stock (oder ist der dritte?) halb unter Wasser steht, der Stock darüber hingegen bewohnt ist. Gardinen, ein Licht und ein provisorischer Steg, von dem aus wir über eine Leiter ins Wohnzimmer eines Mannes steigen, der grüne Gummistiefel und eine grobe Jacke aus Militärbeständen trägt. Auf dem Kopf eine Mütze, aus verschiedenen Stoffteilen zusammengenäht, die tief im Nacken sitzt.

»Willkommen bei Großvater!«

»Onkel, dachte ich?«

»Ich bin der Onkel, dieses Erdloch hier ist der Großvater.«

»Verwirrend.«

»Wir brüsten uns damit, dies sei das größte von Menschen verursachte Dreckloch der Welt. Worauf sollen wir sonst stolz sein? Ach ja, auf den Säufer-Präsidenten, der hier zur Schule ging. Die haben eine solide Plakette angebracht, die wird das Gebäude um Jahrhunderte überdauern. Nehmen Sie Platz, egal wo. Ich bringe Ihnen Tee.«

Der Neffe trägt meinen Rucksack herein, verabschiedet sich.

»Wenn Sie fertig sind, wird mein Onkel mich anrufen«, beruhigt er mich.

Zum Fenster hinaus sehe ich das Gerippe einer Fabrikhalle. Auf abschüssigem Boden.

»Haben Sie Nachbarn?«

»Alle geflohen.«

»Wieso wurden Sie nicht evakuiert?«

»Ich habe mich geweigert. Ich lasse mich nicht vertreiben. Ich harre aus. Manchmal ruckelt es. Fühlt sich an wie ein Erdbeben.«

»Ist es nicht gefährlich?«

»Ach, Gefahr ist in der Moderne eine Sinnestäuschung. Entweder Sie glauben den Statistiken, dann haben Sie keine Freude am Leben, oder Sie vertrauen Ihren eigenen Gefühlen, dann sind Sie permanent verunsichert. Die Behörden haben ein Videoüberwachungssystem mit seismischen Sensoren und Satellitenüberwachung eingeführt. Jetzt sitzt die hübsche Natasha vor den High-Tech-Monitoren und achtet auf schwarze Flecken. Und dann? Was tun, wenn in dreihundert Meter Tiefe Grundwasser in eine Kaverne bricht und die Wände und die Pfeiler zerfallen, weil sie aus Salz sind?«

»Wie schnell geht das?«

»So schnell wie eine Eruption. Wissen Sie, wie unser Fluß hier heißt? Kama! Ein Sanskrit-Wort für Verlangen, für Lust. Zum Gebären notwendig, für das Leben gefährlich. Wo das Verlangen überhandnimmt, entsteht Gier. Das wussten die alten Inder.«

»Gibt es keine Proteste?«

»Gegen wen?«

»Uralkali.«

»Gegen den einzigen Arbeitgeber in der Stadt? Die Menschen ziehen weg oder sterben. Das kontaminierte Feld sollten wir lieber den Robotern überlassen. Was meinen Sie? Ich freue mich, mit einem so weit gereisten Menschen reden zu können.«

Bevor ich etwas erwidern kann, fährt er fort.

»Schauen Sie sich um, wie es hier aussieht. Und sagen Sie mir ehrlich: Welche Optionen haben wir? Ich sehe nur zwei: Weltraum oder die Überwindung des Zerfalls? Die Zukunft wird interplanetarisch oder unsterblich sein. Das sind unsere einzigen Chancen. Haben Sie schon einmal von KrioRus gehört? Auf natürliche Weise werde ich die lichte Zukunft nicht mehr erleben.«

»Kryonik? In Russland?«

»Das haben wir mit den Amerikanern gemeinsam, Lust auf Unsterblichkeit.«

»Ist das nicht sehr teuer?«

»Ich besitze ein Aktienpaket an Uralkali, ich erhalte jährlich Ausschüttungen. Jeder Rubel wird für die Ewigkeit gespart.«

Fast unbemerkt von mir hat der Mann seine Mütze zerknüllt. Er schüttelt den Arm gegen einen unsichtbaren, allgegenwärtigen Feind.

»Längst hätte ich genug beisammen, würde der Rubel nicht kontinuierlich an Wert verlieren. Ein Wettlauf zwischen Einsinken und Einfrieren. Was ereilt mich zuerst? Sackgasse oder Abschussrampe? Werde ich errettet werden? Was ist das Sein wert, wenn wir uns die Erlösung nicht leisten können? Verzeihung, Sie haben den langen Weg nicht auf sich genommen, um das Deraisonnement eines alten Mannes zu ertragen. Sie wollen irgendetwas wissen.«

Ich stelle unsere mit Bedacht vorformulierten Fragen über den Fischer und seine Beziehung zu Mikhail Iwanowitsch. Der Mann in den Gummistiefeln aus dem trockenen dritten Stock weiß tatsächlich genauestens Bescheid. Wer dem Fischer die finanziellen Mittel gab, als Arzt an der Moskauer Börse zu spekulieren und in der Folge eine private Bank zu gründen. Wer ihn beim Aufbau von Uralkali unterstützt hat. Wem er seine Freilassung aus dem Gefängnis verdankt. Wie er versuchte, sich von den Fesseln solcher Verpflichtungen zu befreien. Auch wenn er von seinem Penthouse auf den Central Park blickt, die Zügel alter Schulden zerren ihn in die Vergangenheit, egal, wo er sich auf der Welt befindet, ob in seinem Stadion in Monaco, in seinem Refugium auf der Insel Skorpios oder auf seiner Jacht Anna (die zweite). Schulden dieser Art werden nie abgeschrieben, nie erlassen. Weswegen er einfädeln musste, was von ihm verlangt wurde.

Der alte Mann spricht wie gedruckt, Satz um Satz verbindet sich zu einer Beweiskette, ein weiteres Bruchstück unseres Puzzles. Ich schreibe eifrig mit, weil er mir nicht erlaubt hat, unser Gespräch aufzunehmen.

Einige Nachfragen, einige Präzisierungen. Fertig.

Ich freue mich schon auf das Ausformulieren dieser überraschenden Offenbarung.

Wer hätte gedacht, dass unsere Reise in Beresniki enden würde, auf dem Längengrad, entlang dessen ich als Kind die Grenze zwischen Europa und Asien gezogen habe; dort, wo das Grundwasser die menschliche Hybris auflöst. Ich erhebe mich, um Abschied zu nehmen, während der alte Mann seinem Neffen wortkarg Bescheid gibt.

Das Ruderboot nähert sich, mit einem Bein stehe ich auf der Leiter, da höre ich den alten Mann sagen:

»Sie wissen, dass Sie dies nie publizieren können?«

»Wieso?«

»Weil Sie ein toter Mann wären. Glauben Sie mir. Die Wahrheit darf nur als aufgedunsene Leiche ans Tageslicht gelangen. Das Opfer lohnt sich nicht. Lassen Sie die Finger davon. Es ist doch egal, wer die Welt untergräbt, so lange wir nicht verhindern können, das sie untergraben wird.«

* * *

Bei der Ausreise werde ich aus der Warteschlange vor der Passkontrolle gefischt und in einen kleinen Raum geführt, wo mein Rucksack durchsucht wird. Der Uniformierte holt die vergilbten Seiten hervor und betrachtet die Rezepte.

»Was ist das?«

Ich schweige.

»Was war der Zweck Ihres Besuchs in Russland?«

»Das Konzert von Schanna Bitschewskaja. Ich bin ein glühender Fan.«

Ein Offizier tritt herein. Er liest die Rezepte durch, dann meine handschriftlichen Notizen auf den Rückseiten.

»Sie reisen mit einem Rucksack, in dem sich nur dieses eine Dokument befindet. Können Sie uns das erklären.«

»Ich habe kein anderes Papier gefunden.«

Ein weiterer Uniformierter reicht dem Offizier einen Zettel.

»Was haben Sie in Beresniki getan?«

»Geologie ist meine geheime Leidenschaft.«

»Sie besuchen ein Konzert in Moskau, dann fliegen Sie nach Perm, fahren weiter nach Beresniki, wo Sie nur wenige Stunden verbringen? Wieso die Eile?«

»Ich hatte wenig Zeit.«

Weitere Fragen, auf die ich unverfänglich zu antworten versuche.

Ein Mann in Zivil betritt den Raum. Auch er liest den Text mit analytischer Lupe.

»MI steht für Mikhail Iwanowitsch, vermute ich. Was bedeuten die Initialen ST?«

»Schiefer Turm.«

»Soll das ein Witz sein?«

»Könnte man so verstehen.«

»Geben Sie zu, dass Sie beabsichtigten, ein hochgeheimes Dokument aus unserem Land zu schmuggeln?«

»Das ist kein geheimes Dokument.«

»Sondern?«

»Eine Erfindung. Sie glauben doch nicht im Ernst, dass es sich um ein Gespräch zwischen den beiden Präsidenten handelt? Wie sollte ich denn in den Besitz eines solchen Dokuments gelangt sein? Ich bitte Sie.«

»Diese Erfindung, wie Sie es nennen, stammt die von Ihnen?«

»Ja.«

»Mit welcher Absicht?«

»Ich habe meiner Phantasie freien Lauf gelassen. Was Sie da lesen, ist die Skizze zu einer Kurzgeschichte.«

»Eine Kurzgeschichte über zwei Präsidenten?«

»Die Mächtigen kommen in der Literatur zu selten vor.«

»Schreiben Sie immer auf Russisch?«

»Eigentlich auf Deutsch. Das Russische hat mir geholfen, mich in die Situation hineinzuversetzen. Ein narrativer Trick, sozusagen.«

»Wieso können Sie so gut Russisch?«

»Ich habe Slawistik studiert.«

»Zu welchem Zweck?«

»Aus Liebe zur russischen Literatur.«

So geht es eine Stunde hin und her. Ich verlange, meine Botschaft anrufen zu dürfen. Ich erwähne beiläufig, dass ich mit dem deutschen Präsidenten persönlich bekannt bin.

»Haben Sie jemals für einen deutschen oder für irgendeinen anderen Geheimdienst gearbeitet?«

»Ich kann kategorisch ausschließen, dass ich für einen Geheimdienst gearbeitet habe oder jemals arbeiten werde.«

Die Männer ziehen sich zur Beratung zurück. Der Offizier und der Mann in Zivil haben offenbar Anweisungen erhalten, mich festzuhalten. Da sie aber nichts Verdächtiges gefunden haben, müssen sie mich, so interpretiere ich ihren Gesichtsausdruck, mit tiefstem Bedauern freilassen. Der Inhalt des Gesprächs zwischen den beiden Präsidenten ist derart geheim, dass nicht einmal die russischen Sicherheitskräfte davon wissen.

Meine Rettung.

Als das Flugzeug abhebt, zittere ich.

ZWISCHEN QUEENS, BROOKLYN
UND MANHATTAN

Emi holt mich am JFK ab. Sie wirft sich mir unbekümmert um den Hals. Einige der Wartenden starren uns ungeniert an.

Ihr Film ist fertig. Einladungen zu mehreren internationalen Festivals, Premiere in Toronto. Sie wirkt erschöpft und erleichtert.

»Nicht mehr lange.«

»Bis?«

»Wir frei sind.«

»Das werden wir nie sein.«

Sie schaut mich enttäuscht an.

»Es kann der Frömmste nicht in Frieden leben, wenn es dem bösen Nachbar nicht gefällt.«

»Zitierst du dich selbst?«

»Leider nicht.«

»Einen deiner Russen?«

»Ausnahmsweise mal einen Deutschen.«

»Ich habe Boris wissen lassen, dass wir zuerst zu mir nach Hause fahren.«

»Selten so einverstanden.«

In meiner Abwesenheit ist Wasserstein im Gefängnis gestorben. Angeblich Selbstmord. Emi ist sich sicher, dass er ermordet wurde. Sie referiert die verdächtigen Details: Kein Zellennachbar, keine Selbstmordaufsicht, keine Wachen (beide schlafen ein, genau zwischen 3.30 und 6.30 Uhr, eine höchst präzise Vernachlässigung ihrer Pflichten), die Kamera in der Zelle außer Betrieb.

»Trotzdem, wie soll es passiert sein?«

»Es gibt subtile Mittel. Sein Anwalt richtet ihm aus: Sie können nichts mehr für dich tun. Zu viel Öffentlichkeit, zu viele Stellen involviert. Läuft aus dem Ruder. Du wirst dein restliches Leben im Gefängnis verbringen. Sie können dich nicht mehr schützen. Sie legen dir einen ehrenwerten Ausweg nahe. Die Alternative wird schrecklich sein. Du wirst alles verlieren, dein gesamtes Vermögen, du wirst Jahre und Jahrzehnte hinter Gittern verbringen, du wirst gequält und vergewaltigt werden. Sie können dafür sorgen, dass du ungestört bist, für einige Stunden. So einfach ist das.«

* * *

Einige Stunden später erzähle ich Boris und Emi, was ich in Moskau und Beresniki herausgefunden habe. Ich habe die Dauer eines transatlantischen Flugs lang mit mir gerungen, ob ich ihnen verschweigen sollte, was ich in dem überschwemmten Haus über die Rolle des Fischers erfahren hatte. Die gemeinsamen Monate und der Tod von William verpflichten mich, so letztlich meine Entscheidung, nichts vor ihnen zu verbergen. Ich weiß, sie werden nichts nach außen geben. Emi scheint mir diesbezüglich am ehesten zu misstrauen, denn sie beschwört mich inbrünstig, kein Wort davon zu publizieren. Die Knebel gegenseitiger Fürsorge. Deswegen kommt der Fischer in unserem Enthüllungsbuch nicht vor. Aber in diesem meinem persönlichen Bericht muss ich zumindest erwähnen, dass ich in Beresniki war – manchmal sehe ich den alten Mann vor mir, in einem lecken Boot, während hinter ihm sein Gebäude in den Fluten versinkt.

Boris schlägt vor, unser Buch mit dem Gespräch zwischen MI und ST zu beginnen. Ich bin der Ansicht, wir sollten unsere Dokumentation eher damit enden lassen.

»Mir ist übrigens gestern eingefallen«, sagt Boris, »dass wir ein Rätsel noch nicht gelöst haben. Die beiden ersten Kontaktaufnahmen, wieso waren sie ähnlich formuliert?«

»Das habe ich klären können. Der SWR-Agent hat jeglichen Kontakt zu DeepFBI entschieden verneint. Wie es denn sein könne, habe ich ihn gefragt, dass seine erste E-Mail sich auf ihr Mail zu beziehen schien? ›Als ich mir Zugang zu Ihrer Mailbox verschafft habe‹, sagte er mit selbstgefällig leuchtenden Augen, ›fiel mir diese merkwürdige Nachricht auf. Ich konnte mein Glück kaum fassen. Ich habe die Gelegenheit gleich beim Schopfe gepackt. Ich wusste, das sorgt für Verwirrung, und Verwirrung ist gut. Eine durch und durch nützliche Sache.‹«

* * *

Während ich unterwegs war, hat Boris Intel über Toby Stieber gesammelt. Über seine Wahlkampfspenden, seine großzügige Unterstützung diverser Universitäten, seine Finanzierung von Think Tanks, seine Übernahme von Medienunternehmen und seine nicht mehr so geheimen Absichten, für die Präsidentschaft zu kandidieren. Nicht ungewöhnlich für einen Milliardär, nur mit umgekehrtem politischem Vorzeichen als üblich.

Stieber wird in wenigen Tagen in New York eine Rede halten bei einer nicht öffentlichen Konferenz. Keine Möglichkeit, sich zu akkreditieren. Emi kontaktiert einen ehemaligen Kommilitonen, inzwischen in einem Hedge-Fonds tätig, der sich bereiterklärt, mich als Assistenten mitzunehmen.

»Eine alte Flamme?«, frage ich.

»Hast du keine anderen Sorgen?«

»Wieso geht er denn da hin?«, fragt Boris, mit dem Zeigefinger auf mich deutend, »wieso nicht ich?«

»Weil er eher als einer von denen durchgehen kann als du«, erwidert Emi.

»Das ist kein Kompliment«, protestiere ich.

»Aber in diesem Fall ein Vorteil.«

Im Foyer erhalten wir eine Mappe und ein Namensschild mit aufgedrucktem Zugangscode. Smartphones, Tablets, Kameras und andere Aufnahmegeräte müssen abgegeben werden. Die Sicherheitsmaßnahmen sind strenger als am Flughafen.

Nach seiner umjubelten Rede mischt sich Toby Stieber unter das Stehvolk, begrüßt einige Männer mit Vornamen, tauscht Luftküsse mit einer Frau aus. Es gelingt mir, mich vorzudrängen, bis ich ihm gegenüberstehe.

»Hallo Toby«, sage ich vertraulich, »wir haben eine gemeinsame Bekannte, sie ist verschwunden, ich muss den Kontakt zu ihr dringend wiederherstellen.«

»Wenden Sie sich an mein Büro.«

»An welches? FBI oder Thelema?«

Toby Stieber begreift.

»Einen sicheren Raum, sofort.«

Die Bodyguards lenken unsere Schritte aus dem Saal. Sie geleiten uns in einen Serviceraum. Wir sind allein, durch die Wand ist das Surren einer Klimaanlage zu hören.

»Sie wissen, wer ich bin?«

»Ich ahne es.«

»Wer ist DeepFBI?«

»Das weiß ich nicht.«

»Sie wissen es nicht?«

»Keine Agentin, aber das haben Sie ja schon herausgefunden, sonst wären Sie nicht hier. Eine Mitarbeiterin einer Sicherheitsfirma. Ich bin in die Details der Operationen absichtlich nicht eingeweiht. Mein Nachrichtendienst muss unabhängig und selbstständig fungieren.«

»Sie haben einen eigenen Nachrichtendienst?«

»Eine kleine Einheit. Nicht so ein Behemoth wie manche der anderen Player. Einige von ihnen investieren massiv in Data Mining und strategische Kommunikation. In Softwarefirmen für Überwachungssysteme. Einer prahlte neulich, sein Nachrichtendienst verfüge über mehr Intel als die Regierung.«

»Und dieser private Dienst hat die ganze Sache ausgeklügelt?«

»Die Idee stammt von mir. Die Umsetzung überlasse ich den Spezialisten. Sie sollten sich geschmeichelt fühlen, Sie wurden sorgfältig ausgewählt. Ihr Kompagnon auch. In beiden Fällen eine hervorragende Wahl. Sie haben sich wacker geschlagen.«

»Wieso?«

»Was wieso?«

»Wieso die Operation, wie Sie es nennen, wieso der enorme Aufwand, die Lügen?«

»Leben Sie hinterm Mond? Nur jemand wie ich kann den Untergang aufhalten. Wer denn sonst?«

»Wir. Ein jeder von uns. Die Gesellschaft.«

»Sie meinen das Volk? Ach du meine Güte. Dieser alte Zopf. Das Volk wird an der Nase herumgeführt, nach Belieben. Ich vermute, Sie begreifen sich als ein fortschrittlich denkender Mensch. Sie haben das Herz auf dem rechten Fleck, und Sie sind weltfremd. So weit, so unbefriedigend. Ihresgleichen jammert immerzu über das drohende Ende der Demokratie. Dass ich nicht lache. Was für eine Demokratie? Wer die Instrumente von High Tech, Datenanalyse und Profiling beherrscht, kann jedes gewünschte Ergebnis herbeiführen. Unter Milliardären gibt es Extremisten zuhauf. Sie würden Ihre geliebte zart-zerbrechliche Demokratie im Nu opfern, sollte es ihren Interessen dienen.«

»Sie manipulieren für einen guten Zweck? Darauf läuft es hinaus, nicht? Wer hat Sie denn auserwählt?«

»Selbst ist der Retter. Die Umstände bestimmen meine Handlungsoptionen. Die Aufklärung wurde von fortschrittlichen Aristokraten vorangetrieben. Nun müssen fortschrittliche Oligarchen die Aufklärung retten.«

»Und dafür müssen Menschen sterben?«

»Werfen Sie mir etwas vor?«

»Mord.«

Ich beschreibe Williams Schicksal. Ein Entsetzen huscht über sein Gesicht. Er hat sich schnell wieder im Griff.

»Das muss der Mann gewesen sein, der herumgeschnüffelt hat. Mir wurde der Vorschlag unterbreitet, ihm einen Schrecken einzujagen. Mehr nicht.«

»Jetzt ist er tot.«

»Eine Tragödie, was mit Ihrem Bekannten passiert ist, aber ich bin daran nicht schuld, und in jedem Krieg gibt es unschuldige Opfer. Bitte mich nicht misszuverstehen. Das bedauere ich zutiefst. Trotzdem, ich will, dass Sie begreifen, worum es mir geht. Ich hoffe, dass Sie keine Illusionen über das System hegen, in dem wir leben: Leute wie ich beherrschen alles, und wir werden in der Zukunft noch mehr beherrschen. Es ist eine kleine Welt, in der wir uns bewegen, ich kenne die meisten persönlich, ich kann Ihnen versichern, die sind bereit, fast alles zu tun, fast jeden Betrag auszugeben, damit ihre Pfründe und Privilegien nicht gefährdet werden. Das ist Politik heutzutage: Einige hundert Millionen investieren, um einige Milliarden zu verteidigen. Und mit Schiefer Turm an der Macht ist unsere Klasse ein gehöriges Stück weitergekommen. Das will ich bekämpfen, das muss ich bekämpfen, und Sie sind mir ein verlässlicher Fußsoldat. Kein Grund, sich zu grämen.«

In diesem Moment wird die Tür aufgerissen. Die Zeit drängt, sagt einer der Bodyguards. Der andere hält mich mit ausgestreckter Pratze zurück, während der Milliardär hinaus- und hinwegeskortiert wird. Ich bleibe allein im Serviceraum zurück. Nach einer Weile suche ich die Toilette auf und wasche mir minutenlang die Hände. Keine Ahnung, wie Boris auf diese Offenbarung reagieren wird. Ich für meinen Teil habe das Bedürfnis, unser Buch von vorne bis hinten zu lesen, so aufmerksam wie ich noch keinen Text gelesen habe. In der Hoffnung, dass die kompromisslose Qualität unserer Arbeit mich mit dem schmutzigen Gefühl versöhnen kann, benutzt worden zu sein.

Ich hege so meine Zweifel.

ZURÜCK NACH WIEN

Wir müssen raus. Nicht auf Stippvisite, nach Orlando oder Beresniki. Endgültig raus. Es ist nicht mehr zu ertragen, eingesperrt zu sein inmitten des Kunststoffs, aus dem Albträume sind. Unsere Erzählung ist mir zum Körper geworden, und dieser Körper muss in die Welt hinaus.

Ich habe mich selbst davon überzeugt, indem ich Boris überzeugt habe.

Wir sind alle Optionen durchgegangen.

Wir sind erschöpft.

Obwohl mich noch nie jemand der Naivität geziehen hat – eher des Zynismus und Pessimismus –, haben mich die Erkenntnisse der jüngsten Zeit aus der professionellen Fassung gebracht. Das Studium der geleakten Dokumente war eine nachgeholte Zeitzeugenschaft, der Zugriff auf ein Röntgenbild, welches das tatsächlich Wesentliche und die wesentlichen Tatsachen offenbart. Wenn ich zukünftig das Corpus politicum in Augenschein nehme, werde ich ein gichtiges Skelett sehen.

Auch wenn ich mir diese Wendung in meinem Leben nicht freiwillig ausgesucht habe, ich bedauere sie nicht.

Bevor die Gedanken frei sein können, müssen die Illusionen skalpiert werden.

Was wir zusammengetragen und deduziert haben, ergibt eine plausible, gut dokumentierte Erzählung. Zweifel hegen wir nur hinsichtlich des Ausmaßes unserer Untertreibung. Die Lage ist schlimmer, als von uns beschrieben, dessen sind wir uns sicher, und zugleich haben wir uns darauf geeinigt, penibel genau auf die Regeln unserer Profession zu achten.

Das gibt uns Halt in haltlosen Zeiten.

Manche werden unsere Darstellung als Verschwörungstheorie abtun. Was für ein unbrauchbares Wort. Wieso Theorie? Es handelt sich doch um Praxis. Und wieso Verschwörung? Eher Stauraum für Fakten und Spekulationen, wild durcheinander. Eine Mischung aus überhöhter Rechnung und Zechprellerei. In einer Welt, in der die Wahrheit nicht mehr zugänglich ist, muss sich ein jeder seinen eigenen Reim auf die Rätselhaftigkeit der Entwicklungen machen. Weil die entscheidenden Fäden der Macht hinter den Kulissen gezogen werden, ist jede Entlarvung zunächst eine »Vermutung« (darin das Wörtchen »Mut«), bis sie – oft erst Jahrzehnte später – bewiesen wird.

Dann wird sie zu Geschichte.

Auch das, was wir nur erahnen, müssen wir mit größtmöglicher Klarheit beschreiben. Wer wirr über die Wirren redet, stiftet Verwirrung.

Wir werden uns hinauswagen, wir werden unsere sämtlichen Kenntnisse und Kontakte in die Waagschale werfen. Ab morgen bin ich kein abgeklärter Journalist mehr, sondern Guerillero gegen die permanente Lüge.

Egal, wie trübe die Realität scheint, es gibt weiterhin jene, die rauben und jene, die beraubt werden, jene, die töten, und jene, die getötet werden.

Das ist der Grund der Wahrheit.

* * *

Emi schläft allabendlich in meinen Armen ein, der Film nimmt sie weiterhin in Beschlag. Sie muss nach Los Angeles. Wir beschließen, uns spätestens nach vier Wochen wiederzusehen (mehr als vier Wochen Trennung ertrage ich nicht, sagt sie bestimmt).

Unser Buch ist erschienen, gedruckt in einer Nacht-und-Nebel-Aktion. Interviews finden per Konferenzschaltung statt, wir fühlen uns wohler dabei, und dem Verlag gefällt die Mantel-und-Degen-Anmutung. Ich fliege nach Hause. Frau Karl, die resolute Rentnerin in der Wohnung unter mir, steht an der Ecke im Plausch mit einem Passanten. Sie sieht mich von weitem, wie ich von der U-Bahn die Gasse heraufkomme. Sie winkt mir aufgeregt zu und deutet auf den Seiteneingang der Kapelle, die sie regelmäßig aufsucht (mir genügt das Glockengeläut). Atemlos erzählt sie mir von Männern, die sehr laut an meiner Tür geklopft hätten, zu viele Männer, als dass man einen harmlosen Besuch hätte annehmen können. Als sie höflich gefragt habe, was los sei, hätten die Männer ihr unwirsch zugerufen, sie soll sich um ihre eigenen Angelegenheiten kümmern. Die Unbekannten haben die Beharrlichkeit von Frau Karl unterschätzt. Sie schlüpfte in ihre Sandalen, ging die Stiege hinauf, stand aufrecht und wissbegierig vor meiner Haustür und lugte in die Wohnung hinein, bis einer der Männer sie anbellte: »Putz dich!« Worauf Frau Karl zutiefst empört so laut zu schimpfen begann, dass die Männer »sich schlichen«, wie sie es jetzt formuliert, aufgeregt und dem Anschein nach ein wenig erregt. Seitdem beobachte sie aufmerksam die Lage. Die Männer hätten sich am nächsten Tag Zugang zu meiner Wohnung verschafft und einige Kisten hinausgetragen (es begann mit einem hereingeschneiten Paket; es endet mit einem Zwangsumzug meiner Unterlagen). Wer immer diese Männer sind, sie werden nichts Wichtiges finden.

Ich vermute, sowohl die russischen als auch die US-amerikanischen Geheimdienste haben ihre österreichischen Kollegen um Amtshilfe ersucht. Verdacht auf Spionage. Wie sonst sollte ich an all diese Dokumente gelangt sein? Ein ausreichendes Verdachtsmoment.

Frau Karl ruft Pater Giacomo. Gemeinsam beraten sie, wie mir zu helfen sei. Ich gebe dem Pater meinen Schlüssel. Er soll in meine Wohnung gehen und einige dringend benötigte Sachen holen. Sollte er zur Rede gestellt werden, kann er behaupten, er sei gebeten worden, mir einige meiner Habseligkeiten zu schicken. Ich reiße eine Seite aus meinem Notizbuch und schreibe eine fiktive Adresse in Panama auf. Diesen Zettel soll er im Fall der Fälle den inquisitiven Männern zeigen.

»Auf weitere Nachfragen werde ich antworten: Ich bin Seelsorger, nicht Spion.«

Frau Karl ergreift meine Hände.

»Junger Mann, ich habe das Gefühl, die Leute lügen alle.«

»Sie lügen nicht, meine Liebe,« erwidert Pater Giacomo. »Um zu lügen, muss man von der Existenz der Wahrheit wissen.«

»Sie lesen zu viel Augustinus, Pater«, sage ich.

EPILOG

Ich bin untergetaucht. An einem sicheren Ort. Vorübergehend. In einem selbstverwalteten Dorf am Rande des Urwalds. Aus einiger Entfernung beobachte ich die um sich greifende Kakistokratie. Gegen die Herrschaft der Schlechtesten hilft nur der Aufstand.

Schiefer Turm ist immer noch Präsident.

Mikhail Iwanowitsch ist immer noch Präsident.

Und ich verfasse täglich einige Seiten dieses persönlichen Berichts, der von den Hintergründen unserer Enthüllungen Zeugnis ablegen soll.

Derweil werden wir in den Medien gefeiert oder gekreuzigt.

Beides ist unangemessen.

Wir hätten nichts grundlegend Neues entlarvt, wir hätten uns instrumentalisieren lassen, wir hätten eigenmächtig entschieden, was öffentlich werden darf und was nicht. Die Vorwürfe prallen an mir ab; schwerer macht mir das Lob zu schaffen. Es verfärbt meine Selbstzweifel. Wir haben unsere Arbeit abrupt beendet, weil sie uns uferlos erschien. Wir haben niedergeschrieben, was wir beweisen konnten, im Bewusstsein, dass es unter der Oberfläche so viel mehr zu erkennen gäbe. Wir haben verheimlicht, was ich in den Untiefen von Beresniki erfahren habe, weil die Wahrheit der Macht schutzlos ausgeliefert ist. Wir saßen von Anfang an in einem lecken Rettungsboot. Wir haben nur eine Ahnung vermitteln können von den trüben Realitäten. Völlige Aufklärung kann es in diesem System nicht geben. Transparenz ist ein utopisches Ziel.

Wenn ich Emi sehen möchte, muss ich in die nächste Kreisstadt fahren. Dort ist die WLAN-Verbindung gut genug, um nicht nur ihre Stimme zu verstehen, sondern ihr Gesicht zu erkennen. Das ist nicht ohne Risiko, ich könnte auffallen, auch wenn ich zerrissene Kleidung trage, einen breiten, tief in die Stirn gezogenen Hut und inzwischen so tief gebräunt bin wie die Feldarbeiter hierzulande.

Ihr Film sei für den Oscar nominiert worden, teilt sie mir mit flüchtiger Freude mit.

Eine Sonnenfinsternis wird erwartet. Wir verabreden uns zu unserem nächsten Rendezvous, irgendwo in der Wüste.

Ich mache mich im Dorf nützlich, so weit wie möglich. Es ist schmerzhaft zu erfahren, wie unfähig ich bin. Außer Lügen entlarven kann ich wenig. Das nährt kaum meinen ausgemergelten Körper.

Einer aus dem Dorf, der es weit gebracht hat, kommt zu Besuch. Er ist Biologe, forscht an der Universität in der Provinzhauptstadt. Untersucht Zellen. Erklärt mir, dass sie miteinander kommunizieren. Auf verlässlicher Grundlage.

»Die Wahrheit obsiegt also?«, frage ich.

»Sagen wir«, antwortet er, »es braucht eine objektive Validität, damit Natur funktioniert.«

Ich denke darüber nach.

Ich habe viel Zeit nachzudenken.

Das Ziel der herrschenden Kakistokratie ist es, die Gesellschaft zu spalten. Unsicherheit zu verbreiten, bis einzig dem eigenen Propheten vertraut wird. Bis die Menschen apathisch oder hysterisch werden, auf jeden Fall nicht mehr zuhören, nicht mehr aufpassen, nicht mehr nachdenken.

Am Sonntag treffen wir uns im Centro, dem einzigen Gemeinschaftsraum im Dorf, um ein wenig fernzusehen, Fußball zumeist, in der Halbzeit Berichte über ein weiteres Gipfeltreffen zwischen Schiefer Turm und Mikhail Iwanowitsch. Ich schließe die Augen, konzentriere mich auf die ruhige Stimme der Nachrichtensprecherin, die sich selbst unterbricht (*Breaking News*), um von gewaltigen Demonstrationen zu berichten, die ganze Städte lahmgelegt haben. Vor dem Lincoln Memorial. Auf dem Roten Platz. Vor dem Brandenburger Tor. Auf dem Zócalo. Von der flammenden Rede einer jungen Frau, die nur unter dem Namen Cya bekannt sei, *die* Aktivistin des Augenblicks. Leider kann ich sie kaum verstehen, aber ich sehe sie deutlich vor mir, ihre vom Lautsprecher verzerrten Worte Böen des Sinns »... lasst uns nicht reden über das, was ist ...« ich drücke meine Augen fester zu, um mein Gehör zu schärfen »... lasst uns reden über das, was sein könnte ...« ihre Stimme bläst mir ins Gesicht »... was so leicht sein könnte, wenn wir es nicht nur erträumen, wenn wir es wirklich wollen ...« Die Rede dieser jungen Frau mit einem Namen, den ich nicht zuordnen kann, lässt mich aufspringen, die Augen aufreißen. Die Bauern um mich herum bejubeln den Siegestreffer ihrer Mannschaft in letzter Minute. Sie schlagen mir kumpelhaft auf die Schulter, weil sie meine Begeisterung missverstehen. Ich schließe die Augen. So weit meine innere Kamera blickt: Menschen, die sich aufbäumen.

Nach der Übertragung des Fußballspiels essen wir Brotzeit zusammen.

»Wir teilen das Brot miteinander«, sage ich zu den Bauern, »wir sollten auch die Zukunft miteinander teilen.«

Vor uns liegt ein langer, mühsamer Weg.

DANKSAGUNG

Die Arbeit an diesem Roman wurde freundlicherweise durch einen Aufenthalt am Stellenbosch Institute for Advanced Study (STIAS), Wallenberg Research Centre an der Stellenbosch University, Stellenbosch 7600, Südafrika, unterstützt.

Ein besonderer Dank an Misha Glenny, Vidyanand Nanjundiah, Christopher Nehring, José Oliver, Naser Šečerović, Renate Trachtenberg, Jean Trouillet und Klaus Zeyringer.

Und meiner wunderbaren Emi, die selbst die Wüste erblühen lässt.

INHALT